ハヤカワ epi 文庫
〈epi 28〉

〈グレアム・グリーン・セレクション〉

おとなしいアメリカ人

グレアム・グリーン
田中西二郎訳

epi

THE QUIET AMERICAN

by

Graham Greene

Translated by
Seijiro Tanaka
Published 2004 in Japan by
HAYAKAWA PUBLISHING, INC.
This book is published in Japan by
arrangement with
VERDANT S. A.
c/o DAVID HIGHAM ASSOCIATES LTD.
through TUTTLE-MORI AGENCY, INC., TOKYO.

親愛なレネとフォン

私がこの本をあなたがたお二人に捧げることの許しを願ったのは、過ぐる五年間、サイゴンであなたがたと御一緒に過した楽しい夜々の思い出のためのみではありません、はなはだ厚顔にも、あなたがたのお住居のフラットを作中の一人物の住居の場所としてお借りした上に、フォン、あなたのお名前を、それが短くて、美しくて、発音が容易である(お国の婦人の名前はかならずしも皆そうではありません)、という理由から、読者の便宜を思って拝借しました、その故でもあったのです。読んでいただければ、以上のほかには私がほとんど何も借りていないこと、ヴェトナムに住む人物の誰一人もモデルにはしていないことが、おわかりになるでしょう。パイル、グレンジャー、ファウラー、ヴィゴー、ジョー――これらの人物はサイゴンにもハノイにも実在する原型を持ちませんし、テエ将軍は死にました――暗殺された、という噂です。歴史的な出来事すらも、再構成されています。たとえば、コンティネンタル・ホテル近傍での大爆発事件は、自転車爆弾事件よりも前であって、後ではありません。こうした些末な変改について、私は少しも遠慮しませんでした。これは一つの物語であって、歴史の一断片ではないのです、ですから数人の空想上の人物たちについての一篇の物語として、蒸暑いサイゴンの一夕、あなたがたお二人の消閑の具となれば仕合せに存じます。

グレアム・グリーン

私は動かされることを好まぬ、意志は激しやすいものであるから。また
行動ほど危険なものはない。総じて、作り構えたこと、
心情をいつわり、法にかなわぬ行ないをすることを、私は忌む。
義務という怖ろしい観念のために、我らはこれらの逸脱に陥りやすいのだ。

——A・H・クロウ

いまや挙世滔々として、
　肉体を殺戮し、霊魂を救済する
新発明に熱中している、
　しかも人道博愛の善意に燃えつつ。

——バイロン

第一部

第一章

夕飯後、カティナ街の自分の部屋で、おれはパイルの来るのを待った。「おそくも十時には来る」といったのに、十二時が打っても姿を現わさないので、もう落ち着いていられなくなったおれは、階下へ降りて、往来へ出た。階段のうえには、黒いズボンの老婆たちが寄り集って、しゃがんでいた。二月のことで、きっと暑さで寝られなかったのだろう。輪タクが一台、車夫がゆっくりとペダルを踏んで、河岸の方へゆく。さっき新着のアメリカの飛行機が陸揚げされたあたりに、灯がともっているのが見える。遠くまで見通しのきくこの通りのどこにも、パイルの姿は見えなかった。

むろんアメリカ公使館で、なにかの用事で抜けられなくなったとも考えられる――おれは自分に言いきかせた――だがそんな場合には、料理店へ電話をかけてきそうなものだ。あの男、そういうこまかいことには、ごく、きちょうめんなのだから。内へ入ろうと振り返ったときに、隣家の入口にたたずんでいる若い女に、おれは気がついた。見えたのは白い絹のズボンと花模様の長い長衫《ローブ》だけで、顔はわからなかったが、それでもおれには女が誰だかわかった。同じ場所、同じ時刻に、彼女がこうしておれの帰るのを待っていたことは、数えきれないほどだったのだ。

「フォン」おれは声をかけた――〝フォン（鳳）〟は不死鳥《フェニックス》の意味だが、いまの世の中では、もう伝説めいたことは何ひとつ起らないし、ほろびた鳥の灰のなかから何物も飛びたつ気づかいはない。彼女がパイルを待っていることは、言われなくてもおれにはわかっていた。「パイルはここに居ないよ」

「知っています。窓にはあなただけしか見えませんでしたから」

「上って待ってるといい。もう間もなく来るだろう」

「ここで待ちますわ」

「いや、よした方がいい。警察に見とがめられるといけない」

彼女はおれのあとについて階段をのぼった。皮肉な、厭味なひやかしの文句が、幾つかおれの頭にうかんだが、彼女の英語もフランス語も、とてもその皮肉がわかるだけの力はなかった。のみならず、不思議にも、おれには彼女に対してはもちろん、おれ自身に対してすら、少しも心を傷つけるような意地わるな気持はなかった。階段の上まで来ると、老婆たちが一斉に首をおれたちの方へ向け、そしておれたちが通りすぎたかと思うと、まるで合唱でもしているように口々に何か言う声が上り、つづいてまたやんだ。

「何の話をしてるんだい？」

「あたしがここへまた帰って来たと思っているのですわ」

おれの部屋では、何週間も前、中国暦の正月に、おれが飾りつけた樹の黄いろい花は、おおかた散っていた。花びらはおれのタイプライターのキーのあいだにも落ち散っていた。おれはそれをつまみとった。「あなた、心配していらっしゃるのね」フォンが言った。

「パイルにも似合わないね。あんなに時間のきちんとした男が」

おれはネクタイと靴をとって、ベッドに横になった。フォンはガス・ストーヴをつけて、茶を飲むための湯をわかしにかかる。まるで六カ月前のようだ。「あなたはもうじき、お故国《くに》へお帰りになるって、あのひと、言っていました」フォンが言った。

「うん、そうなるかも知れない」

「あのひと、とてもあなたを好いています」

「ちっともありがたくはないよ」とおれは答えた。

髪の形が、あの頃とは違って、黒い髪が、まっすぐ肩までなだれ落ちている。アンナンの高官の娘にふさわしいと思って彼女が結っていた凝った髪形《あたま》を、パイルがけなしたことがあるのを、おれは思いだした。おれは眼を閉じる。すると、そこにむかしのままのフォンが居た——湯のたぎる音、茶碗の音、夜のいま時分、これから休息が得られるという期待、それがこの娘なのだ。

「あのひと、もう来るでしょう」あの男が来ないために、おれが慰めてもらいたがってでもいるかのような口ぶりで彼女は言った。

パイルとフォンとは、二人でどんな話をするのだろう——パイルはひどくムキな男で、おれが極東に住んだ年数ぐらいの月数しか住んだことがないくせに、おれに向って極東問題の講義をするのによく悩まされたものだ。もう一つの得意の題目はデモクラシーで、アメリカが世界のためになしつつある貢献について、自信たっぷりに断定的な意見をまくしたてるので、やりきれなかった。ところが一方、フォンは、呆れるほど何も知らなかった。たとえば話のなかにヒトラーの名が出るとする、彼女はきっと話の腰を折って、ヒトラーって誰？　と訊くだろう。それを説明するとなると、いっそう難儀なことになる。彼女はいままで一人のドイツ人にも一人のポーランド人にも会ったことがない上に、ヨーロッパの地理についても、まるで朦朧とした知識しか持ち合わせていないからだ——ただしマーガレット王女のことならば、彼女はむろんのことおれよりもよく知っている。彼女がベッドの端に盆を置く音を、おれは聞いた。

「フォン、パイルはまだお前を愛しているかい？」アンナン娘をベッドに引き入れるのは、小鳥を引き入れるのに似ている。彼女たちは枕の上で、歌い、さえずる。だがフォンほど美しい声でさえずる娘は居ない、と思ったときもおれにはあった。おれは手を出して彼女の腕に触れた――アンナン娘の骨格も、同じく小鳥のようにかよわかった。

「どうだ、愛してるか、パイルは？」

フォンは笑って、マッチを擦る音がした。「愛してるか？」――〝愛する〟という言葉も、たぶん、この娘にはわからない言葉の一つだ。

「パイプ、おつけしましょうか？」彼女が訊いた。

眼を開くと、彼女はもうランプを点《とも》して、盆の用意はすっかり出来ていた。針のさきにつけた鴉片《アヘン》の塊を灯にかざしながら、一心に、ちょっと眉をしかめて、針をくるくる回している。灯に照らされて、彼女の肌の色は濃い琥珀《こはく》色に見える。

「パイルはまだ鴉片を吸わないのか？」

「ええ」

「吸わせるようにしないと、逃げられるぜ」これはアンナン女の迷信の一つで、一度鴉片を吸った恋人は、どこへ行っても、たといフランスからでも、きっと戻ってくるというのだ。鴉片を吸うと男の性的能力がそこなわれる惧《おそ》れはあるが、彼女たちはみな恋人が性的に達者であることよりも、心変りしないことの方を望むのだ。いま彼女は熱くなった鴉片を、煙管《キセル》のふくらんだ火皿の縁で練っている。鴉片の匂いがしてきた。これに似た匂いは、ほかにない。ベッドのわきの目覚まし時計は、十二時二十分を指しているが、おれの緊迫した不安な気持はもう失せた。パイルの影は薄れてしまった。長い煙管を手にとり、子供の面倒をみるときのように真剣な面持で、うつむきにランプに照らされているフォンの顔。おれはこの煙管が気に入っていた。両端に象牙を嵌めた、二フィート以上もある真っ直ぐな竹のパイプだ。その三分の二ぐらいのところに、昼顔の花をさかさにしたような形の火皿があり、ふくらんだ縁のところは、絶えず鴉片を練るので光沢《つや》が出て、くろずんでいる。やがて手首をかるくひとひねりして、彼女はその小さな空洞のなかへ針をさしこみ、鴉片をつけると、炎の上で火皿を裏返し、しっかりと煙管を握って、おれにすすめた。煙を吸いこむと、鴉片は静かに、おだやかに泡を立てた。

経験を積んだ吸煙家なら、一息で一服を吸いきることができるのだが、おれはいつも、四、五回吸わないと一服が終らなかった。吸い終えて、革の枕に頸《くび》をのせ、あおむけに臥《ね》ていると、そのあいだにフォンは二服目をこしらえた。

おれは言った、「ねえお前、わかるだろう、これはハッキリしたことだよ。おれが寝る前に鴉片を吸うことをパイルは知ってるし、それを邪魔してはいけないと思ってる。だから、やって来るのは明日の朝になるだろう」

針のさきが煙管にさしこまれ、おれは二服目を吸った。煙管を下に置いて、おれは言った、「心配することはないぜ。何ひとつ、心配することはないぜ」おれは茶を一口のんで、彼女の腋へ手をやった。「お前に出てゆかれたときは、こいつだけが頼りだった、助かったよ。オルメイ街に一軒、吸わせる家があってね。とにかく、おれたちヨーロッパ人は、つまらんことで騒ぎ立てるものさ。フォン、お前、鴉片をやらないような男と、一緒に暮らしたって、しようがないぜ」

「でも、あのひと、あたしと結婚するつもりなんです。もうじき」

「うん、それは、それはまた、べつの話だ」

「もう一服、こしらえましょうか？」

「ああ」

今夜、どうしてもパイルが来ないとしたら、この娘はおれのそばで寝るのを承知するだろうか——だがおれは鴉片を四服吸ってしまったあとでは、べつに彼女に居てもらわなくてもよくなることを知っていた。むろんベッドのなかで、おれのわきにある彼女の太腿に触れるのはわるい気持ではないが——フォンはいつもあおむけになって眠るのだ。そして明日の朝、目を覚ますと、おれの一日はやもめ暮らしの一人ぼっちでなく、一服の鴉片を吸うことで始めることができるのだ。「もう来ないぜ、パイルは。ここへ泊ってゆけよ、フォン」娘は煙管をおれに差し出しながら、首を振った。その一服を吸い終った頃には、フォンの居る居ないは、おれにとって大したことではなくなっていた。

「パイルは、なぜ来ないんでしょう？」

「なぜだか、おれが知ってるわけはないよ」

「あのひと、テエ将軍に会いに行きましたの？」

「それも、おれにはわからないよ」

「もしあなたと晩御飯を一緒に戴くことができなかったら、ここへ来ないからって、あたしには言いましたの」

「心配するなよ。来るだろう。もう一服、パイプをこしらえておくれ」彼女がランプの上に顔をうつむけるのを見ておれはボードレールの詩句を頭に浮べた。〝いとし子よ、妹よ……〟それから何だっけ？

のどかに愛し
愛して死なむ、
君にさも似しかの国に

入り海には船が眠っていて、〝その性《さが》や、漂泊《さすらい》の旅路を好み〟。おれは思った。この娘の肌の匂いを嗅げば、ほんのりと鴉片の香りがする、その肌の色は、この小さなランプの炎の色だ。彼女のドレスに描かれている花を、おれは北ヴェトナムの運河のほとりで見たことがある。草と同じで、この娘は生粋のこの国の娘だ。おれは絶対にイギリスへ帰りたくない。

「おれがパイルだったら、いいんだがな」声に出して、おれは言ったが、苦痛はある程度で抑えられていて、堪えられぬほどではなかった——鴉片がそうしてくれるのだ。誰かがノックした。

「パイルだわ」とフォンは言った。

「いいや、あの男のとは音が違う」

誰かが性急にまたノックした。彼女が急いで起《た》ちあがった拍子に、正月の黄いろい樹が揺れて、また花びらがタイプライターの上に降りそそいだ。ドアがあいた。「ムシュウ・フォレール」と横柄に呼びつける声がした。

「ファウラーはわたしだ」とおれは言った。警官ぐらいで起きる気はおれにはなかった——頭をもちあげなくても、カーキ色の警官のズボンは見えた。

ほとんど意味のわからないヴェトナム式フランス語で、彼は、すぐに、大いそぎで、警察本部へ出頭しろと、来意を告げた。

「フランスの警察本部か、それともヴェトナムの方か？」

「フランスです」男の発音では、「フランシュン」というふうに聞こえた。

「何の用だ？」

何の用だか知らない、連行しろという命令を受けたのだ。

「お前もだ《トワ・オシ》」男はフォンに言った。

「淑女に話しかけるときは〝あなた《ヴ》〟と言え」とおれは言った。「このひとがここに居るのを、どうしてきみは知ったんだ？」

　男はただそういう命令を受けたの一点ばりだった。

「明日の朝、行こう」

「いますぐ」と男は言った、わりにキッパリした、頑固な男だ。議論をしてもはじまらないから、おれは起きて、ネクタイをつけ、靴をはいた。この土地では、警察には死命を制せられているのだ——警察は、おれの旅行許可証の通用を差し止めることもできれば、記者会見への出席を禁止することもできる。もしやろうと思えば、おれの出国許可を拒むことだってできるのだ。表むきの法律手段もないことはないが、合法性というものは戦時国家では根本的なことじゃない。おれの知っているある男の雇っていた料理人《コック》は、突然に、どういう理由かわからずに、姿を消して——その料理人が、ヴェトナム側の警察へ行ったことまでは突きとめたが、警察では取調べをしたあとで間違いなく釈放したと答えた。家族の者も、それきり彼を見ていない。彼は共産軍に加わったのかも知れぬし、サイゴン周辺で威勢を張っている雑軍の一つ——ホアハオ団、カオダイ教団、あるいはテエ将軍の部隊にでも入ってしまったのかも知れない。それともフランス側の刑務所に居るのだろうか。サイゴン郊外の華僑の町、ショロンあたりで、女でも搾って景気よく金儲けをしているのだろうか。それともまた、警察で取調べ中に、恐れ入ってしまったのか。おれは言った、「おれは歩いては行かんぜ。輪タクを一台やといたまえ」こういう場合は威厳をもたなくてはならない。

警察本部《シュルテ》で、フランス人の警察官から煙草をすすめられて断ったのも、同じ理由だった。鴉片を三服すったあとでは、おれの頭脳は明快で、鋭くはたらき、〝いったい何のためにおれを喚《よ》んだのか？〟という中心問題を見失うことなしに、そうした決断を容易に下すことができた。おれは前にパーティなどでヴィゴーには幾度か会っている——なぜこの男に気がついたかというと、彼は自分を無視している見かけ倒しの軽薄なブロンドの細君に、ばかばかしく惚れこんでいるらしく見えたからだ。もう午前の二時になっていたから、煙草の煙とひどい暑さとのなかで、ヴィゴーは疲れた、沈んだ様子で席についていた。緑色の光線よけ《アイ・シェード》をつけ、デスクの上には暇つぶしのパスカルの一巻がひろげてあった。おれと同席でなくてはフォンを訊問してくれては困ると言うと、ヴィゴーは軽い溜息を一つしただけで、あっさり承知した。その溜息は、サイゴンという土地に、この暑さに、人類の生活状態のすべてに、どれほど彼がうんざりしているかを示すもののようでもあった。

彼は英語で言った、「わざわざおいでを願って、恐縮です」

「願われたんじゃない。命令されたんですよ」

「いや、どうも、現地人の警官連中はね——いくら言っても、わからんのですよ」言いながら、眼はまだ『随想録《レ・パンセ》』のページの上にあって、この本の悲しい議論で頭がいっぱいになっているようだった。

「二、三、おたずねしたいことがありましてね――パイル君のことですが」

「本人に訊いたらいいじゃありませんか」

ヴィゴーはフォンに向って、鋭い調子のフランス語で問いかけた。「きみはパイルさんといつ頃から同棲してるね？」

「一月《ひとつき》ぐらい――よくわかりません」彼女は答えた。

「手当はいくら貰っていた？」

「そんなことを訊く権利はきみにはないですよ」とおれが言った。「このひとは売りものじゃない」

「この女は以前はあんたと同棲してたんでしょう？」だしぬけにヴィゴーは訊いた。「二年間も」

「わたしはきみたちのやってる戦争を報道するのが役目の特派員だ――きみたちが報道をゆるしてくれる範囲でね。だからきみたちの好きなスキャンダルの情報まで提供させるような質問はお断りするよ」

「パイルについて、どんなことをご存じですか？　まあどうか質問に答えて下さいよ、ファウラーさん。わたしだって質問したくはないんです。けれども、これは重大事件なのです。どうか非常に重大だというわたしの言葉を信じて下さい」

「わたしは密告はしません。パイルについて、わたしに言えることは、みんなきみにもわかってることばかりだ、年齢三十二歳、勤め先は公使館の経済援助使節団《ミッション》、国籍アメリカ人」

「お話の様子では、あなたは、パイルと仲が好いようですね」フォンの方へ視線を移しながら、ヴィゴーは言った。ヴェトナム人の警官が、ブラック・コーヒーの茶碗を三つ、運んで来た。

「お茶のほうがよかったでしょうかな?」ヴィゴーが訊いた。

「仲は好いですよ」おれは言った。「好くっちゃいけないんですか? わたしはいずれは帰国する人間でしょう? この娘を連れてイギリスへ帰るわけにはゆかない。パイルと一緒になれば、このひとは安心だ。だからこれは無理のない処置なんですよ。それにパイルはこのひとと結婚する気だと言っている。また事実するでしょう。あの男はあれでなかなか好いやつです。真面目ですよ。コンティネンタルのバーあたりで騒いでるごろつきどもとは、柄が違いますよ。おとなしいアメリカ人だ」たとえば〝蒼いトカゲ〟とか、〝白い象〟とか言う場合のように、おれは一言でピタリとパイルを要約した。

ヴィゴーは答えた。「ええ、そう」おれの言葉に負けないほど、自分の言いたい内容をピッタリと伝える言葉を探すような眼つきで、デスクの上を見まわしていた。「ごくおとなしいアメリカ人ですな」彼はおれかフォンかが何か言いだすのを待って、小さな暑くるしい部屋のなかで黙っていた。蚊が一匹、うなって、刺しに来たので、おれはフォンを見まもった。鴉片は頭のはたらきを機敏にする——おそらく神経を平静にし、感情を鎮静させるからにすぎまい。何ものも、死すらも大して重大なことには思えなくなる。ヴィゴーの言葉の調子、憂いに満ち、のっぴきさせない語調にフォンはまだ気がついていないなと、おれは思った。それに彼女は英語がひどく不得手なのだ。固い役所の椅子に腰をおろしているあいだも、彼女はまだ辛抱づよく、パイルの帰りを待ちわびていた。その時は、おれはもう待つのをやめてしまっていた。そしてこの二つの事実を、ヴィゴーはちゃんと心に留めているのが、おれにはわかった。

「最初、どういうことから、あの男にお会いになったんです？」ヴィゴーが、おれに訊いた。

あのときおれに会った男がパイルだったことを、なぜおれは説明しなくてはならないのだ？　おれは去年の九月、コンティネンタル・ホテルのバーのほうへ向って、広場を横切ってくる彼を見た——一閃、矢のように、見まがいようもなく若い、世慣れない一つの顔が、こっちへ向って迫って来た。ひょろ長い脚、クルーカットの頭、キョロキョロした学生らしい眼つき、どうみても有害なことのできそうな男とは思えない。街上に出ているテーブルはあらかたふさがっていた。「よろしいでしょうか？」生真面目な丁重さで彼は訊いた。「パイルと申します。新参者です」そう言って、長身を折りまげるように椅子にかけて、ビールを註文した。それから、いきなりギラギラする正午の青空を見あげて、

「いまのは手榴弾ですか？」と興奮と期待とにワクワクしながら訊いた。

「なあに、自動車の爆音でしょうよ」とおれは答え、とたんに失望した彼に気の毒な思いをした。人間は自分の若かった頃を実にはやく忘れるものだ――かつてはおれも、ほかに適当な言葉がないために〝ニュース〟と呼ばれているものに、強い関心を抱いていたのだ。だが、おれには、手榴弾はとうの昔に黴《かび》が生えてしまった。いまではローカル紙の裏のページあたりに、ひとまとめに――昨夜、サイゴンでは何発、ショロンでは何発、というふうに掲げられるだけで、ヨーロッパの新聞のニュースにはならないのだ。往来を、こちらへ向って歩いて来る美しい扁平な胸の女たちの姿があった――白い絹のズボン、ピンクと臙脂《えんじ》の模様の、腿まで裂け目のある、長い、身体の線の浮き出た上衣。おれはこの東亜の地と永久に別れてしまったあとで感じることのわかっているノスタルジアを味わいながら、それらの姿を見まもった。「どうです、綺麗でしょう？」おれがビールのコップごしに言うと、パイルは、カティナ街を歩いてゆく女たちに気のない視線を投げた。

「ええ、そうですね」気のない調子で彼は言った。そういう真面目なタイプなのだ。「公使は手榴弾の襲撃を非常に気にしています。もし何か事故でもあったら、ひどく困ったことになるだろうと――つまり、われわれの一人が事故にあった場合ですが」

「きみたちの一人が？　そう、そりゃ重大なことになるでしょうな。ワシントンの国会が承知しないだろうから」人はなぜ無邪気な人間をからかいたくなるのだろう？　おそらく、十日前まで、この若者は極東の情勢とか中国問題とかについて予習のために読んでいる書物を、いっぱい小脇に抱えて、ボストンの公園をせっせと突っ切って歩いていたのだ。彼はおれの話なんぞ、ろくに聞いていなかった。〝民主主義のディレンマ〟や〝西欧の責任〟で、頭のなかはもう一杯だった。まもなくおれにもわかったことだが彼は特定の個人に対してでなく、ある国、ある大陸、ある世界に対して貢献しようと、堅く決心していた。そうだ、いま、あの男は全宇宙の進歩に貢献することになったのだから、さぞ満足していることだろう。

「あの男、死体置場に居るんですか?」おれはヴィゴーに訊いた。

「どうして死んだのを知ってるんです?」これはパスカルを読む男らしくもない間抜けた警察官の質問だ。のみならず、あれほど異常に女房を愛する男にも似合わない。直観力がなくて、ひとを愛することはできない。

「わたしは無罪ですよ」と答えて、たしかにその通りだ、と自分に言った。パイルはいつだって自分の道を往く男だったじゃないか。おれは自分の心のなかに、どんな感情がはたらいているか、せめて警察の嫌疑を受けたことに対する恨めしさでもあるかと探してみたが、何もなかった。責任はパイル以外の誰にもなかった。人間はみんな死んでしまった方がいいんではないのか? と、おれの頭のなかの鴉片が、理窟を言う。だが、おれは用心して、つらい立場に立たされたフォンの方を見た。フォンはフォンなりにパイルを愛しているにちがいない――この娘はおれが好きだったのに、パイルのためにおれを棄てたではないか？　若さと、希望と、真面目さとに、彼女は愛着したのに、いまはそれらのものが老年や絶望以上に彼女を裏切ってしまった。おとなしく坐って、おれたち二人を見ているフォンの様子から、おれは、まだ何事ともわからずにいるのだなと思った。なるべくなら、事実を悟らないうちにここから連れ出してやりたいものだと思い、この会談を一刻もはやく事態が曖昧なままで切りあげることができるなら、どんな質問にも進んで答えてやろう、そして警察官の眼や、固い役所の椅子や、裸電球のまわりを飛びまわっている蛾から離れた場所で、二人きりになってから話してやろう、と思った。

　おれはヴィゴーに言った、「あんたの問題にしてるのは今夜の何時ごろですか？」

「六時から十時までです」

「六時には、わたしはコンティネンタルで一杯のんでいた。ボーイたちはおぼえてるだろう。六時四十五分に、アメリカの飛行機の陸揚げされるのを見に、船着場へ行った。マジェスティックの玄関で、連合ニュースの特派員のウイルキンズに会った。それから今夜は隣りの映画館に入った。釣銭を貰ったから、あすこでもたぶんおぼえてるでしょう。それから今夜は輪タクで〈古い水車《ヴュ・ムーラン》〉へ行った――八時半頃にあすこへ着いたと思う――そして一人で晩飯を食った。あすこにはグレンジャーが来て居たから、きいてみるといい。十時十五分前ごろに輪タクでうちへ帰った。その車夫も、きっと探し出せるでしょう。十時にパイルが来るはずで、待っていたが、来なかった」

「何の用事で、パイル氏を待っていたんです？」

「電話をかけてきたんです。なにか重要な用件で会いたいといっていました」

「何の用件か、心あたりありますか？」

「ありません。パイルにとっては、どんなことでも、みんな重要でしたからな」

「で、この娘は？――どこに居たか、ご存じですか？」

「十二時に、表でパイルを待っていました。心配していましたよ。何も知らないんです。きみ、わかりませんか、この娘はいまでもパイルを待ってるんですよ」

「そうですね」

「わたしが嫉妬のためにあの男を殺したとは、まさか信じられないでしょう？――またこの娘にしても何のために殺すんです？　あの男と結婚するつもりだったのに」

「ええ」

「どこで死体を見つけたんです？」

「ダカオへ渡る橋の下の水のなかでした」

料理店〈古い水車《ヴュ・ムーラン》〉はその橋のたもとにある。橋の上には必ず警官が武装警戒していて、料理店は手榴弾をふせぐために鉄格子をめぐらしていた。日が暮れれば、川向うはヴェトミンの便衣隊の手中に入るから、夜はこの橋を渡るのは危険なのだ。おれはパイルの死体から五十ヤードと離れていないところで、晩飯を食っていたことになる。

「困ったことに、あの男は、悪い仲間に引っ張りこまれていたんだ」とおれが言った。

「ええ、はっきり言いますとね、わたしはちっとも気の毒に思えないんですよ。ずいぶん有害なことをしていましたからね」

「無邪気な人間、善良な人間――彼らの手から、神よわれらを救わせたまえ、だ」おれが言った。

「善良ですって？」

「ええ、善良でしたよ。あの男なりにね。あんたはローマン・カトリックだ。だからあの男の生き方を認める気にはなれんでしょう。それに、どのみち、あいつはひどいヤンキーだった」

「どうでしょう、あなた、死体を識別してくれませんか？　お気の毒ですが。これも手続きのうちでしてね、どうも、あまり感心した手続きじゃありませんが」

おれはアメリカ公使館から誰か来るまで待てないのかと訊くのは、むだなことだから、訊かなかった。その理由を知っていたからだ。われわれの国の冷徹な考え方からすると、フランス警察の流儀は少しく旧式で、彼らは良心、罪の意識、といったものを信じるから、犯人を自分の犯罪と対決させれば、胸がつぶれ、とりみだして、正体をあらわすものだと思っているのだ。地下室の冷凍装置が低い唸り声を立てている方へ、ヴィゴーについて石の階段を下ってゆきながら、おれはもう一度、自分は無罪だと自分に言い聞かせた。人々は製氷皿を取り出すようにして、死体を引き出し、そしておれは見た。傷口は凍って、ピクリとも動かなくなっていた。おれが言った、「どうです、わたしの前で、傷口は開かないじゃありませんか」

「何ですって？」

「だって、それが目的の一つなんでしょう？　何かの方法で罪人を見あらわすのが？　しかし死体を凍らせてしまったからだめですよ。中世には冷凍装置がなかったからね」

「間違いありませんか？」

「ええ、確かにあの男です」

パイルは、これまで以上に場違いに見えた。アメリカから出て来なければよかったのに。おれは彼の一家のアルバムのなかの彼をそこに見た——観光牧場で馬に乗っている彼、ロングアイランドで海水浴をしている彼、どこかのアパートの二十三階で、同僚たちと一緒にうつした写真のなかの彼。摩天楼と急行エレヴェーター、アイスクリームとドライ・マティニのカクテル、ミルクを飲みながら喰べる昼食《ランチ》、ビジネス特急の車中のチキン・サンドウィッチ——そうした世界にこそ、この男は属しているのだ。

「死因はこれではないんです」ヴィゴーは胸の傷を指さして言った。「泥水を呑んで、溺れ死んだのですよ。肺のなかに泥が詰まっていました」

「なかなか早いとこ仕事をやりますね」

「この気候では、やらざるを得んですよ」

人々は製氷皿を押し戻して、冷凍庫の扉をしめた。ゴムがパタッと合わさった。

「参考になることは何も教えてもらえないんですか？」

「なにもありません」

おれはフォンを連れて、家まで歩いて帰った。もう格式ばるには及ばなかった。死は虚飾を取り去る——女を寝取られた男の、弱みをみせまいとする虚飾をさえも。フォンは、まだ何事があったのか気づかずにいるし、おれは、ゆっくり、おだやかに話をするための技巧を持たない。おれは特派員だから、見出しでものを考える。〝アメリカ人官吏、サイゴンで殺さる〞新聞記者をしていると、凶《わる》いニュースをうちあける方法というものを教えられないし、この場に及んでさえ、おれは自分の新聞のことを考えずにいられなかったので、「ちょっと電報局に寄ってもいいかい？」と女に訊いた。おれは通りに彼女を待たせておいて電報を打って来た。もっともこれは恰好をつけるだけのことだった——たぶんフランスの新聞社の特派員たちはもう情報を貰っているだろうし、よしんばヴィゴーがその点で公平にやるとしても（その可能性はあった）、そのときは検閲官が、フランス人記者が発信を終るまで、おれの電報を留めておくだろう。おれの新聞は〝パリ特電〞として最初にこのニュースを受け取ることになるだろう。それはべつにパイルが特に重要な人物だということではない。あの男の本当にやっていたことの詳細、生前に少なくとも五十人の死者を生じさせた責任があの男にあることなどは、通信するわけにはゆかない、そんなことをすれば英米の外交関係にひびが入るし、公使は周章狼狽するだろう。公使はパイルを非常に高く買っていた——パイルは優秀な成績で——論文の題目は何だったか、パブリック・リレーションズだか、演劇学だか知らぬが、とにかくアメリカ人がやりそうな研究で学位を取っていた——ことによったら、極東問題の研究だってやりかねなかったろう（あの男、その方面の本をたくさん読んでいたのだ）。

「パイルはどこに居ますの？」フォンが訊いた。「警察は何であたしたちを呼んだんでしょう？」

「うちへ帰ろう」とおれは言った。

「パイルは来るでしょうか？」

「よそへ行くくらいなら、おれのところへだって来るさ」

いくらか涼しくなってはいたが、階段の上では、まだ老婆たちが世間話をしていた。ドアをあけたとたんに、おれは部屋のなかが捜索されたことがわかった——すべての物が、出かける前よりもキチンと整頓されていた。

「パイプ、めしあがる？」

「うん」

おれはネクタイと靴をとって横になった。幕間狂言は終って、ほぼ前と同じ気配の夜が、そこにあった。フォンはベッドの裾の方にうずくまって、ランプを点した。いとし子よ、妹よ――柔肌《やわはだ》の琥珀の色よ。その故郷《ふるさと》の甘《うま》し言葉よ。

「フォン」おれは言った。彼女は火皿の上で鴉片を練っていた。「彼《イ》は死《レ・》んだよ《モール》、フォン」フォンは針を手に持ったまま、眉をひそめ、一心になろうとするときの子供のように、おれを見あげた。

「え、何《チュ・ディ》？」

「パイルは死んだよ。殺されたんだ」

針を下に置き、踵の上にペッタリ坐って、おれを見ていた。騒ぎもしなければ、泣きもしない、ただ考えている――一生のコースを変えなくてはならなくなった人間の、長い、人には知られぬ思案に沈んでいる。

「今夜は泊って行ったらいいだろう」おれが言った。

彼女はうなずいて、また針をとりあげ、鴉片をあたためはじめた。その夜、おれが鴉片特有の短い深い眠り――まる一晩ぐっすり眠ったような気のする十分間の眠りから覚めると、おれの手は、六カ月前まで夜ごとに置かれていた場所、つまり彼女の両脚のあいだに、置かれてあった。フォンは眠っていた。寝息も聞こえないほど、静かに眠っていた。六カ月ぶりで、やっとおれは一人でなくなった――だがそのとたんに、警察の取調室でアイ・

シェードをかけているヴィゴーの顔、公使館の人けのない廊下、そして自分の手が触れている柔らかな、毛のない肌が、一度に頭に浮び、急に腹立たしさがこみあげて来た——パイルをほんとうに心にかけていたのは、おれだけだったのか?

第二章

1

コンティネンタル・ホテルの広場へパイルが着いた朝、おれは同業のアメリカ人記者たちを、もう見あきるほど見ていた。尊大で、騒々しくて、みんないい年配なのに子供っぽくて、いろいろと文句はつけられても結局はこの戦争の当事者にちがいないフランスのアラ探しばかりやってる連中だ。ときどき戦闘が一段落して、死傷者がかたづけられると、連中は飛行機で約四時間のハノイへ連れてゆかれ、軍司令官の演説を聴き、インドシナ一番のバーテンが居るのを自慢にしているプレス・キャンプに一晩とまって、(重機関銃の射程を超えた)三千フィートの上空から戦いのすんだばかりの戦場を眺めてから、遠足に行った小学生みたいににぎやかに、またこのサイゴンのコンティネンタル・ホテルへ無事に帰ってくるのだ。

そこへゆくとパイルはおとなしくて、謙虚だった。あの初対面の朝など、彼が何を言っているのかを聞きとろうとして、おれは身体を前に乗りださなくてはならないことが幾度もあった。そのうえ彼はおそろしく生真面目だった。幾度か、上のテラスで騒いでいるアメリカ記者団のうるささに、すっかり気おくれする様子を見せていた――このテラスの上に居る方が、手榴弾に対して安全だと、一般に信じられていた。だが彼は誰に対しても批難がましいことは言わなかった。

「ヨーク・ハーディングの本をお読みになりましたか?」とパイルがきいた。

「いや。読まなかったようだな。何を書いた人です?」

彼は街路をへだてたミルクバーのほうをみつめながら、夢みるように言った、「あれは好いソーダ・ファウンテンらしいですね」親しめない場所へ来て、つまらないものに感心している、そういう観察の仕方の背後に、どのくらい深い郷愁が横たわっているか、それをおれは推し量った。だがおれにしても、はじめてカティナ街を歩いたとき、最初に目をとめたのはゲランの香水を売っている店で、そのときおれは何といってもヨーロッパとの距離は三十時間しかないではないかと考えることによってみずから慰めたものだった。パイルは不本意そうにミルクバーから視線を離して、「ヨークは『赤い中国の前進』の著者です。これは実に深みのある本です」と言った。

「わたしは読んでいません。きみはその人とお知り合いですか?」

無言で重々しくうなずいて、そのまま黙りこくってしまった。だが、すぐにまた、その態度が与えた印象を修正するために、彼は沈黙をやぶった。「そう大してよく知ってるんではありません。たしか二度しか会っていません」彼のそういうところがおれは気に入った――そんなふうに、こちらがろくに名も知らない、ヨーク・ハーディングなんていう著述家と面識があるのを人に言うことが、何かよっぽど自慢になることのように思っているところが。あとでわかったことだが、パイルは〝硬い著作家〟に絶大な尊敬を払っていて、小説家、詩人、劇作家などは、彼のいわゆる〝現代的なテーマ〟を持たないかぎりは、その範囲に入らないし、入ったとしてもやはりヨーク・ハーディングの書くような生一本の論文を読む方がずっといいと考えていた。

おれは言った、「長いこと一つの土地に居ると、その国について書いた本を読まなくなるものでね」

「むろんぼくは、現地に居る方の御意見を知りたいと思ってるんです」警戒しながら、パイルは答えた。

「それを聴いて、ヨーク君の説とくらべてみるんでしょう？」

「ええ」それでも皮肉がわかったと見えて、持ち前のていねいな調子で付け加えた。「もしお差し支えなかったら、要点を説明していただけませんでしょうか。御承知のように、ヨークがこっちへ来たのは二年以上も前のことですから」

真心からハーディングを信奉している――そのハーディングがどういう人間であろうと

も——この信奉ぶりが、おれは気に入った。これは新聞記者たちの無節操と、やすっぽいシニシズムとに対する一服の清涼剤だった。「じゃ、もう一本、ビールを註文して、現地事情を一席やりますかな」

おれは北部の、トンキン地方の情勢から話しはじめた。パイルは優等生の子供みたいに、わき目もふらずにおれを見まもっていた。そのころフランス軍はレッド・リヴァの三角洲《デルタ》だけを死守していた。そのなかにハノイと、北部唯一の港ハイフォンとがあった。ここはインドシナ最大の米の産地で、毎年、収穫期前にはかならず米の争奪のための戦闘が起る。「そういうのが北部です」とおれはいった。「中共がヴェトミン軍を助けに来なければ、フランスはどうにか持ちこたえるかも知れない。ジャングルと、山と沼地の戦争だ。水田に入ると肩まで泥につかる。敵は武器を地面に埋めて農夫の服を着るから、たちまちわからなくなる……だがハノイでは湿気でうだるだけで、気は楽です。爆弾が飛んで来ないからね。なぜだかわからん。まあ、正規の戦争と呼んでもいいでしょう」

「南部はどうですか?」

「夕方の七時までは、幹線道路はフランス軍がおさえている。七時すぎは監視塔だけをおさえている——それと都市のそれも一部分だけをね。だからって安全なわけじゃない、さもなければ料理屋の正面を鉄格子でおおわなくたっていいはずだ」

こういう説明を、おれは、これまでに幾度くりかえしたことだろう。視察に来る議員たちゃ、新任のイギリス公使や、さまざまの新来者の理解を助けるために、おれはいつもレコードの役を務めて来た。ときには夜中にも寝言で、「一例をあげれば、カオダイ教団ですな」などとやっているところで眼をさましたことがあった。そのほかにもホアハオ団だとか、ビン・スエン団だとかいう雑軍について、おれは話した。金のためか復讐の目的で、どっちへでもつくやつらだ。新米者には花々しく見えるけれども、裏切者や変節漢になにも花々しいところなぞありはしない。

「それから、テエ将軍が居る。これはカオダイ教軍の参謀長だったが、今は山のなかへ隠れて、フランス軍と共産軍と両方を敵にまわしている……」

「ヨークが書いています」とパイルがいった、「アジアで必要なものは〝第三勢力〟だと」おそらくおれはあのときの異様な反応、数字の魔術に気がつくべきだったのだ――第五列、第三勢力、第七日（新教の〝安息日再臨派〟その他の宗教で、土曜日を安息日とする主張）。もしおれが、あの疲れを知らぬ若い頭脳の進んでゆく方向を、そのとき知ったとしたら、われわれは――いや、パイル自身のためにも、どれほど助かったかわからないのだ。だが、おれはそのままパイルのそばへ無味乾燥な現地事情の骨組みを置き去りにして、いつものようにカティナ街の散歩に出てしまった。現地のほんとうの背景は、匂いのようにまつわりつくもので、それはパイルが自分で学ぶよりほかはない――夕陽に照らされる稲田の黄金色。魚をとろうとして水田の上を蚊のように舞っているツル。僧院の老僧の経机の上の茶碗、ベッド、広告入りカレンダー、バケツ、壊れた茶碗、そのほか、彼の一生涯のあいだに彼の椅子のまわりに掃き寄せられたがらくた。地雷の破裂したあとの道路を修理している娘たちのハマグリ形の菅笠《すげがさ》。南方の金色と薄緑と衣服の明るい色彩に対して、北方の濃い褐色と黒い衣服とぐるりをとりまく敵地の山々と飛行機の爆音と。はじめて来たとき、中学生が学期の日数を暦にマークするように、自分の着任してからの日数を数えたものだ。おれは自分がブルームズベリの広場や、ユーストン駅の柱廊玄関前を通りすぎる七三番線のバスや、トリントン・プレースのローカル線から見た春景色や、そうしたものの名残と切っても切れない結びつきがあると思っていた。いまごろは、あの広場の花壇に球根が芽をだしていることだろうが、おれにはもうどうでもよくなっている。いまおれの望むのは、それが自動車の爆音であれ手榴弾であれ、烈しい爆発の音響で区切られた一日であり、ねっとりと汗ばむ真昼の戸外をあでやかに歩む絹のズボン姿を見失わないことであり、そしてフォンである。おれの故郷は、八千マイルをへだてたこの土地へと移ってしまったのだ。

おれは白い軍帽《ケピ》と真紅の腰章をつけた外人部隊が警衛している高等弁務官の官邸のところで方向を変え、大聖堂の横で反対側へ渡り、小便と不正の臭いがするような気のするヴェトナム警察本部の陰鬱な壁にそって帰って来た。しかもその警察さえも、子供のときに避けた屋根裏の暗い廊下のようにおれの故郷の一部になっているのだ。船着場に近い書籍売場に、《タブー》とか《イルージョン》とか、新刊のエロ雑誌が出ていて、水兵たちが舗道の上でビールを呑んでいた——これは自家製爆弾には恰好の標的だ。おれはフォンを想った。いまごろはこの通りから左へ三つ目の通りで、魚の値段を値切っている時分で、そのあとは十一時にあのミルクバーへ軽い食事をとりに行くのだ（その頃は彼女が居る場所を、おれはみんな知っていた）。だからパイルのことは、わけもなく、ごく自然に、おれの頭から消え去った。カティナ街を見おろすおれの部屋で、差し向いの昼食の卓についたときも、おれは彼のことをフォンに言いさえしなかった。そしてその日は、ショロン市の〈大世界《グラン・モンド》〉ではじめておれたち二人が会ってから、ちょうど二年目に当っていたから、彼女は最上のよそゆきの花模様の絹服を着けていた。

2

パイルの死んだ日の翌朝、眼をさましたときも、おれたちは彼のことを口に出さなかった。フォンはおれがちゃんと眼をさます前に起きていて、もう茶の用意も出来ていた。人間は死者については嫉妬を感じないから、おれにはその朝、むかし通りの二人の生活をまた始めるのが、むずかしくないような気がした。

「今夜も泊るかい？」クロワッサンを前に、できるだけ何気なく、おれはフォンに訊いた。

「荷物を持って来なくてはなりませんわ」

「あすこは警察が来てるかも知れない」とおれは言った。「おれが一緒に行った方がよさそうだ」その日のおれたちの話がパイルに触れたのは、このときだけだった。

パイルはデュラントン街に近い新築のヴィラにフラットを持っていた——フランスは自国の将軍たちの名を記念するために、目抜きの大通りを次々に小さく区切って街の名を新しくつけている、だからド・ゴール街は三つ目の四つ辻を越すと急にルクレール街になり、それもまたいずれそのうちに突然にド・ラットル街に変るかも知れない、といった有様だ——パイルの宿舎もそうした大通りの一つをはずれたところにある。誰か要人がヨーロッパから空路で着いたらしく、高等弁務官の官邸への道筋には二十ヤードおきに警官が道路の方を向いて立っていた。

パイルのアパートの前の砂利敷きのドライヴウェイに数台のオートバイがとまっていて、ヴェトナム人の警官がおれの記者証をしらべた。警官がフォンを家のなかへ入れることを許してくれないので、おれはフランス人の役人を探しに行った。パイルの浴室のなかで、ヴィゴーが、パイルの石鹼で手を洗い、パイルのタオルでその手を拭いていた。トロピカルの背広の袖に、油のしみがついていた——たぶんそれもパイルの油だろう、とおれは想像した。

「何かわかりましたか？」

「パイルの乗用車はガレージにありました。ガソリンは無くなっています。昨夜は輪タクで出かけたにちがいない――それとも誰か、ほかの人の車で行ったか。ガソリンは流し出されたのかも知れませんね」

「歩いたとも考えられるね」とおれが言った。「アメリカ人をあんたはよく知ってるでしょう」

「あんたの車は焼かれたんでしたね？」考えこみながら、彼は言葉をつづけた。「新しいのを手に入れないんですか」

「ええ」

「それはべつに重要なことじゃない」

「ええ」

「何か御意見がありますか？」ヴィゴーが訊いた。

「ありすぎて困るくらいですよ」

「話して下さい」

「そうですね、あの男はヴェトミンの手で殺されたかも知れない。やつらはサイゴンで、ずいぶんたくさんの人間を殺しましたからね。死体はダカオへ行く橋のそばの川のなかで発見された――ダカオは夜になれば、あんたがた警察が手を引いてしまうヴェトミン地区です。それともあるいはあの男はヴェトナム警察本部の手で殺されたかも知れない――これも周知のことだ。警察はパイルが仲好くしてる連中を好まないかも知れん。あるいはまたパイルはテエ将軍を知っていたので、カオダイ教団に殺されたのかも知れない」

「テエ将軍を知ってたんですか？」

「そういう噂ですね。だがあるいはパイルはカオダイ教団とも懇意だったために、テエ将軍に殺されたかも知れん。それから、あの男が将軍の愛妾たちにチョッカイをだしたために、ホアハオ団に殺されたかも知れん。それとも単に所持金を取るために誰かが殺したかも知れん」

「それとも単純な嫉妬の事件《ケース》か」とヴィゴーが言った。

「それともフランス警察本部の仕事かも知れん」おれはたたみかけて、「パイルが接触している相手は、フランス側にも憎まれているからね。あんたはほんとに犯人を探してるんですか？」

「いや」とヴィゴーが答えた。「わたしは報告書を作っているだけですよ。これが一つの戦争行為であるかぎりは——何しろ、毎年、何万という人間が殺されていますからな」

「わたしだけは除外していいですよ」とおれは言った。「わたしは戦争に捲きこまれていない。捲きこまれていないですよ」おれはくりかえして言った。それはおれの根本信条の一つだった。人類の状態が現にあるようなものであるかぎり、人々は勝手に戦ったり、愛したり、殺したりするがいい、おれは捲きこまれたくないのだ。おれの同業のジャーナリストたちはコレスポンデントと自称しているが、おれはリポーターという呼び名の方が好ましい。おれは自分の見たことを書く。おれは行動しない——意見を立てることも一種の行動だ。（語義上コレスポンデントは〝通信〟者でその通信の内容には記者の意見が入り得るが、リポーターは事実の〝報道〟のみに仕事が限定される）

「ここへ何をしに来たんです？」

「フォンの所持品を引き取りに来たんです。あんたの部下は、フォンを入れてくれない」

「よろしい、では荷物を探しにゆきましょう」

「ありがとう、ヴィゴー」

パイルは部屋を二つ、それに、台所と浴室とを使っていた。おれたちは寝室へ行った。フォンが自分の荷物の箱をどこに置くか、おれは知っている——ベッドの下だ。ヴィゴーと二人で、箱を引き出した。箱のなかには彼女の絵本が入っていた。おれは衣裳簞笥から、着替えの衣類、二枚の上等の上衣と、穿きかえのズボンとを取り出した。それらの衣類が、そこに短時間かかっていただけで、そこの品物になりきっていないことが、感じでわかった。それらは室内に舞いこんだ蝶々のように、まもなく出てゆくものだったのだ。ある抽《ひき》出《だし》のなかに、おれは彼女の小さい三角のパンツと、彼女が買い集めているスカーフとをみつけた。箱のなかにはまったくほんの少ししか品物が入らなくて、イギリスでの週末の訪問客の荷物よりも少ないくらいだった。

居間には、彼女とパイルとの、一緒に撮った写真があった。それは植物園の大きな石の竜のわきで撮ったもので、フォンはパイルの飼犬の紐を持っている——中国種の黒犬で、舌も黒かった。色の黒すぎる犬だ。その写真をおれは彼女の箱のなかに入れた。「あの犬はどうなったでしょう?」とおれが言った。

「ここには居ません。パイルはゆうべ、あれを連れていたかも知れない」

「たぶん帰って来るだろうから、足についてる土を分析できるでしょう」

「わたしはルコックじゃありませんよ、メグレでさえもない、いまは戦争中ですからな」

おれは書棚へ行って、二列にならんだ書物を——パイルの蔵書を見た。『赤い中国の前進』、『デモクラシーへの挑戦』、『西欧の役割』——この三冊が、たぶん、ヨーク・ハーディングの全著作だ。大部なアメリカ国会の議事録、ヴェトナム語の会話書、フィリピンの戦史、モダン・ライブラリー版のシェイクスピアなどがある。暇つぶしにはどんな本を読んだのだろう? 別の書棚に、彼の軽い読みものが並んでいた。ペイパーバックのトマス・ウルフ、『生の凱歌』という題の宗教詩の詞華集、それに、アメリカの詩の選集があった。チェスの詰将棋の問題集もあった。一日の仕事の終りに読む娯楽にしては、そう多いとは思えない、が、何といっても、あの男にはフォンがあったのだ。詞華集のうしろに、紙表紙の『結婚の生理学』という本が押しこんであった。あの男は東亜を研究したように、セックスの研究をしていたのだろう——紙の上で。そしてその合言葉は〝結婚〟だ。パイルは捲きこまれるのをいいことだと思っていたのだ。

机の上には何もなかった。「ずいぶん綺麗に持って行きましたね」とおれは言った。「いや、なに、わたしはアメリカ公使館の利益のために、この仕事を処理させられたんですよ。噂の伝わるのは実に早いものですからなあ。何が盗まれてるかわかりませんから、わたしは書類を全部まとめて封印してしまいました」にっこりとも笑わずに、真顔で彼はこのことを言った。

「何か不利益なものがありましたか？」

「同盟国にとって不利益なものを発見する権限はわれわれにはありませんよ」ヴィゴーが言った。

「ここにある書物のなかから——遺品として一冊、持って行っても構いませんか？」

「あっちを向いていましょう」

おれはヨーク・ハーディングの『西欧の役割』をえらんで、フォンの衣類と一緒に箱のなかに入れた。

「友人として、内々でわたしに話してもらえることはありませんかね？」ヴィゴーが言った。「わたしの報告書はもう出来てしまいました。被害者は共産主義者の魔手にかかったものである。おそらくは、アメリカの援助に対する反抗運動の手はじめであろう。しかし、あんたとわたしのあいだで——ま、聴いて下さい、酒でも飲みながら話したいんだが、そこの角を曲ったところでヴェルモット・カシスでも一杯どうです？」

「時間が早すぎるな」

「パイルは、最後にあんたに会ったとき、何かうちあけませんでしたか？」

「いや」

「それはいつです？」

「昨日の朝でした。例の大爆発のあとで」

彼はそのおれの答えが——自分の頭のなかにでなく、おれの頭のなかに深く印象づけられるようにしばらく黙っていた。フェアな質問の仕方だ。「パイルがゆうべ、あなたを訪ねたときは、あんたは外出してたんですね？」

「ゆうべ？ きっとそうでしょう。わたしはそうとは……」

「あんたは出国査証が欲しいんじゃないですか。われわれはそれを無期限に遅らせることができるんですよ」

「きみは、わたしが帰国したがってると、本気で信じているのですか？」

ヴィゴーは、雲ひとつなく晴れわたった空を窓から見た。彼は悲しそうに言った、「大概の人はそうですよ」

「わたしはこっちにいる方がいいんだ。故国《くに》へ帰ると——いろいろ問題があってね」

「くそっ《メルド》」とヴィゴーが言った、「アメリカの経済アタッシェが来やがった」彼は嘲弄的にくりかえした、「経済アタッシェがね」

「こっちは退散した方がいいな。あの男はおれまで封印したくなるだろう」

ヴィゴーは屈託げに、「じゃ、気をつけていらっしゃい。わたしはさぞいろいろとあいつから吊るしあげられることでしょう」

おれが家の外へ出たとき、経済アタッシェは自分が降りたパッカードのそばに立って、何か運転手に説明しようとしていた。肥った中年の男で、尻がばかに大きく、剃刀の必要を全然感じないような顔をしている。彼は、「ファウラー」とおれを呼んで、「この運転手のやつに、すまないが説明してやってくれないか……？」

おれは説明してやった。

彼は言った、「しかしわしもいまそれと同じことを言ったんだが、この男はいつもフランス語がちっともわからんような顔をするんだよ」

「発音の問題だろうな」

「わしはパリに三年いたよ。こんなヴェトナム人には勿体《もったい》ないぐらい、発音はいいつもりだが」

「デモクラシーの声、か？」

「何だね、それは？」

「そういう本を、ヨーク・ハーディングが書きそうなものだと思うんだよ」

「きみの言ってることはわからん」彼はおれの抱えている箱を、怪訝そうに見た。「きみ、あすこから何を持って来た？」

「白い絹のズボンを二本、絹の服を二着、若い女のパンツ――たしか三枚。みんな国産品だ。アメリカの援助物資じゃない」

「あの部屋へ上ったのかい？」

「上った」

「ニュースを聞いたんだね？」

「聞いた」

「ひどいことになったよ」と彼は言った、「ひどいことだ」

「公使はさぞ心配してるだろうな」

「まったく。公使はいま高等弁務官と会っているが、首相にも会見を申しこんだよ」彼はおれの腕に手をかけて、自動車のそばから離れて少し歩いた。「きみはパイルとは、ごく懇意にしていたんだろう？　あんなことが、あの青年の身の上に起るなんて、わしにはとても我慢ができん。わしはあれの父親を知っている。ハロルド・C・パイル教授――きみも名前は聞いているだろう？」

「いや」

「水蝕作用の研究では世界的の権威だ。先月の《タイム》の表紙に出ていた写真を見なかったかね？」

「ああ、たしかにおぼえている。崩れかけた絶壁を背景にして、手前の方に金縁眼鏡をかけて」

「あの人だよ。わしは電報の文案を書かなくてはならなかった。つらかったよ。まるで自分の息子のように、わしはあの青年を愛していたのだ」

「じゃ、あんたは、あの男の父親と親類同然になったわけだ」

彼は濡れた鳶色の眼でおれの顔を見た。「きみは何を考えてるんだ？　そんな言い方はないだろう、あんな優秀な青年が……」

「や、失礼」とおれは言った。「死に対する人間の受け取り方はいろいろだからね」ことによるとこの男は、ほんとにパイルを愛していたのかも知れない。「どういう電文を書いたの？」

彼は厳粛に、文字通りに答えた、「〝デモクラシーの大義に殉じ、令息の戦死せられしことを報ずるを悲痛とす〟。公使の名で、打ったよ」

「戦死か」とおれは言った。「それは少しおかしくはないかね？　つまり国内の人たちから見てのことだが。経済援助使節団《ミッション》というのは軍隊らしくないからね。やっぱりパープル・ハート勲章が貰えるのかね？」

様子ありげな、緊張した低い声で彼は言った。「パイルは特殊任務に就いていたのだ」

「ああ、そのことなら、われわれはみんな想像していたよ」

「自分でそう言いはしなかったろうね？」

「むろん、言わなかったよ」とおれは答え、その瞬間、ヴィゴーの言葉が心によみがえった――「ええ、そう、ごくおとなしいアメリカ人ですな」

「なぜやつらは殺したか、誰が犯人か、何か思い当ることがあるかね？」

急におれは腹が立った。彼らのすべて、彼らの私蔵のコカコーラ、彼らの移動病院、彼らのワイドカー、彼らの最新式でない武器、何もかもひっくるめての彼らに、おれは倦きあきした。おれは答えた。「あるね。やつらがパイルを殺したのは、あの男が生かしておくには無邪気すぎたからだよ。若くて無知で、愚かだったから、あの男は捲きこまれた。あんたがたみんなと同様、あの男は事件の全貌について何ひとつわかっていなかった。そこへあんたがたはパイルに金とヨーク・ハーディングの東亜問題の著書とを渡して、『やれ。デモクラシーのために、アジアを手に入れろ』と言った。あの男には講堂で聴いたこと以外は何も見えなかった。そしてあの男の読んだ本の著者たちや、大学の教授たちが、あの男をだまくらかした。死体を見ても、あの男はその傷口を見ることさえできなかった。赤の脅威か、デモクラシーの戦士かにすぎなかった」

「きみはあの男の友達だと思っていたが」恨めしそうな調子で、経済アタッシェは言った。

「友達だったよ。おれはあの男がアメリカで、新聞の日曜版附録の野球記事でも読んでいる姿を見たかったよ。ブック・クラブの会員になっている標準型のアメリカ娘と、無事に暮らしているあの男の姿を見たかったよ」

　相手は照れて、咳ばらいをした。「いや、たしかに、わしはあの不幸な出来事のことを忘れていた。あの件では、ファウラー、わしはハッキリ、きみの味方だったよ。あの男の行跡は甚だわるかった。いまだから言ってもかまわんが、あの娘のことについて、わしはパイルと長い時間、話をした。というのも、わしはパイル教授夫妻と懇意だという立場から……」

「ヴィゴーが待ってるよ」とおれは言って、彼のそばを離れた。そのとき、やっと彼はフォンの居るのに気がつき、おれが振り返って彼の方を見ると、彼はせつなげな戸惑いした表情で、おれを見つめていた。いつになっても弟の気持のわからない兄――それがこの男の役割だ。

第三章

1

パイルとフォンとの初対面は、たしか、彼が来てから二カ月後のことで、場所はやはりコンティネンタル・ホテルだった。ちょうど日が落ちたばかりの宵の口、しばしの涼しさが訪れ、横丁の露店に、蠟燭の灯がともされた頃あいだった。フランス人が〝四・二・一〟遊びをしているテーブルでは骰子《ダイス》がカラカラ鳴り、白い絹のズボンをはいた娘たちがカティナ街を自転車で走って行った。フォンはオレンジ・ジュースを飲み、おれはビールを飲みながら、二人でそうしていることに満ち足りて、沈黙を楽しんでいた。そこへパイルが自信なさそうに寄って来たので、おれは二人を引きあわせた。パイルは若い女に会うと、いままで一度も見たことのないものを見るように見つめていて、それから顔をあかくする癖があった。「いかがです、お二人とも、ぼくのテーブルへ来ていただけませんか。公使館のアタッシェが一人……」

それが経済アタッシェだった。上のテラスから、ニコニコ顔でおれたちを見おろしていた。よく広告で見かける、いつもちゃんとデオドラントを使っているので友達から嫌われずにいる男のような、自信たっぷりな、すばらしく愛想のよい微笑である。おれは彼がたびたびジョーという名で呼ばれるのを聞いたが、姓を呼ばれたのをついぞ聞いたことがない。彼は大騒ぎで椅子を動かしたりボーイを呼んだりして、サーヴィスにつとめた、もっともコンティネンタルでは、いくら騒いでみたところで、ビールか、ブランディ・ソーダか、ヴェルモット・カシスのうちのどれかが出て来るだけのことだったが。「ここできみたちに会おうとは思わなかったよ、ファウラー」と彼は言った。「わしらはハノイから帰ってくる連中を待っているのだ。相当のいくさがあったらしいね。きみは行かなかったのかい?」

「たった一回の記者会見のために、四時間も空を飛ぶのは、もう倦きたよ」とおれは答えた。

その返事が気に入らぬようすで、彼はおれを見た。「実際、連中は熱心だよ。何しろ、事業をやるなり、ラジオではたらくなりすれば、何の危険もなく倍の収入がありそうに思えるがね」

「だがそれだと、はたらかなくちゃならんだろうね」とおれが言った。

「連中が戦闘をかぎつけるのは、まるで軍馬のようだ」自分の聞きたくない言葉には、一顧も払わずに、ますます調子を高くして、「ビル・グレンジャー――あの男なぞ、どうしたって戦闘《スクラップ》から除外することはできんからね」

「たしかにそうだと思うね。現にこのあいだの晩も、〈スポーティング〉のバーで、やっこさん大立廻《スクラップ》りをやっていたよ」

「何だ、きみはわしの言った意味がわかっているくせに」

二台の輪タク車夫が懸命にペダルを踏んで、カティナ街を疾走して来て、コンティネンタルの外側へ紙一重の差でほとんど同時に乗りつけた。前の車にはグレンジャーが乗っていた。もう一台の方には、小柄な、黙りこくった、灰色の塊がのせてある。その塊をグレンジャーは歩道の上へ引きずりおろしはじめた。「さあ出て来い、ミック、出るんだよ」それから今度は車夫と車賃のかけあいをはじめた。

「そら、勝手にしろ、要らなきゃ、持ってゆくな」と彼は言って、正当な賃銭の五倍の金を街路へ投げだし、車夫に拾わせた。

経済アタッシェが神経をとがらせて言った、「連中も少しは浩然の気をやしなっても当然だろう」

グレンジャーは抱えて来た例の塊を、椅子の上に投げだした。それから、フォンの姿に目をつけた。「おや」と彼は言った、「ふといやつだな、ジョー。どこでこんな娘をみつけたんだ？　きみが色ごとをするとは、ちっとも知らなかったぞ。すまん、小便をして来る。ミックをたのむぜ」

「がさつだな、まるで兵隊だ」とおれは言った。

パイルが真剣に、また顔をあかくしながら言った、「こんなことになると思ったら、お二人をお誘いするんじゃなかったんですが……」

灰色の塊が椅子のなかで動きだし、頭がまるで胴にくっついていないかのようにテーブルの上にがくりと落ちた。それから溜息をついた、長い、無限の退屈から出た笛のような溜息で、そのあとはまた動かなくなった。

「きみはこの男を知ってるかい？」おれはパイルに訊いた。

「いえ、知りません。新聞の人じゃないんですか？」

「ビルはミックと呼んでいたようだね」と経済アタッシェが言った。

「UPの新しい特派員が来たんじゃありませんか？」

「いや、この男とはちがう。おれは知ってるよ。経済使節団《ミッション》はどうだね？　何しろ何百人といるんだから、きみたちだって、みんな顔を知ってはいないだろう」

「いや、ミッションの男ではないと思う」と経済アタッシェが言った、「どうも思いだせない」

「身分証明書を探してみたらどうでしょう」とパイルが言いだした。

「たのむから、そいつの眼をさまさせないでくれ。酔っぱらいは一人でたくさんだ。とにかく、グレンジャーは知ってるんだろう」

ところがグレンジャーは知らなかった。彼は陰気な顔つきで便所から帰って来た。「その美人は誰だ？」気むずかしい調子で、彼は訊いた。

「ミス・フォンは、ファウラーのお友達だよ」パイルがぎこちない調子で言った。「それより知りたいのは……」

「ファウラーはどこでその女を見つけたんだ？　この町では、気をつけないといかんぜ」陰気な調子で、彼は付け加えた、「ペニシリンはありがたいな」

「ビル」経済アタッシェが言った、「わしらはミックが誰だか知りたいんだよ」

「おれが知るもんか」

「しかしきみがここへ連れて来たんだぜ」

「蛙《フロッグ》ども（フランス人のこと）にスコッチは飲ませられん。気絶しやがった」

「フランス人か？　きみはミックと呼んでいたようだが」

「何とか名前をつけて呼ぶしかないじゃないか」グレンジャーが言った。彼は、フォンの方へ身を乗り出して言った、「おい。お嬢さん。オレンジをもう一杯どうだね？　今晩は約束ずみかい？」

おれが言った、「このひとは毎晩約束ずみだよ」

経済アタッシェが急いで話題を変えた、「戦争はどうだね、ビル？」

「ハノイ北西方面で大戦果さ。フランス軍はおれたちが知らない間に取られていた二つの村を奪還したよ。ヴェトミン軍に多大の損害を与えた。味方の死傷者の数はまだ数えきれなくて、二週間もすれば教えてくれるだろう」

経済アタッシェが言った、「噂によると、ヴェトミン軍がファト・ディエムへ侵入して、大聖堂を焼き払って、司教を逐《お》いだしたというね」

「ハノイではそんな話は出ないさ。そんなのは戦果じゃないからな」

「ぼくらの医療団は、ナムディンからさきへは行けなかったそうです」とパイルが言った。

「きみもあすこまでしか行かなかったのかい、ビル？」経済アタッシェが訊いた。

「おれを誰だと思ってるんだ？　おれは特派員だから旅行許可証を持っていて、その許可証の地域外へ出れば、すぐわかるようになっている。おれはハノイの空港まで飛行機でゆく。自動車に乗せられてプレス・キャンプへ行く。奪還した二つの町の上を飛ぶようにお膳立てが出来ていて、そこに三色旗がひるがえっているのを見せられる。あの高度じゃ、どんな旗だって同じことさ。それから記者会見をやって、参謀の大佐がおれたちの見て来たことの説明を聞かせる。それから検閲を受けて電報を打つ。それから酒を飲む。インドシナ随一のバーテンが居る。それから飛行機で帰って来るんだ」

パイルは顔をしかめて、自分のビールのコップを見つめていた。

「そりゃ少し自分を卑下しすぎてるよ、ビル」と経済アタッシェが言った。「だって、あの六六街道の戦記なんか——あれは何という題だっけな？　『地獄街道』——あれなんかピューリッツァ賞ものだったよ。わしが言ってるのはどの話だか、わかってるだろう——溝のなかに膝を突いていて頭を吹っとばされた男、それから夢遊病で歩いているのをきみが見た話……」

「きみはおれがほんとにあの血腥い街道の近くへ行ったと思ってるのか？　スティーヴン・クレインは戦争を見ないで戦場を描写したじゃないか。なぜおれがやってはいけないんだ。要するにこんなものは下らない植民地戦争だよ。おれに酒をもう一杯くれ。そのあとで女の子を探しに行こう。ひとがうまいことをやっているのをみれば、おれだってうまいことがやりたいや」

おれはパイルに言った、「ファト・ディエムについての噂は、何か意味があると思うかね？」

「わかりません。重要な問題ですか？　ぼくは行って、見て来たいな」と彼は言った、「もしそれが重要なら」

「経済使節団にとって重要ということかい？」

「いや、そうですね、そこはハッキリした一線を引くわけにゆきませんね。医療も武器の一種じゃありませんか？　あのカトリック教徒というのは、コミュニストに対して非常に強いんでしょう？」

「カトリックもコミュニストと交易をしてるよ。あすこの司教は、牛だの建物に必要な竹だのを、コミュニストから買うんだよ。彼らが正確な意味でヨーク・ハーディングのいわゆる〝第三勢力〟だとは言えんと思うね」おれはパイルをからかった。

「さあ、引き揚げようぜ」グレンジャーがどなっていた。「こんなところで、一晩じゅうぐずぐずしておれるか。おれは〈五百人の乙女の家〉へ出かけるぞ」

「あなたと、ミス・フォンが、ぼくと一緒に食事をしていただけるんなら……」パイルが言った。

「晩飯なら〈シャレー〉で喰えるさ」グレンジャーがさえぎった、「そのあいだにおれが隣りで女の子をやっつけるから。行こう、ジョー。きみだって、とにかく男だ」

いま思うと、そのとき、男とはいったいなんだ、と訝りながら、おれは、はじめてパイルに親愛の情を覚えた。彼は腰かけたままグレンジャーから顔をそむけ、ハッキリとうとましそうな表情で、ビールのジョッキをひねくっていた。彼はフォンに言った、「あなたはこういう内輪話には、すっかり厭気がさしていらっしゃるんじゃありませんか――いや、ぼくの言うのは、あなたのお国についての話ですが？」

「え、何でしょうか？」

「きみはミックをどうするつもりだね？」と経済アタッシェが訊いた。

「ここに置いてくさ」グレンジャーは答えた。

「そうはゆかないよ。きみは名前さえ知らないんだ」

「じゃ一緒に連れてゆこう、女どもに世話をさせればいい」

経済アタッシェは世間人らしく大声で笑った。その顔はテレビジョンに映った顔みたいだった。彼は言った、「きみたち若い者はやりたいことをやるさ、しかしわしはもうあそぶ年齢《とし》じゃない。この男をわしが家へ連れてゆくよ。きみはフランス人だと言ったね？」

「しゃべったのはフランス語だ」

「この男をわしの車へのせてくれれば……」

経済アタッシェの車が行ってしまうと、パイルはグレンジャーと一緒に一台の輪タクに乗り、フォンとおれとはそのあとからショロンへと走らせた。グレンジャーがフォンと同じ輪タクに乗ろうとしたが、パイルがそれをうまくはぐらかしてくれた。そうして華僑の町への長い郊外の道路を走っているうちに、フランス軍の装甲車が追い越して行った。銃を外へ突き出した、どの車の上にも、黙々とした将校が、身動きもせず、真っ黒な、拭ったような大空と、そこにちりばめられた星との下に、船首像のように坐っている——たぶんまた、ビン・スエン団の私兵とでも衝突が起ったのだろう。ビン・スエンは〈大世界《グラン・モンド》〉やショロンの賭博場を経営している顔役だ。この国は群雄割拠の国だ。中世のヨーロッパに似ている。だがアメリカ人は、一体こんな国で何をしているのか？　いまはまだコロンブスが彼らの国を発見する前の時代じゃないか。おれはフォンに言った、「あのパイルという男、おれは好きだよ」

「おとなしい人ね」と彼女は言った――この彼女が最初に使った〝おとなしい〟という形容詞が、それ以来まるで中学生の綽名《あだな》のように固着して、最後には同じ言葉を緑色のアイ・シェードをつけたヴィゴーの口から、パイルの死を告げられるときにまで聞かされることになったのだ。

おれは〈シャレー〉の前で輪タクをとめ、フォンに言った。「なかへ入って、テーブルを取っておいてくれ。おれはパイルが心配だから」パイルを保護しようとする衝動を最初に感じたのが、このときだった。無邪気とは、つねに黙っていて他人の保護を求めるものだ、実はわれわれは逆にそれに対して自己を衛るほうが、はるかに賢いのだが。無邪気とは世の中になんの害をも与えるつもりなしにうろつきまわる伝染病患者に似たものだ。

おれが〈五百人の乙女の家〉に着いたときは、パイルとグレンジャーとは、もう内へ入っていた。入口のすぐ内側にある憲兵屯所で、おれは訊いた、「アメリカ人が二人、いますか？」

若い外人部隊の伍長だった。彼は拳銃を掃除していた手をやすめて、拇指を入口の方へ突き出し、ドイツ語で何か冗談を言った。おれにはその意味がわからなかった。

屋根のない広大な中庭は、休憩の時間だった。何百人という妓女たちが、草の上に寝そべったり坐ったりして、仲間どうし、おしゃべりをしていた。広庭をとりまく小部屋のカーテンは開け放しで――一人の女は、疲れた姿でベッドの上に踵を組みあわせ、一人で仰臥していた。ショロンの情勢が不穏なので、兵隊たちは外出を許されないから、彼女たちは何も仕事がない――肉体の安息日だ。一ヵ所だけ、女たちが金切声をあげてつかみあいをしているので、この店の本領がまだ失われていないことを示していた。ある知名の士が、このつかみあいを逃れて、やっと憲兵屯所までたどりついたときには、ズボンが無くなっていたというサイゴンでのひとつ噺を、おれは思いだした。ここではシヴィリアンは何の保護も受けられない。もし軍の縄張りを荒らす料簡を起すなら、自分で自分の身を護り、自分の力で逃げ道を見つけるほかはない。

おれは戦術を知っていた――分断して攻略せよ。おれのまわりに群がって来た女たちのなかから一人をえらんで彼女を押しながら少しずつパイルとグレンジャーがもがいている方へ進んで行った。

「おれは年寄りだ」とおれは言った。「もうだめだよ」女はクスクス笑いながら、身体を押しつけて来た。「あすこにおれの友達がいる。あの男は大金持で、身体も強い」

「まあいけすかないひと」と女が言った。

顔を真赤にして、大得意になっているグレンジャーの姿がみえた。この大騒ぎを、自分の男らしさへの讃美だとでも思っているらしい。一人の女が、パイルの腕を抱えて、輪の外へ引きだそうとしていた。おれはその輪のなかへ自分の女を押し入れながら、「パイル、こっちだ」と呼んだ。

「ひどい、実にひどい」女たちの頭ごしに、パイルがおれを見て言った。光線のかげんか、その顔はひどくゲッソリしていた。この男、ことによると童貞かも知れん、と、ふとおれは思った。

「こっちへ来い、パイル」おれは言った。「あとはグレンジャーにまかせておけ」彼が腰のポケットの方に手をやるのを、おれは見た。おれは彼が持ち合わせのピアストルやドル紙幣をみんな出してしまう気でいると本気で思った。「ばかなことをするな、パイル」おれは鋭い声で言った。「そんなことをすれば大喧嘩になるぞ」おれの女が、またおれの方へ帰って来かけたので、おれはもう一度グレンジャーを取り巻いている輪のなかへ押し入れた。「だめ、だめ、おれはイギリス人だ、貧乏人だ、とても貧乏なんだ」その時おれはパイルの袖をつかんで、やっと輪のなかから引きずりだした。女が、他の一方の袖にぶらさがって、まるで釣針にかかった魚のように引きだされて来た。例の伍長の立っている門のところまで来るあいだに、二、三人の女が邪魔をしたが、それほど熱心ではなかった。

「この娘《こ》をどうしたらいいだろう？」パイルが言った。

「何も困ることはないさ」と言ったとたんに、パイルの腕をつかんでいた娘は手をはなして、グレンジャーをとりまく叫喚のなかへ跳びこんで行った。

「グレンジャーは大丈夫かしら？」パイルが心配そうに訊いた。

「あの男は望みを果たしたわけだよ――うまいことをしてるんだ」

外はごく静かな夜で、また一隊の装甲車が、決意した人間の群のように、通りすぎただけだった。「ひどいものだ。ぼくは信じられない、あんな可愛らしい娘たちが……」パイルは、グレンジャーをうらやんでるのではなかった。何によらず善きものが――可愛らしい、綺麗というのは、むろん善の一種である――汚され、虐待されていることが不服だったのだ。目のあたりに、彼は苦悩を見ることができたのだ(おれは嘲りの意味でこう書いているのではない、多くの人間は眼前に苦悩があっても、それを見ることができないのではないか)。

おれは言った、「〈シャレー〉へ戻ろう。フォンが待っている」

「すまなかった。すっかり忘れていた。あなたはミス・フォンを一人で残して来たのはいけなかった」

「危なかったのはフォンじゃないよ」

「ぼくは、ただ無事にグレンジャーを送りとどけようと……」彼はそこでまた黙想に沈んでしまったが、二人で〈シャレー〉へ入るとき、曖昧な、悩ましげな口調で言った、「世の中に男が大ぜい居ることをぼくは忘れていた……」

2

フォンはダンス・フロアに近い席をとって、待っていた。オーケストラは五年前のパリの流行曲を奏でていた。二組のヴェトナム人の男女が踊っていた、小柄で、小綺麗で、超然として、われわれの遠く及ばぬ都雅の気品を身につけて（一組はおれの知っている、インドシナ銀行の会計係とその妻だった）。彼らは決して身だしなみを忘れず、卑しい言葉を使わず、決して汚らわしい情熱の奴隷とはならぬような気がする。もし戦争が中世だとすれば、彼らは未来の十八世紀に似ている。あのファム＝ヴァン＝テュ氏なら、閑暇を消すためにオーガスタン風の詩を書きそうに思っても不思議でない、が、おれは偶然に彼がワーズワースの研究家で、自然詩人であることを知っている。彼はイギリスの湖水地方の雰囲気に最も近いダラトで、休暇をすごす。おれの席の方へ廻って来て、彼はかるく頭をさげた。五十ヤード離れたところではグレンジャーが、果してどんな首尾になっているだろうと、おれはふと思った。

パイルはへたくそなフランス語で、フォンに長いこと待たせてすまなかったと謝っていた。

「申し訳ありません《セ・タンパルドナーブル》」と彼は言った。

「どこへ行っていらっしゃいましたの？」と彼女は彼に訊いた。

彼は答えた、「グレンジャーを家へ送りとどけて来ました」

「家へか？」とおれが声をたてて笑ったので、パイルはまるでもう一人のグレンジャーに会ったように、おれを睨んだ。すると、突然、おれは彼の見たままのおれ自身を見た——眼が少し充血し、体重がふえはじめている中年男、恋愛について厚かましくなり、グレンジャーほど騒々しくはないだろうが彼よりシニカルであり、無邪気でない——またおれは、一瞬、はじめて〈大世界《グラン・モンド》〉のおれのテーブルの近くを、白の舞踏服《ボール・ドレス》すがたで踊りすぎる十八歳のフォンを見たときと同じフォンを、そこに見た。あのとき彼女は、彼女に立派なヨーロッパ風の結婚をさせようと、かたく決心している一人の姉に見まもられていた。一人のアメリカ人が、チケットを持って、彼女にダンスの申しこみをした。その男はすこし酔っていたが、さして迷惑になるほどでもなかった。それにおれの想像では、この国に来て日が浅かったので、〈大世界《グラン・モンド》〉で客を迎える婦人たちはみな淫売だと思っていたらしい。最初の一回、フロアをまわるあいだ、ひどく彼女に躰を寄せすぎていた、すると突然、彼女はさっさと姉のところへ戻って腰をおろしてしまい、男はいったい何事が、なぜ起ったのかもわからず、踊り手たちのまんなかに一人残され、立ち往生してしまった。そしてそのときまだおれが名を知らなかった若い娘は静かに、微塵も平静を失わずに、ときどきオレンジ・ジュースをすすりながら、そこに腰をおろしていた。

「お相手ねがえましょうか《プ・トン・ナヴォワール・ロヌール》？」パイルが例のおそるべき発音で言い、一瞬後には二人が部屋のずっと向う端で無言で踊っているのを、おれは見た。パイルは身体をずっと遠く離して彼女を抱いていたから、いまにも完全に離れてしまいそうにさえ見えた。彼はダンスもへたくそだったが、フォンの方は〈大世界《グラン・モンド》〉にいたあいだ、おれの知るかぎりでのベストダンサーだった。

それは長いあいだの、つまずきの多い求愛だった。もしおれが結婚を申しこみ、それにともなう一定の金銭的な条件を出しさえしたら、万事はもっとずっと楽になったろうし、例の姉も、おれたち二人が一緒にいるときは、静かに、また要領よく、姿を消してくれたろう。三カ月たっても、まだおれは、マジェスティック・ホテルのバルコニーの一つで、ほんの僅かの間二人きりになれただけだった。そのあいだも、彼女の姉は部屋のなかに居て、いつになったらこちらへ来てくれるのかと催促しつづけていた。フランスから着いた貨物船が、煌々とした燈火の下で、サイゴン河で荷揚げをしていて、輪タクのベルが電話のように鳴っていた。おれはいっぱし気のきいたことをしゃべってはいたが、まるで無経験な青二才も同然だった。落胆してカティナ街のベッドへ帰ったおれは、だから四カ月後、彼女がおれの隣りに寝て、少し息をはずませながら、みんな思いのほかだったといわぬばかりの驚いたような笑い声を立てることになろうとは、夢にも思っていなかったのだ。

「ムシュウ・フゥレール」おれは二人のダンスをずっと見ていたので、彼女の姉がよそのテーブルから合図をしているのに気がつかなかった。いま、立って来られては、坐れと言わないわけにもゆかない。この姉とは、彼女が〈大世界《グラン・モンド》〉で病気になり、そしておれがフォンと自分の部屋で会って以来というもの、ずっと友達らしいつきあいをしなかったのだ。

「まあ、一年ぐらい、お目にかかりませんでしたわね」

「たびたびハノイへ出かけていましたからね」

「あのお友達はどういう方《かた》？」

「パイルという男です」

「何をしていらっしゃるの？」

「アメリカ経済使節団ではたらいている。どんなことをやるか知ってるでしょう――餓死しかかってる裁縫女に、電気ミシンをくれてやる仕事だ」

「まあ、そんな可哀そうなひとがいますの？」

「いや、そこまでは知らない」

「でも裁縫女は使いませんわよ。電気なんか通じてるところに住んでいませんもの」彼女はちっとも洒落のわからない女だった。

「パイルに訊いてみないとわからないね」とおれは言った。

「あの方、結婚していらっしゃるの？」

おれはダンス・フロアの方を眺めやった。「あの男は、まあ、あの程度にしか女に近づいたことはないだろうな」

「ダンスはずいぶんおへたね」と姉が言った。

「うん」

「でも、感じのいい、信頼のできるお人柄らしいわね」

「そう」

「あたくし、暫くここに居てもよろしくって？　あたくしのお連れは、みんな退屈なひとばかりですわ」

音楽がやんで、パイルは堅苦しくフォンにお辞儀をし、それから彼女を席に連れ戻って、彼女の椅子をうしろへ引いた。その堅苦しい行儀のよさを、彼女が嬉しく思っていることが、おれにはわかった。おれとのあいだで、彼女が求めても得られないものがいかに多いかを、おれは痛感した。

「このひとはフォンの姉さんのミス・ヘイだ」とおれはパイルに言った。

「お目にかかれて、たいへん嬉しく存じます」と彼は言って、顔をあかくした。

「ニューヨークからおいででございますの？」姉が訊いた。

「いえ。ボストンです」

「そこもやはりアメリカのなかでございますか？」

「はあ。そうです」

「お父さまは実業家でいらっしゃいますか？」

「いえ違います。教授です」

「学校の先生でいらっしゃいますの？」かるい失望の調子が、その問いにはこもっていた。

「ええ、いわば、一種の権威者です。世間からいろいろ相談を受けます」

「健康についてですの？　ではお医者さままでいらっしゃるの？」

「ドクターでもそういう種類のではありません。しかし工学の博士《ドクター》です。水蝕についてなら何でもわかるんです。水蝕とはどういうことかご存じでしょう」

「いいえ」

パイルはちょっとユーモアを入れようと、「じゃあ、そのお話は親父にまかせておくことにしましょう」

「では、こちらにいらっしゃいますの？」

「いやいや」

「でも、お見えになるんですのね？」

「いや。あれはちょっと、冗談を言ったんです」パイルはあやまるように言った。

「あんたにはほかにも妹さんがあるの？」とおれがミス・ヘイに訊いた。

「いいえ。なぜですの？」

「何だか、まるでパイル君の結婚資格を調査してるみたいだったからね」

「あたくしには、妹はたった一人ですわ」ミス・ヘイは言って、議長が指示を徹底させるために木槌《ギャヴェル》で卓をたたくように、ずっしりとフォンの膝にその手を置いた。

「お妹さんは、とてもお綺麗ですね」とパイルが言った。

「妹は、サイゴンで一番美しい娘ですわ」まるでパイルの言葉を訂正するように、ミス・ヘイが言った。

「そうだろうと思います」

おれが言った。「食事を註文する時間になった。サイゴン一の美人でも、飯は喰わなきゃならない」

「まだおなかが空きませんわ」とフォンが言った。

「妹は繊弱《デリケート》ですから」ミス・ヘイは頑として言葉をつづけた。その声には一種の悪意が感じられた。「大切にしてやらなくてはなりませんわ。またそれだけの値打がありますもの。この子は、とても、とても貞淑ですのよ」

「ぼくの友達は幸運な男です」パイルが重々しく言った。

「妹は子供が好きですの」ミス・ヘイが言った。

おれは笑った、が、そのとき、ふとパイルと視線が合った。ギョッとしたような顔で、おれを見ていた。すると突然、おれはパイルがミス・ヘイの言葉に本気で関心を持っていることに気がついた。おれは食事を註文しながら（フォンは空腹でないと言ったが、上等のタルタル・ステーキに二個の生卵、その他ぐらいは喰べられることを知っていた）パイルが大真面目で子供の問題を論じるのを傾聴した。

「ぼくは子供をたくさん欲しいと、いつも思っていました。子供が多いということには、すばらしい利益があります。それが結婚の安定性を増すのですね。子供たちにとっても有益です。ぼくは一人息子でしてね。一人息子っていうのはとても損をしますよ」おれはパイルがこんなに多弁になったのを見たことがなかった。

「お父さまは、お幾つでいらっしゃいますの?」ミス・ヘイはまだ欲深に質問した。

「六十九歳です」

「お年寄りの方《かた》は、お孫さんを可愛がりますわね。妹に両親がなくなって、子供が生れても喜んでもらえないのが、悲しゅうございますわ。その日が来ましても」そしておれの方を、恨めしそうに見た。

「それはあなたも同じことです」とパイルが言ったが、おれには言わずもがなのような気がした。

「父はたいへん良い家柄の者でございました。フエの高官《マンダリン》でしたの」

おれが言った、「みんなのぶん、食事を註文しておいたよ」

「あたくしは結構」とミス・ヘイが言った。「お友達が待っていますから。またパイルさんにお目にかかりたいわ。機会をつくって下さいね」

「北から帰ってからのことだな」とおれは答えた。

「北へいらっしゃるの？」

「そろそろ、また戦争を見にゆく時分だと思ってね」

「だって記者団は帰ったばかりでしょう」パイルが言った。

「そこが何よりおれには都合がいいのさ。グレンジャーと会わないですむ」

「それじゃ、ムシュウ・フゥレールのお留守に、パイルさん、あたくしのところへ、妹と二人で食事にいらしって下さいません？」そして厭々らしくお愛想に付け加えた、「妹を元気づけるために」

姉が立って行ったあとで、パイルが言った。「実にチャーミングな、教養のゆたかな女性ですね。たいへん上手に英語を話されますね」

「姉は、前にシンガポールで会社につとめていたと、パイルさんに言ってちょうだい」フォンが得意になって言った。

「ほんとうですか？　どういう会社です？」

おれは通訳した。「輸入、輸出。速記もやれる」

「経済使節団にもああいうひとがもっといたら、いいと思いますね」

「姉にそう話しますわ」とフォンは言った。「アメリカ人の下ではたらくようになったら、よろこぶと思いますわ」

食事がすんで、二人はまた踊った。おれもダンスはへただが、パイルのように自意識を持たずに振舞うことはできなかった——それとも、はじめてフォンを恋した時分には、おれも彼のように振舞ったのだろうか？　あの記念すべきミス・ヘイの病気の夜以前に、おれは〈大世界《グラン・モンド》〉で、二人きりで話す機会をとらえたいばかりにフォンと踊ったことは始終あったにちがいない。もう一度、フロアをめぐって、こちらへ近づいて来るあいだも、パイルは決してそんな機会を利用しはしなかった。ただ幾らかくつろいだ気分になっただけなのだ。そして、いくらか腕の長さよりも間隔が近づいてはいるが、二人とも無言だ。だがおれは急にフォンを——かろやかに、正確に自信にみちたステップでパイルをリードしているフォンを、あらためて愛しだした。この娘が、一時間か二時間の後に、あの薄汚いアパートへ、共用の便所と階段の上り端にしゃがんでいる老婆たちのところへ、おれと二人きりで帰ってゆくとは、信じられない気がするほどだった。

ヴェトミン軍のファト・ディエム侵入の風説なんぞを、いっそ聞かなければよかったと、おれは思った。しかもその町は、おれがフランス海軍のある将校と友達だったために、検閲も監視も受けずにもぐりこむことのできる、北部でのただ一つの町だったのも運が悪かった。それなのに、なぜ行ったたか？　特種が欲しかったのか？　ちがう、あのころは世界中が朝鮮戦争の記事ばかり読みたがっていたのだ。死の機会を求めたのか？　フォンと毎晩いっしょに寝ているおれが、なんで死にたいなどと思うだろう？　だがおれには答えられる。子供のころから、おれは永久というものを信じなかった、しかもそれをおれは渇望して来た。絶えず幸福を失うのを怖れた。今月か、来月か、フォンはおれを棄てるだろう。来年でなければ、三年後には。死は、おれの世界で、絶対価値をもつ唯一のものだった。生を失えば、もはや永久に二度と何ものも失うことはない。おれは神を信じることのできる人間がうらやましいし、また彼らに不信をもっている。彼らは永劫不変という神話で、生きる勇気を失うまいとしているに過ぎない。死は神よりもはるかに確実だし、死がくれば、もはや日毎に恋の滅びるのを怖れなくともすむ。白々しい退屈、無関心の未来、という夢魔も、死によって退散する。だからおれは断じて平和主義者でありえなかった。人を殺すことは、測り知れない利益をその人間に与えてやることにほかならぬ。そうだとも、人間は、昔から、いたるところで、その敵を愛してきた。苦悩と虚無とを与えられ、生きのびさせられてきたのは、味方の方だ。

「ミス・フォンをとりあげちゃって、すみません」パイルの声が言った。

「いや、おれはダンスはだめだからね。しかし、フォンの踊るのを見ているのは好きなんだ」フォンはいつもこんなふうに、まるでその場に居ないかのように、三人称で語られる女だ。ときとして、彼女は平和のように目にみえないことがあるようでもある。

その晩の最初のショウが始まった。歌手、手品師、道化――道化はひどく猥褻だったが、おれが見たところでは、パイルはその隠語がよくわからないらしかった。彼はフォンが微笑するときに微笑し、おれが笑うときに曖昧に笑っていた。「グレンジャーはいま頃どこに居るかなあ」とおれが言うと、パイルは恨めしそうにおれを睨んだ。

やがてその晩の呼び物がはじまった——女形の物真似芸人の一座である。その日の昼間、カティナ街を漫歩しているときに、彼らの姿を見かけていた。古いスラックスにスウェーター、顎のあたりを少し青くして、尻を振りながら歩いていた。いま、肩をむきだしたイヴニング・ドレス、贋物の宝石、贋物の乳房、そして嗄れ声の彼らは、少なくともサイゴンに居るヨーロッパの女たちの大部分と同じ程度には好ましく見えた。客席の若い空軍将校の一団が口笛を鳴らすと、芸人たちも嫣然《えんぜん》と微笑を返した。そのときパイルがあまりにも突然に発した憤りの激しさに、おれはおどろかされた。「ファウラー、出よう」と彼は言った。「もうたくさんじゃないですか？　これは少し、彼女《こちら》にふさわしくないよ」

第四章

1

大聖堂《カセドラル》の鐘楼から見ると、戦闘はただ絵画的なだけで、ふるい《イラストレーテッド・ロンドン・ニュース》に出ていたボーア戦争のパノラマのように動きがなかった。石灰山《カルケール》――あの奇妙な、軽石を積み重ねたようなアンナン国境の風雨に浸蝕された山々のなかに、たった一つ孤立した拠点があって、一機の飛行機がパラシュートで物資を投下しているが、それが滑空して、絶えず同じ場所へ帰っているから、まるで動いていないような感じで、パラシュートもいつも地面との中間の空の同じ場所にじっとしていた。平原からは、迫撃砲の炸裂がいつも変りなく起り、砲弾が石のようにかたく、そして市場では、昼の光のなかで色の薄れた炎がいくつか見える。パラシュートの豆粒のような白い姿が、運河ぞいに一列になって落ちるが、この高みからはいつも停止しているように見える。この塔の中で聖務日課を読んでいる司祭さえも、絶対に姿勢を変えない。遠くから見ると、戦争はまことに小ざっぱりと整頓されていた。

おれは明け方まえに、ナムディンからの上陸用舟艇で乗りこんだ。海軍基地は、六百ヤードの距離でこの町を包囲している敵のために連絡を断たれているので、上陸ができず、ボートは燃えている市場の近くに突入した。火焔の照明で、われわれは恰好の標的になったが、何の理由でか攻撃されなかった。市場の屋台の燃える音のほか、まったく静まりかえっていた。セネガル人の歩哨が、川ばたで足の位置を変える音さえ聞こえた。

今度の襲撃を受ける前のファト・ディエムを、おれはよく知っていた——木製の屋台店ばかり並んでいる狭い長い一本の通りで、その通りは百ヤードごとに一つずつの運河と、教会堂と、橋とで区切られている。夜になると、街は蠟燭か小さい石油ランプの灯だけの明るさで(ファト・ディエムには、フランス将校官舎を除いて、電燈はない)、しかも昼も夜も混乱と喧騒にみちていた。奇妙な中世的組織で、領主を兼ねている司教の勢力と保護とのもとで、かつてはその地方全体を通じての殷賑な町だったが、おれが上陸して将校官舎の方へ歩いて行ったときは、まったくの死の街と化していた。砕けた石と割れた硝子《ガラス》と、ペンキや漆喰の焼ける臭い、長い道筋は目のとどくかぎり人影が絶えて、それは空襲警報が解除された早朝のロンドンの街をおれに思いださせた。〝不発爆弾、注意〟というプラカードが、その辺にみられそうな気がした。

将校官舎の正面の壁は砲弾にふきとばされ、道路の向い側の家々は廃墟になっていた。

ナムディンから川を下って来る舟のなかで、おれはペロー中尉からいきさつを聞いた。中尉は真面目な青年で、フリーメイスン会員だが、彼にとっては、事件は彼の同胞の迷信に対する神の裁きのようなものだった。ファト・ディエムの司教は、かつてヨーロッパへ行って、有名な〃ファーティマの聖母〃――ポルトガルの子供の群に姿を見せたとローマ・カトリックの信者たちは信じている――に帰依した。帰国後、司教は大聖堂の境内に、この聖母を祀《まつ》る祠《ほこら》を建て、毎年、盛大な祭典を行ない、行列を催した。司教はその私兵を政府から解放させられて以来、フランス・ヴェトナム連合軍の司令官とはずっと不和になっていた。ところが今年は、司令官は幾分、司教と共鳴するところがあって――というのは二人とも、自分の国のほうがカトリック教よりも大切な人だったからだが――大いに親善のジェスチャーを示し、部下の高級将校連とともに行列の先頭に加わって行進した。〃ファーティマの聖母〃をたたえる祭典にファト・ディエムの町は未曾有の雑沓ぶりだった。多くの仏教徒までが――彼らは人口の約半分を占めている――祭の楽しさを見逃してはいられなかった上に、神も仏も信じない者どもまでが、ひるがえる長旗や、置き香炉や、金色の聖体顕示台などのものものしい有様によって、なんとなくこの土地が戦禍をまぬがれることを信じていた。司教の軍隊のなかで、これだけは残っている軍楽隊が、行列を先導し、司令官の命令で、フランス人の将校たちは合唱隊の少年のように粛々とこれにつづき、正門から大聖堂の境内に入り、伽藍の前にある小湖のなかの島に立っている聖心《みこころ》の白い彫像を過ぎ、東洋風に鴟尾《しび》の張り出した鐘楼の下を、おのおの一本の樹を使った巨大な柱に支えられた木造の伽藍のなかへ、その真紅に塗り立てた祭壇——キリスト教よりも遙かに仏教のにおいが濃い——の前へと進んだ。運河をめぐらした周辺の村々から——嫩緑《どんりよく》の稲の苗、黄金色の稲田の実りが、チューリップと風車の教会にとって代ったオランダの風景と思えばいい——群集がなだれこんだ。

その行列にまぎれこんでいたヴェトミンの便衣隊に気のついた者は一人もなく、その夜、共産軍主力の砲兵隊が、石灰山《カルケール》の峠道からトンキン平原に侵入するのを、山上のフランス前哨がなすところなく眺めているあいだに、かの先鋒隊はファト・ディエムの町なかで蜂起したのだ。

それから四日目のいま、パラシュート部隊の援けをかりて、敵を町から半マイルのところまで撃退した。この戦いは敗北である。新聞記者は立入りをゆるされず、電報も打てない、新聞には勝利の報道だけをのせなくてはならないからだ。当局はもしおれの目的を知っていたらハノイでおれを留めるところだったが、しかし総司令部から遠く出てゆけばゆくほど統制はゆるやかになり、最後に敵の砲火のとどくところまで来てしまえば今度はお客様に変る——ハノイの参謀部にとっては危険人物、ナムディンの上級大佐にとっては頭痛の種だったものが、前線の中尉にとっては愉快な冗談、気晴らしの相手、外界からの関心の一つの証拠であり、めぐまれた数時間を、いささか自分自身を劇中人物に仕立て、自分の部下の死傷者にまで偽りの英雄的な光線をあててみることにもなるのだ。

司祭が聖務日課を閉じて、「さあ、済みました」と言った。この人はヨーロッパ人だが、フランス人ではない。司教が自分の管内にフランス人の司祭を置くことをゆるさないのだ。司祭は弁解するように言った、「おわかり願えましょうな、あの大勢の気の毒な人々から離れて、ほんのしばらく静かな場所に居たいと思うて、ここへ上って来たのです」迫撃砲の轟音が、少し近づいたような気がする、あるいは敵がいよいよ応戦をはじめたのかも知れない。味方には異常な苦難が待ち構えている——ここは十以上の狭い戦線で敵と対しており、運河と運河のあいだ、農家や水田のなかには、奇襲を受ける無数の危険性がひそんでいた。

われわれの真下には、ファト・ディエムの全人口が、立ち、坐り、横たわっている。カトリック教徒といわず、仏教徒といわず、異教徒といわず、めいめい一番大切な持ち物——焜炉、ランプ、鏡、衣類、ゴザ、聖絵などを荷づくりして、この大聖堂の境内にはいりこんでいるのだ。北ヴェトナムでは日が暮れるとひどい寒さになる。伽藍の中はもう一杯で、雨露をしのぐ場所といっては塔へのぼる階段の一つ一つまでふさがっているのに、あとからあとから赤ん坊や家財を抱えた群集は門から流れこんで来る。宗教の如何を問わず、みなここへ来れば安全だと信じているのだ。われわれが見ているあいだに、ヴェトナムの軍服姿で銃を持った若い男が、群集をかきわけて入って来た。一人の司祭がそれを呼びとめて、銃をとりあげた。おれのそばに居る司祭がそれを説明して、「わしどもはここでは中立を守っております。ここは神の領地でありますから」と言った。おれは思った、〝何という風変りな貧しい民を神はその王国に容れたものだ、不安に怯え、寒さにこごえ、餓えに瀕した民――「これだけの人々をどうして養ったらよいのか困っておりますわい」と、この司祭はおれに話した――大いなる王ともなれば、もう少しましなことができそうなものじゃないか〟。だがすぐにまたおれは考えた、〝どこへ行こうと同じことなのだ――最も幸福な民を持つのは、かならずしも最も強大な君主ではない〟。

下には早くも小さな露店が出来つつあった。おれは言った、「まるで大変にぎやかな市《いち》が立ったようじゃありませんか、けれども一人として笑ってる顔が見えない」

司祭が言った、「昨夜はみな、酷《ひど》く寒い目にあいましてな。放っておけば、わしどもは身動きがとれなくなりますので、よんどころなく僧院の門を閉めてしまいましたわい」

「あなたがたは暖かくしておられましたか?」

「あまり暖かくもありませなんだ。それは、集って来る人々の十人に一人も、入れてやる場所はなかったでしょうからな」司祭は言葉を継いで、「あなたの考えておられることは、ようわかります。しかし、わしどものうちのある者が元気でおることは、何より大切なことなのです。ファト・ディエムで病院の役目をする場所は、ここの他にはありませんし、看護婦といえば、ここの尼僧たちだけなのです」

「そうして医者は？」

「わしができるだけのことをやっとります」そのとき彼の司祭服《スータン》に血がついているのを、おれは認めた。

彼は言った、「あなたは、わしを探して、ここに上って来られたのかな？」

「いいえ。ここで方角の見当をつけようと思ったのです」

「わしがお訊ねしたのは、昨夜、ここである人に会うたからです。その人は告解をしたがっておりました。運河の方の有様を見て来て、すこし怯えてしまったのですな。無理もないことですわい」

「よほどひどい有様なんですか？」

「パラシュート隊の十字砲火をあびたのです。気の毒なことをしました。おそらくあなたも、同じ気持になられたことかと、わしは思うたのですよ」

「わたしはローマ・カトリックではありません。あなたの目からは、クリスチャンとさえ言えないと思います」

「恐怖が人間に及ぼす影響は不思議なものです」

「わたしにはそういう影響はありますまい。よしんばわたしがどんな神にしろ信じたとしても、それでも告解というような観念を憎むだろうと思いますね。あなたがたの告解所の狭いところに跪いて、他人に対して自分をさらけだすということはね。失礼はゆるしていただきたいのですがね、神父様、わたしからみると、そういうことは病的に思われます——

——男らしくないとさえ思われますね」

「いやなに」彼は軽く受けて、「あなたは善いお方のように思いますよ。これまで、あまり後悔をなさるようなことがなかったのでしょう」

海のほうへ向って、運河と運河のあいだに同じ間隔をおいて立っている教会堂の連なりを、おれは眺めやった。二つ目の塔から、一閃、火花がひらめいた。おれは言った、「全部の教会堂が中立を守っているのではないんですね」

「それは不可能でした」と司祭は答えた。「フランス軍はこの大聖堂の境内だけを中立にすることを承知してくれたのです。それ以上のことを期待するのは無理ですわい。あなたが見ておられるのは、外人部隊の陣地です」

「そろそろ出かけてみます。御機嫌よう、神父様」

「御機嫌よう、御無事を祈ります。狙撃兵に気をおつけなさい」

おれは群集を押しわけかきわけながら、湖水とそこに立っている彫像の白い砂糖のような腕とをすぎて、例の長い通りへ出た。前にも後ろにも四分の三マイルほど見通しのきく街路に、生きものといっては、おれを別にしては、カムフラージュした鉄かぶとの兵隊が二人、ステンガン（軽機関銃）を構えて、道路の端をゆっくりと歩いてゆくのが見えるだけだった。〝生きもの〟と言ったのは、一軒の家の入口に、頭を道路に出して横たわっている死体が一つあったからだ。蠅がいっぱいたかって、聞こえる物音は、だんだん遠くなる兵隊たちの靴音だけだった。おれは顔をそむけて、死体の前を足ばやに通りすぎた。数分後に、後ろを振り返ると、そこには、自分と自分の影だけしかなく、物音も自分の立てる足音のほかには何も聞こえなかった。おれは自分が敵の射程内で標的になっているような気がした。もしここでおれの身の上に万一のことがあったら、発見されるまでには、よほどの時間がかかるだろう、とふと思った――蠅がいっぱいたかるほどの時間が。

運河を二つ越えたとき、おれはそこの教会堂のほうへ行く道へ曲った。パラシュート部隊の迷彩をした一ダースほどの兵が地面に腰をおろしていて、二人の将校が地図をしらべていた。おれがそこへ割りこんで行っても、誰も何の注意も払わなかった。携帯無電の長いアンテナを身体につけた男が、「さあ、もう出かけられるよ」と言うと、一同は起ちあがった。

おれは自分の下手なフランス語で、一緒に行ってもいいかと訊ねた。この戦争で都合のいいことの一つは、戦場では白人の顔さえ持っていればそれがパスポートになることだ――白人は敵の手先だという疑いをかけられないのだ。

「あなたは誰方《どなた》です?」と中尉が訊いた。

「従軍記者です」

「アメリカの方ですか?」

「いや。イギリス人です」

彼は言った、「ごくつまらない仕事ですがね、一緒に来たいとおっしゃるんなら……」

彼は自分の鉄かぶとを脱ぎかけた。「いや、いや」とおれは言った、「それは戦闘員がかぶるものです」

「では御随意に」

中尉が先頭に立って、おれたちは一列になり、教会堂の裏側へ出て行き、とある運河の岸でちょっと停止して、携帯無電係の兵が右か左かの横手にいる巡視隊《パトロール》と連絡をとるまで待った。迫撃砲弾が頭の上を飛んで、どこか見えないところで炸裂した。教会堂の裏手で加わった兵隊があったので、一行は三十人以上にふえていた。中尉が、地図を指さしながら低い声でおれに説明した。「この集落に三百人のゲリラが居たというんですがね、今晩の攻撃のために、ひとかたまりになっているかも知れませんが、わからないのです。まだ一人も見かけないのですよ」

「ここからどのくらい離れていますか？」

「三百ヤードほどです」

無電の応答があったので、われわれは黙々と進んで行った。右手はまっすぐな運河で、左は低い藪のさきに畑がつづき、そのさきがまた藪になっている。「危険はない」と中尉が手真似と一緒にささやいて、われわれは出発した。四十ヤード行くと、また一つ運河がわれわれの行く手を横に走っていて、手摺りのなくなった一枚の板だけの橋の残骸がかかっていた。中尉が散開を命じたので、みな前方を向いてうずくまった。三十フィートさきの橋板の向うは、未知の領土だった。水のなかを見た兵たちは、まるで命令されたように一斉に顔をそむけた。一瞬おれは彼らが見たものを見なかったが、それを見たとき、なぜかは知らず、おれの心はあの〈シャレー〉の夜の女形物真似師、口笛ふきの若い軍人たち、「これは少し、彼女《こちら》にふさわしくないよ」と言っているパイルの方へと、帰って行った。

運河には、死体が充満していた。いまおれが思いだすのは、肉ばかり多すぎるアイルランド風のシチューである。折り重なった死体。そのなかから、ブイのように水の上へ突き出ているアザラシ色の、囚人のように剃られた一つの頭。血はなかった。もうずっと前に洗い流されてしまったのだろう。どのくらいの数か、おれには見当がつかない。おそらく引き返そうとして、十字砲火にさらされたのだろう。岩にうずくまった兵隊たちの頭には、一人のこらず、〝どうせお互いさまだ〟という考えが浮んだに違いない。おれもまた顔をそむけた。だれもが、いかに自分というものが物の数でないか、いかに簡単に、いかに迅速に、闇から闇へ、死が襲うものであるかを思わせられた。おれの理性は死という状態を欲したとはいえ、処女が性の行為を怖れるように、おれは怖れた。やっぱりその心構えができるように、前ぶれをしてから死に来てもらいたいような気がした。何のために？　おれにはわからぬ。またその心構えと言っても、この世に残してゆくわずかばかりのものを、ひとわたり見まわすことのほか、何の支度もできようとは思えぬ。

中尉は、携帯無電係の隣りに坐って、自分の両足のあいだの地面をみつめていた。受信機がまたカチカチと指令を伝え始め、まるで眠りから覚めたように、彼は起ちあがった。人々の動作には、幾度となく一緒にやった仕事に従事している対等の仲間であるかのような、一種奇妙な同志的な一致が感じられた。一人として次になすべきことを命じられるのを待つ者はない。二人の男が橋桁の方へ進み、それを渡ろうとしたが、武装の重みでバランスがとれず、板にまたがってしまったので、一度に数インチずつしかさきへ進めなかった。他の一人が少し離れた灌木のかげに隠してあった平底舟を探しだして、中尉の立っているところまで動かして来た。おれを含めて六人の者が乗りこむと、彼は竿をあやつって対岸へ向って漕ぎだしたが、舟は死骸の群の上に乗りあげて動かなくなった。兵はこの人間粘土のなかへ竿を突っこんで押しのけた。すると死体が一つだけ離れて浮きあがり、まるで日光浴をする客のように長々と舟のわきに横たわった。それで舟はまた動きだし、やっと対岸へ着くと誰も後ろを振り向かずに這い上った。そのあいだどこからも弾丸は飛んで来なかった。おれたちは生きていた。死は、たぶん、次の運河までは退却したのだろう。おれの後ろにいる一人が、心から、「ああ、ありがたい」とドイツ語で言うのが聞こえた。中尉を除いては、兵たちはほとんどがドイツ人だった。

前方に一群の農家の建物があった。中尉がまっさきに、壁に抱きつくようにして入ってゆき、われわれは六フィートずつ間隔をおいて一列になってそれにつづいた。そのあとは、兵たちはまた今度も命令を待たずに農場に散らばって行った。生きものの気配はまったく失われていた――鶏一羽も残っていなくて、ただ広間だったらしい部屋の壁に、聖心像と聖母像とのひどい石版画の懸かっているのが、この倒れかかったひとかたまりの建物ぜんたいに西欧風のものを感じさせていた。この家の人々がなにを信仰していたかは信仰を同じくしないおれにもわかった。この人々は人間であって、灰色の、血の涸れつくした死骸ではなかったのだ。

だいたい戦争というものは、ぼんやりその辺に腰をおろして、なにもせずに、だれかほかの人間を待っていることが多いものだ。どれほどの長さの時間が自分に残されているかの保証がまったくないのでは、一連の思惟を押し進めることすらも無意義に思われる。これまでしばしばやって来た通り、歩哨たちが出て行った。これからさき、前方で何かの動きがあるとすれば、それは敵だ。中尉は地図にマークしてわれわれの位置を無線で報告した。ふと真昼の静けさがあたりを領した。迫撃砲の音さえやみ、空にも機影はみえなくなった。一人の兵が農場の泥土に小枝で落書きしていた。しばらくすると、まるでわれわれは戦争から忘れられたような気分になった。おれはフォンがおれの背広を洗濯屋に出してくれたかなと考えた。一陣の冷風が裏庭の藁を吹きなびき、一人の兵はこそこそと納屋の蔭へ行って用を足した。おれはハノイのイギリス領事が譲ってくれたウイスキーの代金を払ったかどうかを思いだそうとしていた。

二発の弾丸が、われわれの正面へ向って射ちこまれた。

〝これだ。いよいよ来た〟と、おれは思った。この警告こそ、おれの待っていたものだ。異様な興奮の気持で、おれは待った、あの恒久不変なるものを。

だが何事も起らなかった。今度もまた、おれは〝事件を待ち構えすぎた〟。わずか十何分かの緊張の後、一人の歩哨が戻って来て、中尉に何事か報告した。おれの耳は〝二《ドゥ》人の非戦闘員《シヴィール》〟という文句をとらえた。

中尉がおれに、「行ってみましょう」と言い、歩哨をさきに立てて、二つの畑のあいだの草の多い泥濘の畦道を進んで行った。農家から二十ヤードさきの狭い溝のなかに、われわれは求めていたものを見た――一人の女と一人の小さい男の子だった。二人とも死んでいることははっきりしていた。女の額にはポッツリと小さな血の塊があったし、子供は眠ったままだったかと思われる。六歳ぐらいだろうか、痩せた膝を折りまげて、胎児のようにまるくなって横たわっていた。「不運だったな」と、中尉が言った。彼はかがんで子供を仰向けにした。頸に聖牌《メダイユ》を紐で巻きつけているのをみて、おれは心のうちで言った、〝護符《おまもり》も役に立たなかったな〟。子供の身の下に、喰いかけのパンがあった。〝ああ、戦争は厭だな〟とおれは思った。

中尉が、「どうです、もうたくさんですか?」とまるでそれらの死の責任がおれにあるかのように、嚙みつくように言った。軍人から見ると、一般人は、自分を雇って人殺しをさせる人間、月給袋に殺人の罪も一緒に押しこんで、おのれの責任を逃れようとする人間かも知れない。おれたちは農家へとって返して、また無言で、風の来ない藁の上に坐った。風は獣のように、夜の近づくのを知っているらしかった。さっき落書きをしていた兵隊は用を足していて、用を足していた兵は落書きをしていた。おれは考えた、歩哨が配置されたあとの暫時の静けさのなかで、あの親子は溝から外へ出た方が安全だと思ったのにちがいない。二人はあそこによほど長く臥《ね》ていたのだろうか——パンはすっかり乾いて水気がなくなっていた。たぶんこの農家があの二人の家だったのだろう。

携帯無線がまた鳴りだした。中尉が、くたびれた調子で言った、「この村を爆撃するそうです。巡視隊《パトロール》は、今晩はこれで終りだそうです」われわれは起ちあがって帰途につき、ふたたび死骸の魚群をかきわけて舟をあやつり、例の教会堂のわきを列を組んで過ぎた。われわれはさして遠くへ行ったわけではなかったが、あの二人の人間の射殺を生じさせるに足るほどの長い旅ではあったらしい。空にはすでに機影があらわれ、われわれの背後では爆撃がはじまっていた。

今晩の泊りにあてられている将校官舎へ着いたときは、もう暗くなっていた。気温は零度より一度高いだけで、暖かい場所といえば燃えつづけている市場のほかにはなかった。一方の壁をバズーカ砲に壊され、ドアはねじまげられ、キャンヴァスのカーテンだけでは隙間風をふせぐ術はなかった。発電機も動かないので、箱や書物をバリケードにして蠟燭の灯を風から防いだ。おれはソレル大尉という男と、共産地区の通貨を賭けて〝四・二・一〟遊びをした――おれはお客様だから、酒を賭けるわけにはゆかなかった。勝運は退屈な振子のように来たり去ったりした。おれが少しでもみなで暖をとろうと思って、持って来たウイスキーの壜を開けると、ほかの連中も集って来た。大佐が言った、「パリを出てからはじめて飲むウイスキーじゃ」

歩哨線を巡視して来た一人の中尉が、入って来た。「今夜は静かに寝られるかも知れない」と彼は言った。

「敵は四時前には攻めて来まい」と大佐は言って、「あんた拳銃はあるかね？」とおれに訊いた。

「いや、持ちません」

「一つ上げておこう。枕の上に置いて寝るといい」それから親切な調子で、「蒲団がすこし堅いかも知れませんぞ。それから、砲撃は三時半にはじめます。ゲリラの集中を、極力打破するのが狙いじゃ」

「こんな状態が、どのくらい続くとお考えです？」

「誰にもわからんですよ。味方はナムディンからこれ以上の兵力を割くことはできません。いまやっとるのは、単なる牽制作戦です。二日前に得た以上の援軍なしに持ちこたえられたら、まあ勝利と言ってもよいでしょう」

また風が吹きだして、ガサゴソと隙間から入りたがった。キャンヴァスのカーテンはふくれて（おれはアラス織りの垂れ幕のかげで刺し殺されたポローニアスを思いだした）、蠟燭の灯がゆらいだ。物の影が芝居じみていた。おれたちはドサまわりの一座のようでもあった。

「前哨陣地は大丈夫ですか？」

「まあ、わしらの知っとるかぎりではな」ひどく疲れている様子をみせて大佐は答えた。「あんたもおわかりじゃろう、こんな戦さは、ここから百キロ離れたホア・ビンでやっとることと較べれば、ものの数ではないんじゃ」

「大佐、もう一杯いかがです？」

「ありがとう、もう結構。このイギリス・ウイスキーは大した御馳走じゃが、今夜は、特別の必要にそなえて、少し残しておいたほうがよかろう。失礼じゃが、わしは少し眠ります。砲撃がはじまってからでは眠れませんからな。ソレル大尉、フゥレールさんの御不自由のないように気をつけてくれ、蠟燭、マッチ、拳銃もな」彼は自分の部屋へ引き上げた。

それが一同への合図になった。小さな納屋の床《ゆか》の上に藁蒲団を敷いてくれたので、おれは木箱にとりまかれて横になった。眼がさめていたのは、ほんの僅かの間だった——床の固いのが休息のようだった。フォンはおれの下宿に泊っているだろうか？　不思議にも嫉妬の感情なしにそう考えた。今晩ある肉体を所有しているなんてことは小さなことに思えた——たぶんその日、もはやだれのものでもない、死者自身のものですらもない肉体を、あまりたくさん見てしまったせいだろう。人間はみんな消耗品なのだ。眠りつくと、パイルの夢をみた。パイルは舞台の上で、見えないパートナーを抱いたかっこうをして、へたくそなダンスを一人で踊っていた。おれはピアノの腰掛けみたいな席にかけて彼のダンスの邪魔をさせまいとして、拳銃を握ってそれを見ていた。イギリスのミュージック・ホールの曲目の掲示のように、舞台の横にプログラムが出ていた、〈愛の踊り、A級〉と書いてある。何者かが舞台裏を歩いているので、おれは拳銃を強く握りしめた。そのとき眼が覚めた。

おれの手は兵隊が貸してくれた拳銃をつかんでいて、入口に、蠟燭を手にした男が一人、立っていた。鉄かぶとをかぶっているので、眼はその蔭になって見えない。それで男が口をきくまで、誰だかわからなかった。「起しちゃってすみません。ぼくにもここで、寝ろといわれたもんだから……」パイルだった。

おれはまだすっかり眼が覚めなかった。「どこでそんな鉄かぶとを手に入れたんだ？」とおれは訊いた。

「なに、誰かが貸してくれたんだ」と曖昧に答えた。彼は兵隊用の背嚢を後ろ手に引きずって来て、そのなかから毛布の裏のついたスリーピング・バッグを引きだした。

「いい装備をしているな」いったいなぜ、われわれ二人がこんなところに居るのか、思いだそうとしながら、おれは言った。

「これが、ぼくらの医療援助部隊の標準的な旅装の背嚢ですよ」と彼は言った、「そいつをハノイで借りて来たんです」彼は魔法瓶、小さなアルコール・ストーヴ、ヘア・ブラシ、髭剃り道具、錫箱の携帯食料などを取り出した。おれは時計を見た。朝の三時に近かった。

2

パイルはまだあとからあとからと荷物を出した。木箱で小さな棚をつくり、その上に髭剃り用の鏡と道具とを置いた。「水がないかも知れんぜ」とおれが言った。

「なに、朝のうちに要る分ぐらいは、魔法瓶のなかにありますよ」彼はスリーピング・バッグの上に坐りこんで、長靴をぬぎはじめた。

「いったい全体、どうやってここまで来たんだ?」おれが訊いた。

「ナムディンまではぼくらのトラホーム治療団を見にゆくので来られた。あすこからボートを雇った」

「ボートを?」

「うん、一種の平底舟だったが、名前は忘れた。雇ったといっても、実は買わされちゃったんだ。値段は大したことはなかった」

「そうして一人で川を漕ぎ下って来たのか？」

「うん、そう骨は折れなかったよ。下りだからね」

「きみは狂っている」

「そんなことはないよ。ほんとうの危険は川底に乗りあげることだった」

「まだあるさ、海軍のパトロールに射たれる危険、フランスの飛行機。ヴェトミン兵に咽《の》喉《ど》を掻き切られる危険だってある」

彼は恥ずかしそうに笑った。「だって、とにかく来たじゃないか」

「なぜ来たんだ？」

「ああ、それには二つ理由があった。しかしあなたを起しておいては悪いな」

「おれは眠くないよ。まもなく砲撃がはじまるだろう」

「ちょっとこの蠟燭を動かしてもいいですか？　ここは少し明るすぎる」彼は神経が立っているようだった。

「第一の理由は何だ？」

「うん、このあいだ、あなたの話を聞いて、ここは面白そうなところだと思った。おぼえてるでしょう、あの、グレンジャーや……フォンと一緒だった晩」

「それで？」

「それでちょっと見ておくほうがいいと思った。本当を言うと、ぼくは少しグレンジャーのことを恥ずかしく思ったんだ」

「そうか。たったそれだけのことか」

「うん、しかし実際には、べつにむずかしいことはなかったんじゃないのかな」彼は靴紐をおもちゃにしはじめて、長いあいだ無言でいた。「ぼくは少し不正直みたいだ」ととう彼は言った。

「え？」

「ほんとは、あなたに会うために来たんだ」

「おれに会うために？」

「うん」

「なぜ？」

どうにもならないほど困った顔を、靴紐からあげて、「話さなきゃならないことがあって——ぼくはフォンに恋してしまった」

おれは笑ってしまった。笑わずにはいられなかった。あまりにも突拍子もないことを、生真面目に言いだしたものだ。「おれが帰るまで待てなかったのかい？　来週になればサイゴンへ帰るのに」

「あなたが戦死するかもわからないよ。そうなったら、紳士的でなくなる。それに、そのときまで、ぼくはフォンに会わずに辛抱していられるかどうかもわからないから」

「というと、今までは会わずにいたのか」

「もちろんだよ。まさか、あなたに話さないで、ぼくから彼女に言うなんて、思わないでしょう？」

「最近は、だれでもそうするよ」とおれは答えた。「それはいつのことだね？」

「あの晩、〈シャレー〉で、彼女と踊っていたときだったと思う」

「それにしては、きみはちっとも身体をくっつけていなかったな」

めんくらったように、パイルはおれの顔をみた。彼の行動がおれの眼からは狂気の沙汰だったとすれば、おれの言葉は明らかに彼から見ると不可解だった。「いや、たぶん例の家で、たくさんの女の子を見たせいだろうと思うんです。みんな、実に可愛らしかった。だが彼女だって、あの仲間に入らないものでもない。ぼくは彼女を護ってあげたいと思った」

「彼女には保護の必要はないと思うね、おれは。ヘイ女史はきみを招待したかい？」

「ええ、しかし行かなかった。会わないようにしていた」彼は暗い語調で言った、「ぼくは苦しかった。何だか、ひどくうしろめたい気がして——けれども、ぼくを信じて下さい、もしあなたたちが夫婦だったら——ぼくは絶対に夫婦の仲に割りこもうなどとは思いませんよ」

「まるできみは割りこむことができると安心してるような言い草だな」はじめてパイルの態度がおれの癇に障った。

「ファウラー」と彼は言った、「ぼくはあなたの名前を知らないんだけど……？」

「トマスさ。なぜだい？」

「じゃ、トム、と呼んでもいいでしょうね？　ぼくは今度のことで、何だか余計にあなたと身近になったような気がするもんだから。つまり、同じ女性を愛するということでね」

「それで、これから、きみはどうする？」

激しい意気ごみで、パイルは荷づくり箱を背に肩をそびやかして坐り直した。「これで、話してしまったから、何もかも、すっかり変った。ぼくは彼女に結婚を申しこむよ、トム」

「おれはトマスと呼んでもらったほうがいいな」

「彼女が、ぼくかあなたか、どっちかを択《えら》べばいいんですよ、トマス。そうすればフェアですよ」だが果してフェアだろうか？　はじめて、このときおれは孤独の予感にぞっとした。まるで夢みたいな莫迦《ばか》げた話ではある、が、それでも、それでも……この男は恋人としては貧弱かも知れぬが、男としてはおれの方が貧弱だ。身分も地位も、この男の方が限りもなく優っている。

パイルが服を脱ぐのを見ながら、おれは思った、「この男には、若さもある」パイルをうらやむとは、何という淋しいことだろう。

おれは言った、「おれはあの娘と結婚できない。故国《くに》に女房がいる。女房は絶対に離婚を承知しないだろう。高教会《ハイ・チャーチ》だからね——その意味は、きみにはわからんかも知れんが」

「その点、お気の毒だと思うよ、トマス。それはそうと、ぼくの名はオールデンだから、そう呼んでもらうと……」

「おれはどこまでもパイルの方がいいな」とおれは答えた。「おれはきみをパイルとして考えるからね」

彼はスリーピング・バッグのなかへ入って、蠟燭の方へ手をのばした。「ああ、やれやれ」と彼は言った、「用が済んで、ぼくは嬉しいよ、トマス。いままでは、実に厭な気持だったんでね」もう厭な気持がしていないことは、明白すぎるほど、よくわかった。

蠟燭が消えてしまうと、パイルのクルーカットの頭の輪郭が外の火影《ほかげ》で見えるだけになった。「おやすみ、トマス。よく眠りなさいね」その言葉が終ったとたんに、まるで下手な喜劇のキッカケのように、迫撃砲が砲門を開いた。唸り、叫び、そして炸裂した。

「畜生」パイルが言った、「攻撃ですか？」

「攻撃をくいとめようとしてるんだ」

「ふうむ、とにかくもう眠るわけにはゆかないだろうな」

「だめだね」

「トマス、ぼくは、今夜のあなたの態度について、ぼくの思ってることを知ってほしいんだ――ぼくはあなたは素敵だと思った。素敵だ、ほかに言う言葉がない」

「ありがとう」

「あなたはぼくよりもずっと世間をたくさん見て来た。どうもいろんな点で、ボストンというのは、少し――窮屈な土地でね。たといローウェルとかキャボットとかいう名家の者でなくってもね。ぼくはあなたに助言をしてもらいたいんだけど、トマス」

「何のことで？」

「フォンのことで」

「おれがきみだったら、おれの助言なんか信用しないね。おれには偏見があるよ。フォンを手ばなしたくないんだ」

「いや、しかしぼくはあなたがまっすぐな、絶対に曲ったことをしない人だということを知ってる、それにぼくらは二人とも心から彼女の利害を心配してるから」

急に、おれはこれ以上パイルの子供っぽさに我慢できなくなった。おれは言った、「おれは彼女の利害なんぞ心配しないよ。きみは心配したらいいだろう。おれは彼女の肉体が欲しいだけだ。おれはあの娘と一緒に寝ていたい。そんな利害なんて下らんものを心配するより、フォンを……破滅させたっていいから一緒に寝たほうがいい」

「ほお」弱い声で、闇のなかでパイルは言った。

おれはつづけて言った、「きみが気にかけてるのはフォンの利害だというんなら、お願いだからフォンの世話をやかないでくれ。ほかの女と同じように、あの女だって男の優秀な……」砲弾の轟音が、ボストンっ子の耳にその次のアングロサクスン的スラングを入れずにすんだ。

しかしパイルには一度こうと思いこんだら梃子でも動かぬ性分がある。彼はおれが立派な態度をとっているし、いままでも立派な態度をとってきたときめこんでいた。「ぼくはあなたの苦しんでることを知っているよ、トマス」

「苦しんでやしないよ」

「いいや、苦しんでいるよ。ぼくは自分がフォンをあきらめなくてはならないとしたら、苦しむことがわかっているもの」

「しかしおれはまだあきらめてやしないぜ」

「ぼくだって木石じゃないですよ、トマス、けれども、もしフォンを幸福にしてあげられると思えば、どんな希望でもあきらめるな」

「フォンは幸福だよ」

「そんな筈《はず》はないですよ――いまのあのひととの立場では。あのひとには子供が必要ですよ」

「きみはあの姉が言った下らん与太話を本気で信じて……？」

「ある場合には姉のほうがよくわかっていることも……」

「あの姉は、きみにそういう考えを植えつけようとしていたんだぜ、パイル、きみのほうが金があると思ってるからね。そうして、畜生、それが見事に成功したんだ」

「ぼくは自分の俸給だけしか取っていない」

「ふん、それにしたって為替のレートはきみのほうが有利だからな」

「そう意地のわるいことを言わないで下さい、トマス。こういうことも起りうることなんだ、ただぼくはあなたでなく、ほかの人間だったらよかったんだけど。あれは味方の迫撃砲ですか？」

「そうだよ、〝われわれの〟迫撃砲だ。きみはまるでフォンがおれを棄てようとしているような話しぶりをするね、パイル」

「もちろん、あなたのところに残ると言うかも知れませんよ」もっとも、この言葉には誠意がなかった。

「そうなったら、きみはどうする」

「転任の申請をするよ」

「なぜこんなごたごたを起さずに、よその土地へ行ってしまわないんだい？」

「それではフォンに対してフェアでなくなるよ、トマス」大真面目で、パイルは答えた。

おれはあれほどごたごたを起しておきながら、それをあれほど善意の動機からやった男を見たことがない。さらに彼は言った、「あなたがほんとにフォンをよく理解してるとは、ぼくは思わないんです」

　そして、それから数ヵ月を経たある朝、フォンと同じベッドで眼を覚ましたおれは、心のなかで言った、〝それじゃ、きみもフォンを理解していたのかね、パイル？　こんな情況になることを、きみは予期していたのかね？　フォンはきみが死んだのに、こうして幸福に眠ってるじゃないか〟。時はしばしば復讐する、が、復讐はしばしば後味のわるいものだ。いっそわれわれはみな他人を理解しようと努めないほうがいいのではないか、人間というものは一般に、妻は夫を、恋人はその情人を、そして親は子供を、決して理解することがないという事実を承認して、他人を理解しようとすることをやめてしまったほうがいいのではあるまいか？　おそらく、だからこそ人間は神を発明した――理解する能力のある存在を。おそらく、もしおれが理解されたがったり、理解したがったりしたら、きっとおれは進んで信仰に迷いこんだことだろう、けれどもおれは報道記者《リポーター》だ。神は、もっぱら論説委員のためにのみ存在するのだ。

「きみはほんとに、理解できることがたくさんあると思ってるのかい？」おれはパイルに訊いた。「ああ、まあいい、ウイスキーでも飲もう。うるさくて、議論は無理だ」

「ウイスキーは少し早すぎるね」

「冗談じゃない、遅すぎるんだ」

おれが二つのグラスに酒をつぐと、パイルは自分のをとりあげて、ウイスキーを透かして蠟燭の灯をみつめた。砲弾が落ちるたびに彼の手はふるえていた、それだのにこの男はナムディンからの非常識な旅をやってのけたのだ。

パイルが言った、「お互いに、〝幸運を祈る〟とは言えない立場だから、妙なものだね」それでおれたちは何も言わずに、その酒を飲んだ。

第五章

サイゴンを離れるのは一週間ぐらいと思っていたのに、実際に帰ったときに三週間ちかく経っていた。第一に、ファト・ディエム地区から脱け出ることは、そこへ入るよりも困難なことがわかった。道路はハノイとナムディンとのあいだで遮断されていたし、空路は、がんらい行ってはならない土地へ行った新聞記者ひとりのために利用させてもらえるほどの余裕はなかった。その次に、ハノイに着いてみると、最近の戦果の報道をするために記者団が飛び立った後で、その一行を連れ帰る飛行機には、おれのための空席はなかった。パイルは着いた朝にすぐファト・ディエムを発った。フォンについておれと話をするという使命を果たしてしまったので、何も彼をひきとめるものはなかったのだ。砲撃が五時半に終ったので、おれはパイルを寝かしておいて、将校食堂でコーヒーとビスケットの食事をすませて帰ってみると、彼はもう居なかった。おれは散歩にでも行ったのだろうと思った——ナムディンからの長い水路を小舟で漕ぎ下ってくるくらいだから、狙撃兵なんぞ苦にしないのだろう、あの男は自分が他人に与える苦痛を感知する能力がないように、自分自身に迫る苦痛や危険を想像する能力もないのだ。あるとき――もっともこれは何カ月も後のことだが――おれは冷静を失って彼の足をそのなかへ突っこませたことがある、そのなかへとは苦悩のなかへという意味なのだが、そのとき彼が顔をそむけて、自分の靴についた汚れを当惑そうに見て何と言ったか、おれは憶えている――「公使に会う前に、これを綺麗にしなきゃならない」その頃のおれは、彼がヨーク・ハーディングから学んだスタイルをすっかり自分のものにしてしゃべるようになっていることを知っていた。しかしそれでも彼は彼なりに誠実だった。ダカオへ渡る橋の下の最後の夜が来るまで、いつも他人ばかりが犠牲を払わされたというのは、偶然の一致にすぎなかったのだ。

サイゴンへ帰ってからやっと知ったことだが、あのおれがコーヒーを飲んでいるあいだに、パイルは若い海軍の士官に無理に頼みこんで上陸用舟艇に乗せてもらい、その艇は規定通りのパトロールを済ませたあと、彼を内密でナムディンで下ろしてやった。どこまでも運がよかったとみえ、彼は道路が公式に遮断されたものと認められる二十四時間前に、トラホーム治療団と一緒にハノイへ引き揚げた。おれがハノイに着いたときは、すでに彼が南へ帰ったあとで、プレス・キャンプのバーテンにおれ宛ての置き手紙が預けてあった。〈親愛なトマス〉と彼は書いていた、〈僕は先夜のあなたがいかに素敵であったかを告げることから筆を起すことはできません。僕の告げ得ることは、あの部屋へ入って行って、あなたを見つけたとき実に周章狼狽していたということです〉〈それならあの長い道程を舟で漕ぎ下ったときはどうだったのだ？）〈あなたのように冷静に、あのときの話を受け取ることのできる人は、そう多くはありません。あなたは偉大です、そして僕も、すでに話してしまった今となっては、あの当時の半分も自分を卑下した気持にならずにすみます〉（いったい、この男は、自分のこと以外はどうでもいいのだろうか？　おれはそう思って腹を立てたが、彼がそんなつもりで書いてるのでないことは、おれにもわかっていた。彼にとっては、自分が卑下する気持がなくなったとたんに、一切万事が幸福を増すことになるのだろう——おれも幸福を増し、フォンも幸福を増し、それぱかりかあの経済アタッシェから公使にいたるまで、全世界が幸福を増すのだろう。パイルが卑しい人間でなくなった故に、インドシナには春が訪れたのだ）〈僕はここで二十四時間、あなたを待ちました、けれども、今日ここを発たないと、一週間はサイゴンへ帰れませんし、僕の本来の仕事は南部にあるのです。僕はトラホーム部隊をやっている連中に、あなたを訪ねるよう勧めました——あなたは連中が好きになれると思います。みんな偉い若者で、至難な任務に当っています。とにかく、どんな意味でも僕があなたよりさきにサイゴンへ帰ることを苦にしないで下さい。あなたが帰るまでフォンには会わないことを約束します。僕はいかなる意味においても、僕がフェアでないという感じを、将来あなたに抱かせることを望みません。心からの好意をもって、オールデン〉

ここでもまた、〝将来〟フォンを失う者はおれだと冷静にきめこんでいる。自信というものは為替レートに基づいて出るものだろうか？　われわれは昔からスターリング（英貨）を純良なという意味に使って来た。これからはドルの恋について語らなくてはならないのだろうか？　もちろんドルの恋は結婚と〝うちの坊や《ジュニア》〟と〝母の日〟とを包含している――たとい後になって近ごろアメリカ人が離婚のために出かけてゆくリノだのヴァージン諸島だのも包含することになろうとも。ドルの恋は、善意と、はっきりした良心とを持っている、勝手にしやがれである。だが、おれの恋は、何の意図も持たない。未来を知っているからだ。おれにできることといえば、未来を少しでもつらくないものにすること、未来が事実となったときに穏やかにそれをうちあけることだ、そしてそれには、鴉片の値打もばかにはならない。だがおれはフォンに向ってうちあける必要を生じた最初の未来が、パイルの死であろうとは夢にも予想しなかった。

おれはほかにすることがなかったから、記者会見に出かけた。むろんグレンジャーも来ていた。主人公は若くて、その上あまり美貌すぎる大佐だった。彼はフランス語で話し、下僚の一将校が通訳をした。フランス人の記者たちは敵のフットボール・チームのように一カ所にかたまっていた。おれは大佐の話を聴いていることが容易ではなかった。心は絶えずフォンのこと、かりにパイルの考えが正しいとして、おれがあの娘を失ったらどうなるか、いったいおれはどうすればいいか、という思いにさまよい出てしまうのだった。

通訳者が言った、「大佐は敵が痛烈な敗北を喫し、一個大隊全滅に等しい大損害を蒙ったことを、諸君にお伝えします。殿《しんが》りの部隊は目下、即製の筏を組んでレッド・リヴァを渡り後退中であります。これに対し、わが空軍は絶えず爆撃を加えています」大佐は端麗な金髪を手で掻き上げ、指示棒《ポインター》を振りながら壁の細長い地図の方へ踊るように歩み寄った。

一人のアメリカ人記者が質問した、「フランス軍の損害はどうですか？」

大佐にはこの質問の意味がよくわかっていた——会見のこの辺りになると、いつも必ず出る質問なのだ。だが彼は人気のある学校教師のような穏和な微笑を顔にうかべ、指示棒を高く挙げて、通訳が済むまで待っていた。それから彼は辛抱づよい曖昧さで答えた。「わが軍の損害は甚大ではありません。正確な数字はまだわかりません、と大佐はお答えします」

これがいつも煩《うるさ》くなるキッカケだった。いずれ遅かれ早かれ大佐は、この聞きわけのない生徒どもの操作法を発見するか、さもなければ校長の司令官が、教室を静かにすることのもっと上手な幕僚を、代りに任命するかだと思われる。

「大佐は」とグレンジャーが言った、「敵の戦死者の数を数える時間はあったけれども、味方の方はその暇がなかったと、真面目にわれわれに言われるのですか？」

辛抱づよく大佐は言いのがれの蜘蛛の巣を張るが、これがまた次の質問ですぐに破られてしまうことは先刻承知しているのだ。フランス人記者団は陰気な顔つきで無言で聴いている。もしアメリカの特派員たちが大佐を針にかけて何かの言質を釣り出したら、彼らもすばやくそれをつかまえるだろうが、同国人を追いまわすゲームには加わろうとしないのだ。

「大佐の申されますには、敵は目下、潰走中であります。したがって砲列の背後に残された死体を数えることは可能でありますが、戦闘はいま進行中でありますから、前進しつつあるフランス軍各部隊からの数字的な報告を期待するのは無理であります」

「われわれが何を期待するかという問題ではありません」グレンジャーが言った、「参謀部が何を知っているか、または知らないかという問題です。各小隊は、死傷が生ずるたびごとに携帯無線で報告しないと、われわれに対して本気でおっしゃるのですか？」

大佐の平静が破れかけた。はじめからわれわれのグラフの手のうちを見きわめて、頭から数字は知っているが発表はしないと強く出ればよかったのに、とおれは思った。要するにこれは彼らの戦争であって、われわれの戦争ではない。われわれには情報を与えられる天賦の権利なぞ、ありはしない。われわれはレッド・リヴァとブラック・リヴァとにまたがるホーチミン軍ばかりでなく、パリの左翼政党の議員連をも相手にして、戦わなくてはならない立場にあるのではない。われわれは死に瀕しているのではない。

大佐は突然、フランス軍の犠牲は三に対する一の割合だと情報を洩らしてから、猛然とわれわれに背を向けて地図を睨みつけた。死んだのは彼の部下であり、サン・シール（陸軍士官学校）で、同じクラスに学んだ同僚の将校であって――グレンジャーにとってのように単なる数字ではなかった。グレンジャーは、「なるほど、これでいくらか見当がついたぞ」と言い、莫迦の一つ覚えのように勝ち誇って仲間の顔を見まわした。フランス記者団はうつむいて、憂鬱なノートをとっている。「それは朝鮮で言われる以上のものだな」と、故意に誤解したふりをして、おれが言ったが、それはグレンジャーに新しい一行を付け加えさせてやったにすぎなかった。

「大佐に質問して下さい」グレンジャーは言った、「フランス軍はこれからどうするつもりですか？　大佐は敵がブラック・リヴァを渡って潰走中だと言われたが……」

「レッド・リヴァです」と通訳者が訂正した。

「川の色なんぞはどうでも構わん。われわれの知りたいのは、フランス軍がいま何をしようとしているかです」

「敵は敗走しています」

「敵が対岸へ着いたら、どうなりますか？　そのときあんたがたは何をするつもりなんですか？　ただ川のこっち側に坐りこんで、これで済んだと言うつもりですか？」フランスの将校連は陰鬱な辛抱強さで、グレンジャーのつけつけした怒り声に耳をかたむけていた。今日では軍人たるものは謙虚ささえも要求されている。「あんたがたは敵にクリスマス・カードを空から降らせてやるつもりですか？」

通訳の大尉はごていねいに、〝カルト・ド・ノエル〟という文句まで洩らさず通訳した。

大佐はわれわれの方を向いて冷淡に微笑した。「クリスマス・カードではありません」大佐が若いことと、美貌なことが、特別にグレンジャーを苛立たせたのだとおれは思う。大佐は——少なくともグレンジャーの解する意味では——男らしい男ではなかった。

「あまりほかの物を降らせてはおられんようですな」グレンジャーは言った。

大佐は急に英語で、それも立派な英語でしゃべりだした。彼は言った、「アメリカが約束してくれた軍需品さえ到着していれば、われわれはもっと多くのものを降らせていたでしょう」彼はその外見の端麗さに似合わず、実は単純な男だった。彼は新聞の特派員たちが、ニュースよりも自国の名誉の方を大切に思うと信じていた。グレンジャーが鋭く言った、(彼は勉強家で、日付をよく頭に入れていた)「すると、九月の初めという約束の軍需品が、全然着いていないというんですか?」

「そうです」

グレンジャーはニュースをつかんだ。彼は書きだした。

「残念ながら、これは発表されては困ります。背景を知っていただくために申したのです」と大佐が言った。

「しかし大佐」グレンジャーは抗議した、「これはニュースですよ。われわれはその面であなたがたのお役に立てるんですよ」

「いや、これは外交の問題です」

「どういう害があるんですか？」

フランス人の記者たちは困惑していた。彼らは英語がほとんど話せない。大佐が規則を破ってしまったのだ。彼らは憤慨して、ぶつぶつ口をそろえて文句を言っていた。

「わたしはその点の判断は申しません」大佐は答えた。「たぶんアメリカの新聞は言うでしょう、『なんだ、フランスはいつでも文句ばかり言っている、物資ばかり欲しがっている』そしてパリでは共産主義者が、『フランスはアメリカのために血を流しているのに、アメリカは中古のヘリコプター一台、送ってよこさないではないか』と攻撃するでしょう。これでは何の得にもなりません。そんな騒ぎの末に、われわれはやはりヘリコプターを持たないでしょうし、敵はやはりハノイから五十マイルの地点に居るということになるでしょう」

「少なくともわたしは、フランスがヘリコプターが無くて非常に困っているということは公表してもいいのでしょう？」

「六カ月前には、わが軍には三台のヘリコプターがありましたが、今は一台しかない、ということは言えます。一台です」大佐は一種の驚きをこめた辛辣さで、それをくりかえした。「諸君はこう言ってもよろしい、この戦争で一人の兵が負傷したとする、重傷ではなく、単に負傷しただけで、彼は自分がたぶん死人になることがわかります。病院車へ運ばれるための担架の上に十二時間、いや時には二十四時間、それからガタガタのトラックにのせられ、故障に遭い、ときには敵の奇襲にも遭い、壊疽《えそ》になる。一ぺんに殺される方がましです」フランス記者団が何とか理解しようとして、前へ乗り出していた。「いまの話は書いても構いません」美貌なだけに、いっそう毒のある表情で、大佐は言った。「通訳《アンテル》したまえ《プレテ》」と命令して、英語をフランス語に訳すという不慣れな仕事を大尉にまかせて、彼は部屋を出て行ってしまった。

「とうとう本音を吐かせたぞ」と満足そうにグレンジャーは言って、バーのわきの片隅へ電文を書きに行った。おれの電報は長くはならなかった。ファト・ディエムでの見聞で、検閲を通りそうなことは一つも書けなかった。もし記事が面白いと思ったら、飛行機でホンコンへ行き、あそこから発信するという手もあったが、追放の危険を冒すほど面白いニュースなどというものがあるだろうか？　おれは疑問だと思った。追放はおれの全生涯の終りを意味する。それはパイルの勝利を意味する――ところがその日ホテルへ帰ってみると、おれの郵便受けには、事実、彼の勝利、おれの最期が、ちゃんとそこに待っていた――おれの栄転の電報が。ダンテといえども、彼の堕地獄の恋人たちのために、こんな運命の転機を工夫しはしなかった。パオロは絶対に煉獄へ栄転させられはしなかったのではないか。

おれは階上の、ポタポタと冷水の垂れる音のする裸か部屋の自室へ帰り（ハノイには温水設備がなかった）、もくもくした雲のように頭上にたぐまっている蚊帳のついたベッドの縁に腰をおろした。おれは新任の外交論説委員になって、毎日午後三時半、エレヴェーターのわきにソルズベリ卿の額の懸かった、ブラックフライアーズ駅に近い、あの憎々しいヴィクトリアン・ビルディングへ出勤することになるのだ。この吉報はサイゴン経由で送られて来たのだから、それがフォンの耳にもう入っているのかどうか。おれはもう報道記者《リポーター》ではなくなるのだ。これからは意見をもたなくてはならない、そしてその空疎な特権のお返しとして、おれはパイルとの争いにつないだ最後の希望まで奪われることになるのだ。おれはあの男の童貞に対抗するものとして経験を持っている、年功は、性の競技では青春に劣らぬ強い札《カード》だ。だがいま、おれには十二カ月の限られた未来さえも持っていない、しかも未来こそは切り札なのだ。おれは逃れ難い戦死の運命を負わされて、重いホームシックに悩んでいる将校さえも羨ましくなった。おれは泣きたかった。だが涙腺は暖房のパイプのように乾ききっていた。ああ、故国へ帰りたいやつは帰るがいい——おれの欲しいのはカティナ街のあの部屋だけだ。

日没後のハノイは寒くて、燈火もサイゴンよりは暗く、女たちの衣服の黒っぽさにも、戦争の現実にも似つかわしい。おれはガンベッタ街を歩いて、〈パックス・バー〉へ行った——おれはフランス人の高級将校や、その細君連や情婦たちの行く〈メトロポール〉では酒を飲みたくなかった。酒場へ着くと、ホア・ビンの方角で遠い砲撃の音がするのに気がついた。昼間はその音は街の騒音に呑みこまれているが、いまは客を呼んでいる輪タク車夫の鳴らす自転車ベルの音のほかは、森閑と静かになっているのだ。ピエトリはいつもの場所に腰をおろしていた。彼の頭は妙な恰好に長くて、それが皿の上の梨みたいに肩の上に鎮座している。ピエトリは警官で、この〈パックス・バー〉の持主の美しいトンキン女と結婚しているのだ。ここにも一人、故国へ帰りたがらない男がいる。生れはコルシカだが、マルセイユの方が好きだという。そしてそのマルセイユへ帰るくらいなら、今日にでも彼はガンベッタ街の舗道の上に坐りこむほうがいいと言っている。この男はもうおれの電報の内容を知っているだろうか。

「〝四・二・一〟はどうです？」

「いいとも」

二人で骰子《ダイス》をころがしはじめると、このガンベッタ街やカティナ街を離れ、ヴェルモット・カシスの単調な味や変哲のないダイスの音を離れ、そして地平線をめぐる大時計の針のように空を這う砲火を離れて、もはや二度とふたたび生活と言えるものがおれに持てるということは不可能のような気がした。

おれは言った、「おれは帰るよ」

「家へですか？」〝四・二・一〟のダイスを投げながら、ピエトリが訊いた。

「いいや。イギリスへだ」

第二部

第一章

パイルは一杯のもうと称して自分でその気になっていたが、おれは彼がほんとうに酒飲みでないことを知っていた。あの夢のようなファト・ディエムでの邂逅は、数週間をすぎた頃にはほとんど信じられぬことのように思えた。会話の内容の端ばしさえも、いくらか明瞭を欠いて来た。それはローマの墓石に彫られた文字のところどころ消えたのに似て、いわば考古学者のおれが自分の学識から来る偏見をたよりに、その隙間を埋めるのだ。パイルは実はおれを陥れようとしたので、あのときの話も本当の目的を隠すために巧妙にユーモラスに仕組んだ偽装だった、というふうにさえ、おれは考えた、というのは、その頃すでに彼がいわゆる秘密任務（この〝秘密〟という形容詞ほど不適切な言葉はない）の一つに従事しているという噂が、サイゴンで語られていたからだ。おそらく彼は〝第三勢力〟のためにアメリカの武器を用意してやっていたのだろう——例の司教の軍楽隊、若くて、一文の報酬も貰えずにびくびくしている司教の私兵のうちで、たった一つ残ったあれなどが、その一例だ。ハノイでおれを待っていた電報はいまポケットに入れてある。どんな点から考えても、フォンにはこの話はできない、話せばわずかに残された数ヵ月までが、泣きの涙や口あらそいで台なしにされてしまうだろう。出入国管理局に彼女の親戚が居ないものでもないから、おれは自分の出国許可さえも最後の瞬間までは取りにゆかぬつもりでいた。

おれはフォンに言った、「パイルが六時に来るよ」

「あたしは姉に会いに行きますわ」と彼女は言った。

「あの男はお前に会いたいだろうと思う」

「あの方《かた》、あたしやあたしの家の者が、お好きではないのよ。あなたのお留守に、姉がお招きしたのに一度も姉の家へ来て下さらなかったの。姉はとても気をわるくしていましたわ」

「お前は出かけなくていいよ」

「もしあたしにお会いになりたいなら、あたしたちをマジェスティックへお招びになるはずですわ。きっとあなたと二人きりで話がなさりたいのよ——お仕事のことで」

「あの男、何の仕事をしてるんだい？」

「世間では、とてもいろんな物を輸入しているって、言っていますわ」

「どんな物を？」

「薬とか、麻薬とか……」

「それなら北部に居るトラホーム部隊が使うんだよ」

「きっとそうでしょう。税関はあけて見られないんです。外交官の荷物ですから。でも一度、間違いがあって、その係の人は馘になりましたの。第一書記官が、輸入を全部停めてしまうって、おどかしたんですって」

「その箱には何が入っていたんだね？」

「プラスチック」

おれは何気なく、「プラスチックなんぞ、何の用があるんだろう？」と言った。

フォンが出かけてから、おれはイギリスへ手紙を書いた。ロイターから来ている男が、数日中にホンコンへ行くことになっているので、あちらからおれの手紙を発送してもらえるのだ。おれは自分の嘆願が望みのないことを知っていたが、後になってあらゆる可能な手段をとらなかったことを悔やむのは厭だと思った。編集局長に宛てて、おれは書いた——現在は特派員を替える時機として適当でない。ド・ラットル将軍がパリで重態であるし、フランス軍はホア・ビンから全面的撤退をしようとしている。いまほど北部が大きな危険に陥ったことはない。またおれは論説員としては適任でない——おれは報道記者だ、おれは何事についても意見らしい意見を抱いたことがない。そして最後には——並列電燈《ストリップ・ライト》の下、緑色のアイ・シェードの仲間、〝新聞の利益のため〟とか〝情勢の要求に応じ〟とかいう決まり文句の只中で、人間的な同情などがあろうとも思えなかったが――おれは自分の個人的な理由までも愬《うった》えた。

おれは書いた――〈私的な理由により、私がヴェトナムから移されるのは非常に不幸なことなのです。私は、イングランドでは経済的に苦しいばかりでなく、家庭的にも苦痛があって、自分の最良のはたらき場所ではないと思います。実際、私はイギリスへ帰るくらいなら、経済がゆるせば辞職してしまいたいくらいです。こんなことをお耳に入れるのは、私の異議がどのくらい強いかを知って頂きたいからです。私はあなたが私をわるい特派員だとは思っておられないと思いますし、これは私があなたの御好意に甘えてお願いする最初の場合でもあります〉それからおれはファト・ディエムの戦闘についての報道をホンコン特電として送ってもいいと思って、それを読み返した。フランスも今となってはそれほど強く抗議もしないだろう――包囲が解かれ、敗北を勝利のように装うことができるのだから。それからおれは、局長あての手紙の最後のページを破いてしまった――書いても無駄だし、〝私的な理由〟なんぞは、陰険な冗談の種になるだけのことだ。どの特派員も、みんな出先で女を持っているものと思われているのだ。局長はナイト・エディター（朝刊の編集責任者）に冗談を言う、ナイト・エディターはおれを羨みながらストレタムの半独立の住宅へ帰り、ずっと以前にグラスゴーから連れ帰った貞淑な細君の寝ているベッドにもぐりこむだろう。そういう慈悲も情もない家がどんなものか、おれには眼に見えるような気がする——壊れた三輪車がホールに置き放しになっていて、主人の気に入りのパイプが誰かに折られていて、居間には子供のシャツがボタンを縫いつけてもらうのを待っていて。〝私的な理由〟か——プレス・クラブで一杯のみながらの彼らの冗談で、フォンのことを思いだすのは厭なことだと、おれは思った。

ドアにノックがあった。開けるとパイルで、彼の黒犬が彼よりさきに入って来た。パイルはおれの肩ごしに部屋のなかを覗いて、誰も居ないことを知った。「おれだけだ。フォンは姉のところへ行った」彼は赤面した。おれは彼が、色や柄は割合に地味ではあるが、アロハ・シャツを着ているのに気がついた。おれはおどろいた。この男、非米活動で咎められたことがあるのか？　彼は言った、「お邪魔じゃないか……」

「そんなことはないさ。一杯のむかね？」

「ありがとう。ビールですか」

「生憎だ。ここには冷蔵庫がないんでね——氷は買いにやるんだ。スコッチはどうだね？」

「よかったら、少しにして下さい。ぼくは強い酒はあまり好まないから」

「オン・ザ・ロックにするかい？」

「ソーダを多くして下さい——もし充分にあったら」

おれは言った、「ファト・ディエム以来はじめてだね」

「トマス、ぼくの手紙は受け取った？」

彼がおれのクリスチャン・ネームを口に出したのは、彼がふざけていたのではないこと、偽装ではなかったこと、今日ここへ来たのはフォンを手に入れるためであることを、宣言したようなものだった。おれは彼のクルーカットが散髪して間もないことに気がついた。アロハ・シャツさえも男前を飾るおめかしの役をつとめているのか？

「手紙は受け取ったよ」とおれは言った。「たぶんおれはきみを殴り倒すべきなんだろうな」

「もちろん、あなたにはそうする立派な権利がありますよ、トマス。しかしぼくは大学で拳闘をやったから——年齢だってずっと若いし」

「うん、そいつはおれとしては感心した手段じゃあるまいな」

「あのね、トマス、(きっとあなたも同じ気持だと思うけど) ぼくはフォンの居ないところであのひとの話をするのは、陰口みたいで厭なんだ。今日はここに居ると思った」

「そうだな、ではなんの話をするかな——プラスチックかい？」彼を驚かすつもりはおれにはなかったのだが。

「そのことを知ってるんですね？」

「フォンから聞いたよ」

「どうしてあのひとが……？」

「町じゅうの人間が知ってると思えば間違いないね。その話が何でそう重要なんだね？　きみは玩具ビジネスにでも首をつっこむのかい？」

「ぼくらはアメリカの援助の細かいことを知られるのは好まないんですよ。国会がどんなふうだか、知ってるでしょう――そこへ持って来て、上院議員の視察団が来ますしね。トラホーム部隊についてもある薬を使ってほかの薬を使わないといって、うるさい問題がいろいろ起るんですよ」

「プラスチックのことが、おれにはまだ呑みこめんな」

パイルの黒犬は、大きく場所をとって床に坐りこみ、喘いでいた。舌が、黒焦げになったパンケーキのように見えた。パイルは曖昧に言った、「ええ、それはね、われわれは国内産業のあるものに確実な基礎を与えたいと思ってるし、フランスに対して慎重にやる必要があるんです。フランス人は何でもフランスから買いたがるんですよ」

「おれはそれを批難しないね。戦争には金が要るからね」

「あなたは犬は好きですか？」

「嫌いだね」

「イギリス人は非常に犬好きだと思ったが」

「おれたちはアメリカ人はドルが好きだと思ってるが、それだってきっと例外はあるだろう」

「このデュークが居なかったら、ぼくはどうして暮らしていいかわからない。何しろ、ぼくはときどきひどく淋しくなっちゃって……」

「きみの職場にはたくさん仲間が出来たろうが」

「最初にぼくが飼った犬はプリンスといった。ぼくは黒太子《ブラック・プリンス》にちなんで、そう名をつけたんです。黒太子《ブラック・プリンス》って、ほら、あの……」

「リモージュで女や子供を一人のこらず惨殺したやつだ」

「その話はぼくは憶えていない」

「歴史の本ではうまくごまかして書いてある」おれは真実が彼の胸にあたためているロマンティックな観念と一致しないときとか、彼が愛したり崇拝したりしている人間が、彼の設定した不可能な標準から脱落した場合とかに、彼の眼と口許とに苦痛と失望の表情がかすめるのを、幾度も見た。一度、おれはヨーク・ハーディングが事実のひどい誤りを犯しているのをつかまえたことがあり、「人間だから間違うのさ」と慰めてやらなくてはならなかったのをおぼえている。そのとき彼は神経質に笑って、「あなたはぼくを莫迦だと思うだろうけど——うん、ぼくはヨークはほとんど絶対に誤謬を犯さないと思っていた」それから付け加えて、「ぼくの父は、たった一度しかヨークに会わないが、非常に感心していた、父はなかなか人をほめないんだけどね」

デュークという名の犬は、室内の空気に対して一種の権利を確立するくらい喘ぎをつづけてから、今度は、室内を徘徊しはじめた。「すまんが犬に静かにしてるように頼んでくれないか？」とおれは言った。

「ああ、どうもすみません。デューク。デューク。坐れ、デューク」デュークは坐って、舌を鳴らしながら恥部を舐めはじめた。おれは二人のグラスに酒を注ぐために動きまわるついでにデュークの化粧の邪魔をすることができた。だが静かだったのはごく僅かの間で、今度は身体を掻きはじめた。

「デュークはとても賢い犬でね」

「プリンスはどうなったね？」

「コネティカットの農場へ一家で行ってるときに、車に轢き殺されてね」

「きみは気持をみだされたかい？」

「うん、とても辛かった。ぼくにとってはとても大切な犬だったけど、人間は分別を失ってはいけない。どうしたって生き返らせることはできないんだからね」

「じゃ、きみはフォンを失っても、分別を失わないか？」

「そりゃ大丈夫だ、そうありたいよ。それであなたは？」

「おれは疑問だな。乱暴だって、しかねないね。きみはそのことについて、考えたことはないか、パイル？」

「ぼくはオールデンと呼んでほしいな、トマス」

「気が進まんね。パイルの方が――連想をともなうから。それについて考えたかね？」

「もちろん考えなかった。あなたみたいな率直なひとをぼくは見たことがないね。ぼくはいきなり入って行ったときのあなたの態度を思いだすと……」

「おれは眠る前に、敵が攻めて来てきみが殺されたら、好都合だがなと考えたのをおぼえている。英雄的な死だ。デモクラシーのための」

「ぼくを笑わないで下さい、トマス」彼は落ち着きなく長い脚の位置をかえた。「ぼくはあなたから見ると少し間抜けに見えるかも知れないが、あなたがからかってるときはわかるよ」

「からかってやしない」

「あなたは正直な気持では、フォンにとって最善の途を望む人だとぼくは思ってる」

ちょうどそのとき、おれはフォンの足音を聞いた。実はおれは彼女が帰る前に、パイルが帰ってくれればいいと希望していた。パイルもまた足音に気がつき、それがフォンのであることを知った。彼女の足音を知る機会はたった一晩しかなかったのに、「彼女だ」と彼は言った。犬までが起き上って、おれが暑さをしのぐために開け放しておいたドアのそばに立った――まるで彼女をパイルの家族として承認したような風情だ。邪魔者はおれの方だ。

フォンは、「姉は留守でした」と言い、警戒的な眼でパイルを見た。彼女は果して本当のことを言っているのか、それとも姉から急いで帰れと命令されたのか、おれは訝った。

「ムシュウ・パイルをおぼえてるね？」とおれが言った。

「とても嬉しゅうございますわ」最上級の丁重な挨拶だ。

「またお目にかかれて、とても嬉しいです」とパイルは言って、顔をあかくした。

「何でしょう《コマン》？」

「このひとは英語はあまりできないんだ」と、おれは言った。

「ぼくもあいにくフランス語はひどいんです。でもいまレッスンを受けています。ですからぼくにはわかります――ミス・フォンがゆっくり話してさえ下されば」

「じゃおれが通訳をつとめよう。土地の訛りは、すこし慣れないとわからないから。で、きみはなんと言いたいんだね？　腰をおかけ、フォン。パイルさんは、特別にお前に会いに来たんだ。それできみは」とパイルに向っておれは付け加えた、「おれがきみたちを二人きりにしなくっても確かに構わないのかね？」

「ぼくはぼくの言うことを、全部あなたに聞いてほしいんです。そうでなければフェアでなくなる」

「よろしい、はじめたまえ」

彼は厳粛に、まるでこの部分を暗誦しているような調子で、自分はフォンに大きな愛と尊敬とを抱いていると言った。自分はあなたと一緒に踊った、あの晩以来、それを感じている――おれは遊覧客の一行に執事が〝お屋敷〟を案内して見せている景色を、ちょっと連想させられた。大きなお屋敷こそ彼の心であり、家族が住んでいる私室については、団体客は大急ぎの、こそこそした一瞥しか与えられなかった。おれは彼のために細心の注意をして翻訳した――だから余計にまずい話し方になり、それをフォンは映画に耳をすましているときのように膝に両手を置いて、静かに坐っていた。

「わかったでしょうか、いまのは？」パイルが訊いた。

「おれの見たところではわかったようだ。きみはおれにもう少し熱を加えてもらいたいんじゃないか？」

「いやいや、翻訳だけして下さい。ぼくは感情的に彼女をゆすぶりたくない」

「わかった」

「ぼくは彼女と結婚したいと告げて下さい」

おれは告げた。

「彼女は何と言いました？」

「きみは真面目なのかって、おれに訊いたよ。この男は真面目なタイプだって、おれは話した」

「どうも妙なシチュエーションですね、これは。ぼくがあなたに翻訳をたのむというのは」

「少し妙だね」

「しかし一方では実に自然な気がするんです。やっぱり、あなたはぼくの最上の親友なんだ」

「そう言ってくれる御親切はありがたい」

「何か困ったことがあれば、ぼくはまっさきにあなたのところへ駈けつけてくる」

「そしておれの女に恋するというのは、一種の困ったことだろうな？」

「もちろんそうさ。ぼくはあなた以外の誰かであればよかったと思うよ、トマス」

「とにかく、今度は彼女に何を話すかね。彼女なしには生きてゆけないことをか？」

「いや、それも感情的すぎる。また事実ともピッタリ合わないし。もちろん、ぼくはよその土地へ行かざるを得ないでしょうが、しかしどんなことでも、いずれは乗りこえるものだ」

「きみが何を話すか考えてるあいだに、おれが自分の言い分を言っても構わないか？」

「構いませんとも、もちろん、それは当然フェアですよ、トマス」

「さて、フォン」おれは言った、「お前は彼のためにおれを棄てるかい？　この男はお前と結婚するだろう。おれはできない。その理由《わけ》は、お前は知ってる」

「あなたは、よそへいらっしゃるの？」と彼女に訊かれ、おれはポケットのなかの編集局長の手紙のことを考えた。

「いや、行かない」

「永久に？」

「どうしてそんなことが約束できるかね？　この男だってできやしない。結婚だって破れることはある。おれとお前のような関係以上に、早く破れることもめずらしくはないよ」

「あたしは行きたいと思いません」と彼女は言ったが、その言葉はおれを慰めなかった——そのあとに口には出されなかった〝けれども〟が含まれていた。

パイルが言った、「ぼくは自分の持ち札を全部、場にさらすべきだと思う。ぼくは金持じゃない。しかし父が死ねば、ぼくは約五万ドル持つことになる。ぼくは健康です——たった二カ月前に受け取った健康診断書を持っていますから、ぼくは血液型でも何でも彼女に知らせられます」

「そいつはどう訳したらいいのかわからんな。何のために言うんだね？」

「ええまあ、ぼくらが一緒になれば子供が持てることを保証するためです」

「それがアメリカ的な女のくどきかたかね——収入や血液型を言うのが？」

「ぼくは知りません、いままでやったことがないから。たぶん故国《くに》では、ぼくの母が、彼女のお母さんに話すでしょう」

「きみの血液のことをかい？」

「笑わないで下さいよ、トマス。ぼくはきっと旧式なんでしょう。それに、こういう情況になって、すこし度を失ってるし」

「おれだってそうだよ。そんなことはやめにして、ダイスで勝負をつけようと思わないか？」

「あなたはわざと気の強そうなことを言ってるんだ、トマス。あなたもぼくに負けずに、あなた流にこのひとを愛してることは知ってるよ」

「よし、つづけたまえ、パイル」

「彼女に言って下さい、ぼくはいますぐ彼女がぼくを愛してくれるとは思っていない。時が来ればそうなると思う、しかしぼくが贈ることのできるものは、安定と尊敬とであることを彼女に話して下さい。それは大して感激的には聞こえないけれども、おそらく欲情よりはましだろうと思う」

「欲情ならこの女はいつでも手に入れるさ」おれは言った。「きみが役所へ出かけた留守に、きみの運転手を相手にするから」

パイルはあかくなった。彼は不器用に起ちあがって言った。

「暴言だ、それは。ぼくはこのひとを侮辱してもらいたくない。あなたにはそんな権利は……」

「フォンはまだきみの細君じゃないぜ」

「あなたは彼女に何が贈れるんです？」彼は怒って質問した。「イギリスへ帰るときの二百ドルばかりの手当か、それとも家具つきで他人に譲ってゆくつもりですか？」

「家具はおれのものじゃない」

「彼女だって同様だ。フォン、ぼくと結婚してくれますか？」

「血液型の方はどうなるんだ？」おれが言った。「それから健康診断書は。きみは本当に彼女のそんなものが要るのか？　たぶんきみはおれのやつも欲しいだろう。それからフォンの星占い《ホロスコープ》――いや、あれはインドの風習だった」

「ぼくと結婚してくれますか？」

「フランス語で言いたまえ。もう通訳はごめんだ」

おれが起つと、犬が唸り声を出した。これにはおれはかっとなった。「きみのデュークのやつに静かにしろと言ってくれ。ここはおれの家だ、こいつのじゃない」

「ぼくと結婚してくれますか？」彼はくりかえした。おれが一歩、フォンに近づくと、犬がまた唸った。

おれはフォンに言った、「この男に、犬を連れて帰れと言ってやれ」

「いますぐぼくと一緒に来て下さい」とパイルが言った、「ぼくと一緒に《アヴェック・モア》」

「いやです《ノー》」フォンが英語で言った、「ノー」突然、おれもパイルも、かき消すように互いの怒りが消え失せた。それはたった一言で解ける問題だったのだ。おれは絶大な救いを感じた。パイルは少し口をあけて、戸惑った表情で、「ノーと言った」と言った。

「そのくらいの英語は知ってるさ」おれは笑いたくなった。何という莫迦げた真似を、おれたちはお互いにしたものだろう。「まあ坐って、スコッチをもう一杯やってゆけよ、パイル」

「ぼくは帰るべきだと思う」

「まあ一杯だけ」

「あなたのウイスキーをみんな飲んでしまってはわるい」彼はつぶやいた。

「おれは欲しいだけ公使館を通じて手に入れてるんだ」おれがテーブルの方へ行きかけると、犬が歯を剝きだした。

パイルが激怒して言った、「坐れ、デューク。行儀よくしろ」彼は額の汗を拭った。

「何か言ってはならないことを言ったとしたら、ぼくはあやまります、トマス。ぼくはどうしてあんなになったかわからない」彼はグラスをとって淋しそうに言った、「好い方が勝つにきまってる。ただ、彼女を棄てないで下さい、トマス」

「もちろん、おれは棄てないだろうよ」おれは答えた。

フォンがおれに言った、「この方、パイプをお吸いになるかしら？」

「一服、パイプをやらないか？」

「いや、結構です。ぼくは鴉片には触らないし、勤務規則でも厳重に禁じられている。これを一杯だけ飲んだら、お暇するよ。デュークのことで、失礼した。いつもはとてもおとなしいんだが」

「ゆっくりして、晩飯を食ってゆけよ」

「わるいけれども、ぼく、淋しくなるだろうと思うから」彼は漠然と苦笑した。「他人から見たら、ぼくら二人は少し変な行ないをしたと言われるだろうと思うね。あなたがフォンと結婚してやれるといいんだけどな、トマス」

「ほんとにそう思うか？」

「ええ。あすこを見てから——例の、ほら、〈シャレー〉の近くの家ね——あれ以来、ぼくはほんとに怖ろしいんだ」

彼は馴れないウイスキーを、フォンのほうを見ないようにしながら急いで飲み、帰りがけにも彼女の手には触れず、ただ不器用にピョコンと頭をさげただけだった。おれは彼女の眼が戸口まで彼のあとを追うのを眼にとめていて、そして鏡の前を通るときに自分の姿を見た——ズボンの一番上のボタンがはずれているのは、太鼓腹になる始まりだ。外へ出ると、彼は言った、「彼女に会わないことを、約束するよ、トマス。このことをわれわれの友情の妨げにはしないでしょうね？　ぼくは勤務期間が終ったら、転任させてもらう」

「いつになる？」

「二年ぐらいさきです」

おれは部屋へ帰って、考えた、〝何たることだ？　おれが帰ることを二人に話してしまったって、大した違いはないじゃないか〟。あの男が失恋の血を流しながら歩くのも、僅か数週間のことで、いっそ装飾みたいなものだ。……おれの嘘が、あいつの良心をまで楽にするだろう。

「パイプ、こしらえましょうか？」フォンが訊いた。

「うん、少したったら。手紙を一通、書きたいから」

それはその日書く二本目の手紙だった。しかし今度は、手ごたえのある希望のないことは同じだったけれど、一枚も破らずに書きあげた。おれは書いた――〈親愛なヘレン、私は来年の四月、外交問題の論説委員の仕事をするために、イギリスへ帰ることになった。それについて私があまり喜んでいないことは、君も想像がつくだろう。イングランドは私にとっては、自分の失敗の舞台だ。私は君とクリスチャンとしての信仰を同じくしている場合と同様に、私たちの結婚を永く、続けるつもりでいた。今日まで、いったいどこに間違いがあったのか、私にははっきりわからない（私たち二人が努力したことを私は知っている）、しかし、たぶんそれは私の気分だったろうと思う。私の気分が、いかに残酷、無頼になるかを、私は知っている。いまは、それが少しは良いほうになって――アジアが私をそうならせた――以前より優しくはならぬまでも、穏やかにはなったと思う。おそらくそれは単に五つ年をとったということにすぎないかも知れぬ――五年間が残生のうちでの大きな割合を占めるようになる晩年に当って。君は私には極めて寛容だった、君は私たちの別居以来、一度も私に恨みがましいことは言わずにいてくれた。それで、君に頼みたいが、もう一息、寛容になってはくれまいか？　結婚前に君は、絶対に離婚がありえないことを私に警告した。私はその冒険を承知して、いままで一言も苦情を言ったことはなかった。同時に、いま私はそれを頼むのだ〉

フォンがベッドの上から、盆の用意が出来たと声をかけた。

「もう少し」とおれは言った。

〈私はこのことをうまく取り繕って〉おれは書いた、〈これが誰か他人のためのように装い、もっと名誉と威厳とを保つような書きかたをすることもできないわけではない。しかしこれは他人のためではなく、私たちはいつもお互いに真実を語り続けて来た。これは私自身のため、もっぱら私自身のためなのだ。私はある女性を愛している、同棲して二年以上になり、彼女は極めて私に忠実だったが、私というものが彼女にとって絶対的なものでないことを私は知っている。私がすてても、いくらか不幸にはなるかも知れないが、悲劇は決して起らないだろう。誰かほかの男と結婚して、子供を持つだろう。こんなことを告げるのは阿呆な話で、君に拒絶の文句を教えるようなものだ。しかし、これまで私は君に嘘をつかずに来たから、たぶん君は信じてくれるだろう――彼女を失うことは、私にとって、死の始まりだということを。私は君に道理を説いてわかってくれとか（道理はいつも君のほうにある）、慈悲ぶかくなってくれとか頼むのではない。私の立場にとって、これはずいぶん過大な言葉だし、それでなくとも私は特に慈悲を受けるに値する人間ではない。けだし私が本当に君に頼んでいるのは、君が、突然に、君らしくもなく無分別な振舞いをしてくれることなのだ。私は君が私に——（次の言葉を書くことにためらったが、正しい言葉が思いつけないので）親愛を感じてくれて、考える暇なしに行動してくれることを望んでいる。それには八千マイルの空を越えて手紙を出すよりも、電話で話す方が容易にできると思う。願わくは簡単に電報で、〝承知した！〟と返事してはくれまいか〉

書きあげたとき、おれはまるで遠い路を走りつづけて、筋肉がすっかり強張ってしまったような気がした。フォンがパイプをこしらえるあいだ、おれはベッドに横になっていた。おれは言った、「あの男は若い」

「誰が？」

「パイルさ」

「若いことはそれほど大切なことじゃないわ」

「おれはできればお前と結婚したいよ、フォン」

「あたしもそう思うのよ、でも姉が信じてくれませんの」

「いまおれは女房に手紙を書いて、離婚してくれと頼んだ。いままで一度もやってみなかった。どんなときでも見込みはあるんだ」

「大きな見込み？」

「いや、だが小さくても見込みなんだ」

「心配しないほうがいいわ。さあ、おあがりなさい」

おれは煙を吸い、フォンは二服目を用意しはじめた。またおれは訊いた、「姉さんはほんとに留守だったのかい、フォン？」

「さっき言ったでしょう──出かけていましたわ」こうした真実への情熱に彼女を従わせようとするのは無理というものだ、それはアルコールへの情熱に似た、西欧特有の情熱だ。パイルと一緒に飲んだウイスキーのせいで、鴉片の効果は弱められた。おれは言った、

「フォン、おれは嘘をついていたよ。イギリスへ帰れという命令を受けたんだ」

彼女はパイプを下に置いた。「でも、あなたはいらっしゃらないでしょう？」

「ことわるとしたら、どうして暮らしてゆくんだ？」

「あたし、あなたと一緒に行ってもいいわ。ロンドンを見たいわ」

「おれたちが結婚していないと、お前はずいぶん不愉快な目にあうよ」

「でも、たぶん、奥さんは離婚してくれるわ」

「たぶんね」

「とにかくあたしは一緒に行くわ」と彼女は言った。彼女は本当にそのつもりで言ったの

だが、彼女がふたたび煙管をとりあげ、鴉片をあたためはじめながら、次から次へ、長い長い思案にふけりはじめたのを、おれは彼女の眼のなかに見てとることができた。彼女は、「ロンドンにも摩天楼はありますの？」と言い、その質問の罪のなさの故に、おれは彼女を愛《いと》しく思った。礼儀のため、恐怖から、またときには利益のためにすら、彼女は嘘をつくことがある、けれども彼女はその嘘を隠しおおせるほどの狡猾さを、持ったことはなかった。

「いや、それならアメリカへ行かなくてはだめだ」とおれは言った。

彼女は針の上からちらとおれの方を見て、その誤りを表情に示した。それから、鴉片を練りながら気のむくままに、ロンドンへ着て行く着物のこと、着いてからの住居のこと、何かの小説で読んだことのある地下鉄のこと、二階づくりのバスのことなどを、とりとめもなくおしゃべりした。飛行機で行くのか、それとも船か？「それから自由の女神は……」

「いや、フォン、それもアメリカだよ」

第二章

1

　すくなくとも年に一回、カオダイ教徒は、サイゴンから北西へ八十キロのタイニンにある大本山で祝典を行なう。祝うのは独立何周年、戦勝何周年といったようなものから、仏教、儒教、キリスト教の何かの祝祭にいたるまで、さまざまである。カオダイ教は、この国への旅行者に現地事情を説明して聞かせるときの、おれの大好きな題目だった。ある交《コー》趾《チン》人の官吏が創始した、この宗教は、右の仏教、儒教、キリスト教、三教の一種の綜合である。大本山はタイニンにある。法王の下に数人の女性の枢機員が居る。扶鸞《プランシェット》の術（二個の脚輪と一本の鉛筆とで支えた板、この板に手をのせると、その人の意志を鉛筆が自動的に書くという一種の占術）で予言をする。ヴィクトル・ユゴーが聖者に祀られている。キリストと仏陀とは、本山の大伽藍の屋上から、テクニカラーのような色の竜だの蛇だのの居る、〝東洋〟のウォルト・ディズニー的幻想風景を見おろしている。新来者はこういう説明をいつも喜んで聴いた。だがこの宗教にまつわるすべてのカラクリのうんざりするような厭らしさを、どう説明したらいいのだろう?——二万五千人を擁する私設軍隊、古自動車の排気筒を利用して造った迫撃砲の装備、彼らは平常はフランス軍と同盟しているが、危いと思えばいつでも中立をきめこむのだ。右に述べた祝典は、農民をおとなしくさせておく鼻薬の一つだが、法王はそれに政府の役人や外交団を招待した(前者は現在のカオダイ派が地位を保っているとすればやって来るだろうし、後者からは、幾人かの書記官補が細君か妾と一緒に列席するだろう)。またフランス軍総司令官も招待されて、その代理をつとめるのを役目にしている二つ星の将官を派遣してよこすことだろう。

タイニンへの道筋は軍や官庁の車がひきもきらず続き、沿道の比較的に危険な箇所では稲田の向うまで外人部隊が警備についた。祝典の日は、いつもフランス軍の最高司令部にとっては不安の一日であり、カオダイ団にとってはおそらくある種の希望のもてる一日だった、なぜなら、招かれたお偉ら方がカオダイ団の勢力範囲の外で襲われるということは、とりもなおさず彼ら自身のフランスに対する忠誠をなんの苦労もなしに強調することになるからだ。

一キロおきに、小さな土造の監視塔が、平たい水田を見おろして、感嘆符(!)のように立っていて、さらに十キロごとに一つずつ、外人兵、モロッコ兵、セネガル兵などから成る一小隊の駐屯所がある。ニューヨークへ向う国道の交通のように、自動車は一定のペースをまもり——そしてニューヨークへ向う国道を走るときと同様、自分のすぐ前の車と、バックミラーに映るすぐ後ろの車とに絶えず注意するという、一種の拘束された焦躁感を味わわされる。誰しもが、できるだけ早くタイニンにつき、見るものを見て、できるだけ早く帰りたいと思っている。日没の外出禁止時刻は七時である。

フランス軍が抑えている稲田の外へ出ると、ホアハオ団の勢力圏の稲田のなかへ入り、そこを出たさきが、ホアハオ団と犬と猿のカオダイ団の稲田だ。変るのは監視塔の上の旗だけである。睾丸のところまで水につかって水田を渡ってゆく水牛《バッファロー》の背に、幼い裸の子供が坐っている。刈入れの済んだところでは笠貝のような帽子をかぶった農夫たちが竹を編んだ小さな反りかえった籠のような道具で穀粒を簸《ひ》っている。彼らとは別の世界に属する自動車たちが、その傍らを急流のように流れすぎる。

やがて、カオダイ教の教会堂が、どの村でも客人たちの注意をひくようになる。浅黄色とピンクの漆喰建築と、ドアの上の神の大きな一つ目。旗がふえて来る。農民が群をなして街道を歩いている。大本山に近づいたのだ。はるかに、神聖な山が、緑の山高帽のようにタイニンの町を俯瞰してそびえている——かねて教団に異心を抱き、近頃になってフランスとヴェトミンとの双方を敵にまわして戦う意向を明らかにした参謀長のテエ将軍がたてこもっている山だ。将軍は一人の枢機員を誘拐したけれども、カオダイ団は彼を捕えようとする行動には出ない。一説によると、この誘拐は法王の黙許があってやったことだともいう。

タイニンに来ると、いつも南ヴェトナムのデルタのどこよりも暑いような気がする。おそらくそれは水田がなく、空気に水分がないため、またはてしなく続く儀式のやりきれなさに、他人のかわりにむやみに汗をかくためだろう——兵隊たちが判りもしない外国語の長演説のあいだ気をつけの姿勢で立たされているための汗、中国風の金襴の法衣を着た法王のための汗。日除けヘルメットをかぶった僧侶たちとおしゃべりしている白絹のズボンをはいた女枢機員たちだけが、炎天の下で一抹の涼しさを感じさせた——いつになったら七時になり、サイゴン川の涼風に吹かれながら、マジェスティックの屋上でカクテルが飲めるのか、とても信じられない気持だった。

分列行進がすむと、おれは法王の執事に会見した。べつに何のニュースも取れると思っていなかったが、その予想通りだった。いわばそれは双方が守っている慣例にすぎなかった。おれはテエ将軍について質問した。

「粗暴な人ですな」の一言で、この話題はケリになった。執事は二年前にもおれに聞かせたのを忘れて、既成品の演説をはじめた——それを聞いていると、おれ自身が新来者にしゃべって聞かせる蓄音機のレコードを思いだした。カオダイ教は綜合宗教である……あらゆる宗教のうちの最高のものである……布教師がロサンジェルスに派遣されている……〝大ピラミッド〟の秘密、云々。彼は長い白の法服を着て、続けざまに煙草をすった。なんとなく狡猾で腐敗した感じが、この男にはある。頻繁に出て来る〝愛〟という言葉。おれは彼が、会見に出席しているわれわれがみな彼の立居振舞いを嘲笑するために来ていることを知ってるにちがいないと思った。われわれのお体裁ぶった態度も、この男のインチキ宗教政治に劣らぬ腐敗の臭いを帯びているが、われわれのほうがまだしも狡猾さが少ない。われわれは偽善によって何の利するところもない――頼りになる同盟軍さえも得られないのに、彼らの偽善は武器、弾薬ばかりか、現金まで手に入れている。

「ありがとうございました、猊下《げいか》」おれは起ちあがって行こうとした。彼は巻煙草の灰を撒き散らしながらドアまで送って来た。

「神はあなたのお仕事を祝福されます」彼は見えすいたお世辞を言った。「神は真実を愛することをお忘れなさるな」

「どういう真実をですか」

「カオダイ教の教えでは、すべての真実は融合されます、真実は愛であります」

彼は大きな指輪をはめていた、その手を差し出したとき、彼はおれにキスさせるつもりだったと、おれは本気で思っている、だがおれは外交官じゃない。

真上から照りつける荒んだ日射しの下に、おれはパイルを見た。彼は自家用のビュイックをスタートさせることができなくて困っていた。どういうものか、この二週間ほどのあいだに、コンティネンタルのバーで、一軒しかない良い本屋の店で、カティナ街の路上で、おれは続けざまにパイルと出会っていた。最初から彼が押しつけて来た友情を、いま彼はこれまで以上に強調した。彼の悲しそうな眼は言葉に代ってフォンの安否をたずねているのに、彼の唇は以前にも増した熱っぽさで、おれに対する——どうもお気の毒さまだが——彼の親愛の情、彼の畏敬の念の強さをしきりにしゃべった。

カオダイ団の一人の少佐が、車のわきに居て、早口で何かしゃべっていた。おれがそばへ行くと彼が話をやめた。おれの知っている男だった——テエ将軍が山にたてこもる前まで、テエの部下だった男だ。

「やあ今日は、少佐」おれは言った、「将軍は元気ですか？」

「どの将軍ですか？」気恥ずかしそうにニヤニヤ笑いながら彼は訊きかえした。

「きっとカオダイ教の教えでは、どの将軍もみんな仲直りするんでしょう」

「トマス、この車がどうしても動かせないんだ」

「技術者を呼んで来ます」と少佐が言って、離れて行った。

「邪魔をしちまったね」

「いや、何でもないよ」とパイルが言った。「ビュイックの値段は幾らだと訊かれていたんです。まともにつきあってやれば、この国の人間は実に人なつこいですね。フランス人は彼らの扱いかたを知らんらしい」

「フランス人は彼らを信頼していない」

パイルは大真面目で、「人間はこっちがその人間を信頼すれば、信頼に値する人間になる」と、まるでカオダイ教の箴言みたいなことを言った。おれはタイニンの空気が倫理的すぎてうっかり息もつけないような気がしだした。

「一杯のみますか」とパイルが言った。

「飲めるものがあれば何よりありがたいね」

「ぼくはライム・ジュースを魔法瓶に入れて持って来た」彼は背中をかがめて、後部の席に置いたバスケットのなかを掻きまわした。

「ジンはないか？」

「ない、残念だな。でもね」とおれの気を引き立てようとして、「この土地の気候にはライム・ジュースはとても良いんですよ。ええと――何だっけな、忘れたけれど、ヴィタミンがいろいろ含まれてるんだ」彼がコップを突き出したので、おれは飲んだ。

「とにかく、咽喉の渇きはとまるね」とおれは言った。

「サンドウィッチはどうです？　こいつはほんとにすごいんですよ。ヴィット・ヘルスって、新しく売りだしたサンドウィッチ用のペーストでね。アメリカから母が送ってくれたんです」

「いや、結構、腹はへっていない」

「ちょっとロシアふうのサラダみたいな味がしますよ――もっとも、水気が少し少ないけれども」

「まあいいよ」

「ぼくだけ食ってもいいですか？」

「さあさあ、どうぞ」

彼は口いっぱいに頬ばり、ボリボリ音をさせた。遠くに、白とピンクの石に刻まれた仏陀が、大昔の彼の故郷から馬上で去ってゆくのを、その従者（これも石像だ）が走ってあとを追っている。女枢機員はいまめいめいの邸へ帰ろうとしていたし、大寺院の入口の上からは〝神の眼〟がおれたちを見まもっていた。

「今日はランチの接待があるのを知ってるんだろう？」おれが言った。

「物騒だからよそうと思ったんです。肉がね――この暑さでは気をつけないと」

「その点は大丈夫さ。カオダイ教徒は菜食主義だよ」

「そんなら、いいかも知れないが――しかしぼくは自分の喰うものは素姓の知れてる方がいい」言いながら、ヴィット・ヘルスをまた一口、頬ばった。「どうでしょう、あてになる修理工が居るでしょうか？」

「やつらは、きみの車の排気筒を迫撃砲に改造するぐらいの知識はあるんだ。きっとビュイックなら優秀な迫撃砲になるな」

少佐が帰って来て、器用な手つきでおれたちに敬礼して兵営の方へ技術者を呼ぶ使いをやったと言った。パイルがヴィット・ヘルスのサンドウィッチを進呈したが、少佐はていねいに断った。いかにも世慣れた調子で彼は言った、「食物のことでは、いろいろやかましい規則がありましてね」(彼は見事な英語を使った)「実にばかげています。しかし宗教都市がどういうものか、御承知のとおりです。ローマにもきっと同じようなことがあるでしょう――キャンタベリにも」そう言って、おれに向って厭味のない軽いお辞儀を一つした。それから彼は黙った。パイルも黙っていた。おれは、二人がおれの同席を望んでいないことを強く感じた。するとパイルをからかいたいという誘惑に抵抗できなくなった――所詮、それは弱者の武器であって、おれは弱いのだ。おれには若さも、真面目さも、誠実さも、未来もなかった。おれは言った、「さあ、やっぱり、サンドウィッチを一つ貰うかな」

「やあ、どうぞ、どうぞ」とパイルは言い、バスケットの方へ向き直ろうとして、ちょっとためらった。

「いいんだ、いいんだ、冗談だよ。きみたちは二人きりで話したいんだ」

「そんなのとは違うんですよ」とパイルは言った。おれの知るかぎり、パイルほど嘘をつくのがへたな男はない――嘘は明らかに彼の全然習ったことのない技術だった。彼は少佐に説明した、「このトマスは、ぼくの一番の親友ですよ」

「ファウラーさんは、よく存じあげています」少佐は答えた。

「帰る前に、また会おう、パイル」言いすてて、おれは大寺院の方へ歩いて行った。寺院のなかは、いくらか涼しかった。

　聖ヴィクトル・ユゴーは、フランス学士院の制服を着て三角帽子のまわりに円光を帯び、その指さしているところには孫逸仙が、何か高潔な心情を一枚の板の上に書き記している。そこを通っておれは内陣へ入った。ここには腰をかける場所といっては、石膏のコブラが巻きついている法王の王座のほかにはなく、大理石の床は水のように光り、窓には一枚の硝子もない――おれは思った、われわれは檻《おり》を作るときに風の入る穴をあけておくが、それによく似た仕方で人間は彼の宗教のために檻を作る――風雨、晴曇、さまざまの影響に疑惑を野ざらしにして置き、無数の解釈を受け容れられるように、信条の壁には窓が開いているのだ。おれの妻は穴だらけの自分の檻を見出しているので、おれはときどき彼女が羨ましくなる。太陽と風とのあいだには一つの争闘がある――おれはあまりにも太陽のなかに住みすぎたのだ。

　おれは細長い誰もいない内陣のなかを歩いた――これはおれの愛するインドシナではなかった。獅子に似た頭をもつ竜が説教壇を這っていた。屋根の上ではキリストが血の流れる心臓を露出していた。仏陀はあぐらをかいて坐っていた――仏陀はいつでも坐っているものときまっているが。孔子の顎鬚は貧相らしく、この雨のない季節に滝のように垂れていた。これはお芝居だ。祭壇の上の大きな地球儀は野心であり、法王が予言の術を行なう蓋つきの籠は詐術だ。もしこの大寺院が二十年間でなく五世紀も前から存在したとすれば、人々の足跡や風雨の浸蝕によって一種のありがたみを帯びるようになっただろうか？　誰か、おれの妻のように物を信じやすい人間が、人間に見出しえなかった信仰をここで発見しただろうか？　そしてもしおれが本心から信仰を欲していたら、妻のゆくノルマン風な教会にそれを発見していただろうか？　だがおれはかつて一度も信仰を求めたことはなかった。報道記者《リポーター》の仕事は暴露し、記録することだ。おれの記者生活を通じ、いまだかつておれは説明すべからざるものを発見したことがない。法王は動く蓋のなかに鉛筆で予言を書きこみ、人々はそれを信じる。どんな幻覚のなかにでも、どこかで扶鸞《プランシェット》の術を発見することができるだろう。おれはおれの思い出の目録のなかに、一つとして幻覚とか奇蹟とかを持っていない。

おれはアルバムのなかの写真を見るように、手当り次第に思い出のページを繰ってみる――オーピントン（イングランド、ケント州西部の都市）の上空を照らす敵の照光弾の光で見た、養鶏場の横をこっそり忍び足で走っている一匹の狐、郊外の枯葉色の巣からやって来たのだろう。パハンの炭鉱のなかへ、トロッコに積んでグルカ兵のパトロールが運んで来たマレイ人の銃剣に突刺された死体、あたりに居た中国人の苦力《クーリー》は、兄弟のマレイ人が死人の頭の下にクッションをあてがってるのを見ながら、弱気にクスクス笑っていた。ホテルのベッドルームで、いまにも飛び立とうとする姿勢をとっている、マントルピースの上の一羽のハト。最後にさよならを言いに家へ帰って来たとき、窓から出ていた妻の顔。おれの黙想は妻にはじまって妻に終った。彼女はもう一週間以上前におれの手紙を受け取っている頃だが、おれが期待しなかった電報はやはり来ていない。だが、よく言うように、陪審団がなかなか法廷へ戻って来ないときは、被告には希望がある。来週になっても手紙が着かなかったら、おれは希望を持ちはじめるかしら？　周囲でおれの耳に入る音は、軍人や外交官たちの自動車のエンジンをかける音ばかりだ。集会はまた来年まで、ひとまず終った。サイゴンへの総引揚げがはじまりつつあり、外出禁止時刻《カーフュー》が迫った。おれはパイルを探しに外へ出た。

彼はさっきの少佐と日蔭に立っていて、誰も彼の自動車に何もしていなかった。会談は――何の会談か知らぬが、済んだらしく、おたがいに遠慮して、窮屈そうに黙りこくって立っていた。おれはそばへ行った。

「どうだね、おれは帰ろうかと思うが。暮れがた前に着きたいと思ったら、きみも出かけた方がよかろう」

「技術者がまだ来ないんだ」

「もうじき来るでしょう」少佐が言った。「分列式に出ていましたから」

「今晩こっちに泊ってもいい」とおれは言った。「特別ミサがある――これは、なかなかの見ものだよ。三時間はかかるね」

「ぼくは帰るほうがいいんです」

「今出発しなけりゃ、帰れないよ」おれは気が進まなかったが付け加えた。「きみさえよければおれの車に乗って帰って、その車は明日サイゴンへ少佐に届けてもらえばいい」
「カオダイ団の勢力範囲では日没を御心配になるには及びません」少佐はすまして言った。
「しかしそのさきは、どうも……もちろん車は明日お送りしますよ」
「排気筒もそのままでね」とおれが言うと、彼は明るくさっぱりと、能率的に、軍隊式の簡単な微笑を浮べた。

2

われわれの出発した頃には、自動車の行列はもうずっとさきまで行っていた。おれは追いつこうと思ってスピードを出したが、カオダイ団の地区を出てホアハオ団の地区へ入っても、前方に埃の舞い上っている気配は一つも見えなかった。世界は夕景のなかに平たく、空虚だった。

そこは奇襲の連想を起させるような田園風景ではなかったが、道路から数ヤード以内の水田に隠れようと思えば幾人でも首まで隠していることができた。

パイルが咳ばらいをしたが、これは懇ろな話題に近づくという合図だった。「フォンは元気でしょうね？」

「あの娘が身体をわるくしたのを、おれはまだ見たことがない」一つの監視塔がうしろへ沈むと、次のが前方に見えて来る、まるで平均台の上り下りのようだ。

「昨日、あのひとの姉さんが街で買い物をしてるのを見かけました」

「それできみにちょっと寄れと言っただろう」

「実はその通りでしたよ」

「そうやすやすと希望を思い切る女じゃないからな」

「希望ですって」

「きみとフォンを結婚させる希望さ」

「あなたが帰国するらしいって、話していましたよ」

「そんな噂が出ているな」

パイルが言った、「トマス、あなたはぼくには正直に相手になってくれるんでしょう？」

「正直に？」

「ぼくは転任の申請をしてしまいました。あなたか、ぼくか、どっちか一人、彼女のそばに居るんでなくては、ぼくは困ります」

「おれはまた、きみが任期の終るまでいるつもりだと思っていたよ」

自己憐憫を含めずにパイルは言った。「とても辛抱できないことがわかったんです」

「きみはいつ居なくなる？」

「わかりません。六ヵ月以内に何とか取り計らってくれるつもりらしいんです」

「六ヵ月、我慢できるかい？」

「仕方がないです」

「どういう理由を述べたんだね？」

「あなたは会ったことがありますね、経済アタッシェ——ジョーです——あの人に、多少、事実を話しました」

「おれの女をきみに連れて行かせないなんて、おれは悪党だと、先生、思ってるだろうな」

「いいや、むしろあなたの味方をしていましたよ」

車がプップッと気音を吐き上下に揺れていた——いま思えば、少し前からプップッと喘ぐような音を立てていたらしいが、おれは、「お前は正直に相手になっているか？」というパイルの無邪気な質問を検討していたので、気がつかなかった。それは〝デモクラシー〟とか〝名誉〟（これは古い墓石に彫ってあるようにuの字を抜いてHonorと綴るやつだ）とかについて語り、しかも同じ言葉によって自分の父親が言おうとした意味を自分も意味している、そういう恐ろしく単純な心理的世界に属する質問なのだ。おれは言った、

「切れちまった」

「ガソリンが？」

「充分あったんだ。今朝、出発する前に、いっぱい詰めて来た。タイニンの悪党どもが抜きとりやがったのだ。気をつければよかった。やつらの勢力範囲を出はずれるのに足りるだけ残しておくなんて、いかにもやつららしいよ」

「どうしよう？」

「次の監視塔までは、どうにかゆけるだろう。そこで少しは持ってるといいがね」

だが、おれたちは運がわるかった。車は塔から三十ヤードのところで降参してしまった。塔の下まで歩き、おれがフランス語で警備兵に呼びかけ、われわれは味方であること、これから上ってゆくことを告げた。ヴェトナム人の警備兵に射ち殺されるのはいやだったからだ。返事はなかった。誰も顔を出さなかった。おれはパイルに言った、「拳銃を持ってるか？」

「ぼくは持って歩いたことがない」

「おれもだ」

稲穂のように緑と金の入りまじった落日の最後の色が、平坦な世界の縁にたゆたっていた。灰色の昼とも夜ともつかぬ空に、監視塔は捺染《なっせん》したように黒々とそびえている。もうあらまし外出禁止《カーフュー》の時刻だろう。おれはもう一度どなったが、誰も返事をしない。

「最後の屯所から幾つ塔を通りすぎたか、知ってるか？」

「気をつけていなかった」

「おれもだ」おそらく次の屯所までは、最低六キロはあるだろう――歩いて一時間だ。三度目を呼びかけたが、沈黙がまるで答えのようにくりかえされるばかりだった。

おれが言った、「誰も居ないようだね。おれが上って行ってみよう」赤い縞のある黄の旗がオレンジの縞に色が褪せたのは、おれたちがホアハオ団の領分を出てヴェトナム軍の領分に入ったことを示すものだった。

パイルが言った、「ここで待っていたら、あとから車が来るんじゃないかな？」

「来るかも知れんが、それよりやつらの方が、さきに来るだろう」

「戻ってヘッドライトをつけようか？　合図になるから」

「とんでもない。あのままにしておけよ」梯子を探しながら、つまずくほど、もう暗かった。足の下で何かが音を立てて割れた。おれはその音がずっと水田の上を伝わって、誰かに聴かれるのを想像することができた。パイルの姿が輪郭を失って、道ばたのぼやけた影になってしまった。闇は、一度落ちかかると、まるで石のように落ちて来た。おれは言った、「おれが呼ぶまで下に居てくれ」警備兵が梯子を引き揚げているのではないかと思ったが、梯子はあった――敵がそれを上って来る惧れはあるけれども、自分たちの逃げ道もそれ一つしかないのだ。おれはのぼりはじめた。

恐怖の瞬間に、人々が何を考えるか。いろいろのもので読んだことがある――神、妻子、恋人。そういう人々の冷静さに、おれは感嘆する。おれは何も考えなかった、梯子のてっぺんに揚げ戸があることとさえ考えなかった――あの何秒間か、おれは存在を停止していた――おれは生《き》のままの恐怖そのものだった。恐怖は梯子の段数《かず》を数えることも、聞き、または見ることとすらもできずにいたから、おれはてっぺんで頭を揚げ戸にぶつけてしまった。それから、おれの頭がそろそろと土の床《ゆか》の上へ出て行ったが、誰もおれに発砲はせず、恐怖は空気のようにおれから脱け出て行った。

3

小さな石油ランプが床の上にともっている。壁際にうずくまった二人の男が、おれを見まもっている。一人はステンガンを、一人は小銃を持っているが、怖ろしがっている点ではおれに劣らない。二人ともまるで子供のようだが、ヴェトナム人はちょうどこの日暮れのように急に年をとる――少年だったのが、たちまち老人になるのだ。白い皮膚の色と目の形とがパスポートの役目をしてくれるのが、おれはありがたかった――いくら怖ろしくても、もう彼らはおれを射つ気にはならないだろう。

おれは床へ上ってゆき、彼らを安心させるために、話しかけて、おれの車が外にあること、ガソリンがなくなってしまったことなどを告げた。お前たちが少しでも持ってるなら売ってくれないか——それともどこかに。あたりを見まわしても、ありそうもなかった。小さな円形の部屋のなかにはステンガンの弾薬箱、小さな木造ベッド、釘にかけた二人の小さな荷物のほかには何もない。鍋が二つばかり、そのなかの米飯の食べ残しと木箸とから見て、二人があまり欲しくもない食事をしていたことがわかる。

「次の屯所まで行けるだけの油があればいいんだが？」おれは言った。

壁に凭れて坐っていた方の男——小銃を持ってる方——が頭を振った。

「ガソリンがないとすれば、おれたちはここで夜を明かさなくてはならない」

「それは禁じられています」

「誰から？」

「あなたは非戦闘員です」

「誰もおれを外の道路に坐りこませて、殺されるままに棄てておこうとは言うまいじゃないか」

「あなたはフランス人ですか？」

一人の方だけがしゃべった。他の一人は頭を横に向けて、壁に出来ている銃眼の細い裂け目を見まもっている。この男はハガキ大の空のほか何も見えないだろう。何かに耳をすましているようなので、おれも耳をすました。沈黙はみるみる音で充満した。それは何とも名づけようのない雑音である――物のはじける音、軋る音、そよぐ音、咳のような、囁きのような音。そこへパイルの声が聞こえた。彼は梯子の下まで来ているらしい。「大丈夫かい、トマス？」

「上って来いよ」とおれはどなり返した。彼が梯子をのぼりはじめると、無言の兵は持っているステンガンの位置をかえた――この男がわれわれの話した言葉を一語でも聞きわけたとは信じられない。それは不器用な、神経質な動作だった。おれは恐怖が彼を不随にしたのだと知った。おれは軍曹か何かのように、彼を叱咤した。「その銃を下へ置け！」そして相手にわかりそうに思われたフランス語の卑猥な言葉を使った。兵士は自動的におれの命令に従った。パイルが、部屋のなかへ上って来た。「朝までは、この塔のなかで無事に過させてもらうことになったよ」とおれは言った。

「素敵だ」とパイルは言った。その調子はやや不安そうだった。彼は言った、「こいつらのうちの一人を、歩哨に出したほうが好いんじゃないかね？」

「こいつらだって射ち殺されないほうがいいと言うよ。きみがライム・ジュースよりも少し強い酒を持っていてくれるとよかったがな」

「この次からそうしよう」とパイルが言った。

「今晩はこれから長いぞ」パイルが一緒にいると、例の雑音は聞こえなかった。二人の兵隊まで、少し気が楽になったように見えた。

「ヴェトミンがこの連中を攻撃して来たら、どうなるだろう?」パイルが訊いた。

「やつらは一発射《う》って、逃げるだろう。《極東新聞《エクストリーム・オリアン》》に毎朝出ているじゃないか。〈サイゴン南西の一屯所は、昨夜ヴェトミン軍により一時的に占領された〉って」

「面白くないな」

「おれたちとサイゴンとのあいだには、こういう塔が四十ある。やっつけられるのは、ほかの人間だという公算《チャンス》はつねにあるよ」

「あのサンドウィッチを平らげてしまっておけばよかったな」とパイルが言った。「やっぱりぼくは二人のうち一人を見張りさせるべきだと思うな」

「そいつは銃眼から弾丸がのぞきこむのを怖がってるんだよ」

われわれが腰を落ち着けてしまうと、ヴェトナム兵たちもいくらか気を楽にしたらしかった。おれは彼らに同情した。ろくな訓練も受けない兵隊が二人きりで、毎晩、いつなんどきヴェトミンが水田から道路に這い上ってくるか、安心のできない状態で起きているのは、楽な仕事ではない。おれはパイルに言った、「きみはこの連中がデモクラシーのために戦ってることを知ってると思うかい? それを説明するのには、ヨーク・ハーディングをここへ引っ張ってくる必要があるね」

「あなたはいつもヨークを莫迦にするんだね」

「誰にしても、頭だけでつくりあげた概念――現実に存在しないものについて書くことに、あんなにたくさんの時間をつぶす人間なら、おれは莫迦にするよ」

「彼にとっては存在してるんだよ。あなたは何かそういう精神的な概念を持っていないの？　たとえば神は？」

「おれは神を信じる何らの理由も持たない。きみは信じるのか？」

「信じるね。ぼくはユニテリアンだ」

「いったい人間は何億の神を信じるのだい？　だって、ローマ・カトリックでさえ、怖れてるときと幸福なとき、腹のへっているとき、それぞれ違う神を信じているぜ」

「ことによると、一なる神が在るとすると、あまりにも広大無辺なために、あらゆる人間に別の姿に見えるんじゃないかな」

「バンコックの大仏のごとしか」とおれは言った。「あの仏像も一度に全部を見ることはできんからね。それにしても、とにかくあの仏様はじっとしているよ」

「きっとあなたは、ただ強がりを言ってるだけなんだ」パイルが言った。「あなたにしても、信ぜざるを得ないものが、何かあるでしょう。何かを信じなくては、人間は生きて行けないですよ」

「そうさ、おれはバークレー派じゃない。おれはこの壁にもたれてる自分の背中を信じる。あすこにステンガンがあることも信じるよ」

「そういう意味で言ったんじゃない」

「おれは自分の報道する事実をすら信じる、その点はきみの国の大概の特派員連中以上だよ」

「煙草はどうです？」

「おれは吸わない――鴉片だけだ。あの兵隊たちにやりたまえ。あの連中とは仲好くしていた方がいい」パイルが立って行って、彼らの煙草に火をつけてやってから、戻って来た。おれは言った、「煙草も、塩みたいな象徴的な意味があるといいんだがね」

「あなたはやつらを信じないの？」

「フランス人将校なら、こういう塔のなかで、二人の怖がってる警備兵と一緒に一夜を明かすなんてことは考えないだろうね。だってきみ、一つの小隊が士官たちを敵へ売り渡すことさえあるといわれてるじゃないか。ときにはヴェトミンはバズーカ砲よりもメガフォンで大きな成功を収めることがある。おれは彼らを咎めないね。連中は何事も信じていないんだ。きみやきみの同類は、なにも関心を持っていない民衆の助けを借りて戦争しようとしてるんだよ」

「民衆は共産主義を欲していない」

「彼らが欲してるのは充分な米だよ。銃で射たれることを欲してやしない。その日その日が安穏に送れることを欲してるんだ」

「もしインドシナがやられたら……」

「そんなレコードは聞きあきてるよ。シャムもやられる、マラヤもやられる。インドネシアもやられる。〝やられる〟とはいったいなんのことだい？　もしおれがきみらの神と来世を信じたら、おれは未来の竪琴をきみらの黄金の冠とは反対側に賭けて、五百年以内にはニューヨークもロンドンも無くなるが、ここらの農民は相変らず水田に稲を植えて、長い天秤棒を担いで市場へ作物を売りに行くだろうと予言するね。小さな子供たちはやっぱりバッファローの背にまたがってるだろう。おれはバッファローが好きだ、あれはおれたちの臭いを好かない、ヨーロッパ人の体臭をね。そうして、忘れてはいけないぜ、バッファローの見地に立てば、きみもやっぱりヨーロッパ人だ」

「彼らは、言われた通りのことを信じろと強制されるだろう。自分で物を考えることは許されなくなるんだ」

「考えるなんて贅沢さ。きみは農民が夜、土の小屋のなかで、神だのデモクラシーだのについて思索すると思ってるのか？」

「まるでこの国に農民しか居ないような話じゃないか。教育を受けた者はどうなる？　幸福になれるかね？」

「なれるものか。おれたちは彼らを、おれたちの考え方で教育しちまった。危険な遊びを教えてしまった、だからこそ、おれたちはこうして、何とかして殺されないでこの塔から出たいと思って待ってるんだよ。おれたちは殺されるに値するよ。おれはきみの親友のヨークもここへ呼びたいね。先生、どんな顔をするだろうな」

「ヨーク・ハーディングは非常に勇気のある人物だ。なにしろ、朝鮮で……」

「兵隊として行ったんじゃあるまい？　往復切符をもらって行ったのだ。往復切符を持っていれば、勇気なんてものは、修道僧が苦行のために鞭打ちを受けるような、一種の知的な練習《エクササイズ》になってしまう。自分は何べん鞭で打たれても参らないか、という練習にね……おい」おれは兵隊たちに話しかけた、「お前たちの名前はなんていうんだい？」せめて名前を知れば、彼らも雑談の仲間入りをさせられると思ったのだが、彼らは返事をしなかった——煙草をくわえたまま、おれたちを睨み返しているだけだ。「おれたちをフランス人だと思ってる」

「そこだよ」とパイルが言った。「あなたはヨークに反対しないで、フランスに反対すべきなんだ。フランスの植民地主義に」

「また主義か。おれは事実が欲しいね。ゴム農園の主人が労働者を殴る——それならわかる、おれは反対するよ。農園主は、植民地の役人から殴れと命令されてるわけじゃない。フランスに居たって、そいつは女房を殴るだろう。おれは、ある司祭を知っているが、着がえのズボンもないほど貧乏しながら一日十五時間、米の飯と魚の干物だけ食って、コレラの流行してるなかで小屋から小屋を回ってはたらいていた。古びた硝子のコップでミサを立てていた——それと木の皿とでね。おれは神は信じないが、あの司祭には感心する。

なぜきみはそれを植民地主義と呼ばないのかね？」

「それは植民地主義だ。いい政治が行なわれるために、かえって悪しき制度が温存される場合があるとヨークも言っているよ」

「とにかくフランスは、ここでは日一日と死にかけている——これは事実だ。観察じゃない。きみの国の政治家は——おれの国でも同じだが——半分嘘をついて国民を引きずっているが、フランスはこの国の民衆を引きずっていない。パイル、おれはインドに居たことがあるから、自由主義者の流す害毒はよく知っている。イギリスにはもう自由党はなくなったが、自由主義はほかの全部の政党に伝染してしまってる。イギリス人は全部、自由主義的保守主義者か、自由主義的社会主義者かだ——つまり、みんな善意、良心を持っている。おれはむしろ搾取者として、自分の搾取したもののために戦い、それと運命をともにしたいよ。ビルマの歴史を見たまえ。イギリスはあの国を侵略した、地方の諸部族がわれわれの味方をした、われわれは戦争に勝った——しかし、きみらアメリカ人と同様、おれたちはあの時代は植民地主義者でなかった。そうなんだ、おれたちは国王と講和をして、領地を返してやったから、おれたちの同盟軍の部族たちは、磔殺《はりつけ》になったり、鋸で体を真っ二つに切られたりした。彼らには何の罪もない。彼らはおれたちがビルマにとどまって支配をつづけると思った。だがおれたちは自由主義者で、良心にそむくのを嫌ったのだ」

「それはずっと昔の話だ」

「この国でも、おれたちは同じことをするだろう。民衆を勇気づけて、少しばかりの軍備と、玩具産業とをおいて、棄ててゆくんだ」

「玩具産業？」

「きみのプラスチックさ」

「ああ、そうか、わかった」

「一体おれは何のために政治の話なんかしてるんだろう。おれは政治なんかに興味をもたない、リポーターだ。〝当事者《アンガージェ》〟じゃない」

「そうかしら？」

「議論のために議論をしてる——お通夜の時間つぶしにすぎない。おれはどっちの味方もしないよ。どっちが勝っても、やっぱり記事を書いてるだろう」

「向うが勝ったら、あなたは嘘を報道するようになるだろう」

「たいていは回り路すればどうにかなるものだよ、それにおれは、おれたちの新聞だって、たいして真実に重きを置いてると思わんね」

　われわれがそうして坐りこんでしゃべっているのが、二人の兵隊を勇気づけたと思う。おそらく二人はおれたちの白い声——声にもやっぱり色があって、黄いろい声は歌うし、黒い声はゴボゴボ鳴るが、われわれの声は単に話すだけだ——その話し声が、人数の多いように思われて、ヴェトミンが寄りつかなくなればいいと思っていたのだろう。兵隊たちは、また鍋を手にとって食事をはじめ、箸で鍋のなかを掻き寄せながら、眼は鍋の縁ごしにおれとパイルを見まもっていた。

「じゃ、あなたはわれわれが負けたと思ってるの？」

「問題はそれじゃないんだ」おれは言った。「おれはなにも特別に、きみに勝たせてやりたいと思っていないがね。おれはただ、そこにいる二人のみじめな小僧を、幸せにしてやりたいんだ。こんなにビクビクしながら、暗いところで夜明かしをしなくってもすむようになったらいいと思うんだ」

「しかしわれわれは自由のために戦わなくちゃならない」

「この土地でアメリカ人が戦ってるのを、おれは見かけたことがないね。それからその自由ってやつだが、一体どういう意味だか、おれにはわからん。あの連中に訊いてみたまえ」おれは向う側の壁際にいる二人に声をかけた。「自　由《ラ・リベルテ》——自由とはどういうことだね《ケ・ス・ク・セ・ラ・リベルテ》？」彼らは飯をいっぱい頬張ったまま、おれたちを見返していたが、何も言わなかった。

パイルが言った、「あなたはあらゆる人間を同じ鋳型に入れたいと思うの？　あなたのは議論のための議論ですよ。あなたは知識人だ。ぼくやヨークと同様、個人の尊厳を認めるはずだ」

「なぜそんなことを、このごろになって発見したのかね」おれが言った。「四十年前には、誰ひとりそんな話をするやつはなかったぜ」

「以前はそれが脅かされていなかった」

「おれたちは脅かされていなかったさ、もちろん。だがだれが田圃ではたらく男の個性について心配したかね——また今も心配してるかね？　彼らを人間として取扱っているのは共産党の政治委員たった一人だよ。あれだけは農民の小屋へ入って行って、名前を聞いて、不平や不満を聴いてやっている。農民を教育するために毎日一時間を割いている——なにを教えるかは問題じゃない、とにかく人間らしく、それだけの価値を持った人間らしく取扱っているよ。アジアでは個人の魂の脅威なんて、一つおぼえの決まり文句を喚きたてるのは、いい加減によしたまえ。この国ではきみたちは悪い方の立場に立ってることに気がつかないかね——個人の味方をしているのは敵の方で、われわれは単に世界戦略のなかの一単位、二等兵二三九八七号の味方をしてるだけだ」

「あなたは言ってることの半分も本気で信じてやしないんだ」パイルは不安そうに言った。

「いや、四分の三ぐらいは本気だろうね。おれは長いことこの土地で暮らしてきた。とにかく、おれがアンガージェでないのは仕合せだよ。おれにもいろいろやりたくなることもある——なぜかというと、このアジアでは……とにかく、アイクは、おれは好かん、好きなのは——ここに居る二人だ。ここはこの男たちの国だからね。いま何時だ？　おれの時計はとまっちゃった」

「八時半、まわったとこだ」

「十時間、辛抱すれば出かけられる」

「ずいぶん寒くなって来たな」とパイルは言って、胴ぶるいした。「これには気がつかなかった」

「まわりは水ばかりだからね。おれは車のなかにある毛布を取って来よう。あれがあればしのげるだろう」

「大丈夫かしら?」

「ヴェトミンが出て来るにしては、まだ早いよ」

「ぼくが行こう」

「おれの方が暗闇には慣れている」

おれが起ちあがると、二人の兵隊は喰うのをやめた。おれは彼らに言った、「すぐに帰《ジュ・ルヴィヤン》って来るよ《・トウ・ド・シュイト》」おれは揚げ戸から両脚をぶらつかせて梯子をさがし、下へ降りた。会話というものは、特に抽象的な話題について話すのは、実に奇妙に安心感を呼び起すものだ。これほど奇怪きわまる環境すらも、会話のお蔭で正常らしくなってしまった。おれはもう怖れていなかった。まるで、ちょっと部屋を出て戻ったら議論のつづきを続けるつもりでいるような気持――その監視塔が、カティナ街か、マジェスティック・ホテルの酒場か、あるいはゴルドン・スクェアに近いアパートででもあるかのようだった。

おれは塔の下で、視覚をとりもどすまで、少しの間、たたずんでいた。星は出ていたが、月あかりはなかった。月光は、ある死体置場と、大理石の板石の上の笠《シェード》のない丸電球《グローブ》の冷やかな光とをおれに思いださせるが、星の光はいつも生きていて決して静止せず、遙けくも遠い天空に居る誰かが善意の便りを通信しようとしているかと思うばかり、そのせいか星々の名までわれわれは知っているではないか。ヴィーナスはおれの愛する女の名としてもよく、大熊星は子供の頃の童話の熊だし、また南十字星は、おれの妻のような信者にとっては、大好きな讃美歌か、ベッドのわきで誦する祈禱とも思われるだろう。一度、おれもパイルがしたように胴ぶるいした。だが夜気は案外にあたたかく、両側にひろがっている浅い水面が、そのあたたかさに対する一種の冷却作用をなしていた。おれは自動車のほうへ向って歩きだしたが、一瞬、立ちどまって、車がもうそこに無いのかと思った。それがおれの自信を奪って、車は塔から三十ヤード離れたところで動けなくなったことを思いだしてからも、弱気はつづいて、肩をすぼめ、やや前かがみに歩かずにいられなかった。その方が威張っていないような気がした。

　毛布を取り出すために、後部荷物入れの蓋をあけなくてはならない、そのカチリ、ギーイという音が、静寂のなかでおれをギョッとさせた。おれはこれだけ広い、大ぜいの人間のいるはずの夜のなかで、一人だけ音を立てたと思うと、好い気持がしなかった。毛布を肩にかけ、揚げるときよりもずっと気をつけてブートを下ろした、とたんに、ちょうど蓋がカチリと締まった瞬間に、サイゴンの方角の空がカッと燃えて、道路を伝わる爆音が殷殷ととどろいた。一座のブレンガン（軽機関銃）が続けざまに火を吐き、たちまち爆音のやむ前に静かになった。〝誰かやられたやつが居る〟とおれは思った、と、ずっと遠くのほうで、苦痛か、恐怖か、それともあるいはむしろ凱歌か、叫び声が聞こえた。なぜかわからぬがおれはあのとき、攻撃がうしろから、われわれが通りすぎて来た道路の方から来るとばかり思っていた、それでヴェトミンが前方、つまりおれたちとサイゴンとのあいだに居るということに、一瞬、話がちがうような気がした。まるでおれたちは無意識に、危険から遠のくのではなくて、危険に向って車を走らせていたようなものではないか――ちょうど今も、塔の方へ歩いているのだから、危険に近づいているわけだ。歩いたのは走るよりも音が立たないからだが、おれの身体は走りたがっていた。

　梯子の下で、おれはパイルに声をかけた、「おれだよ、ファウラーだ」（そういう瞬間でも、おれは彼に向って、クリスチャン・ネームで自分のことを言う気になれなかった）塔のなかの様子はすっかり変っていた。米飯の鍋はひっくりかえっていた。一人の兵は小銃を腰にあて、壁を背にしてパイルを睨んでいるし、パイルはその正面の壁から少し前に出て膝を突き、自分ともう一人の兵とのあいだにあるステンガンを見つめている。そのほうへ彼が這い寄ろうとしたのを、途中で止められたような恰好だった。第二の兵はそのステンガンのほうへ手をのばしかけていた。誰も手出しもしなければ、しようと気構えた様子もなく、まるで子供の遊びの、動くところを見られたら、元の場所へ帰って走らされるあれとそっくりだった。

「何がはじまったんだ?」とおれが言った。

とたんに、兵たちがおれの方を見上げた隙にパイルがパッと跳び出し、ステンガンを自分の方へ引き寄せた。

「遊戯か?」とおれが訊いた。

「あの男に銃を持たせておいては、信用ができない」

「ステンガンを使ったことがあるのか?」

「ない」

「そんならいい。おれも使ったことはない。そいつに弾丸がこめてあればいいが――どうやって装塡すればいいか、わからんだろう」

警備兵たちは、もうステンガンを奪われた事実を静かに受け容れていた。一人は小銃をおろして、太股の上に横たえた。他の一人は壁にもたれて目をつぶり、まるで子供のように暗闇では自分の姿は見えないと信じているかのようだった。たぶん彼はもう責任がなくなったことを喜んでいるのだろう。どこか遠くで、またブレンガンが鳴りだした――三回、そしてまた静かになった。第二の警備兵は眼をぐるぐるとまわして、いっそう堅くつぶった。

「ぼくたちがこれを使えないことは、こいつらは知らないよ」パイルが言った。

「こいつらはおれたちの味方だと認められてるんだ」

「ぼくはあなたには敵味方はないと思ってた」

「参った、その通りだ」とおれは答えた。「それをヴェトミンが知ってくれればいいんだが」

「あっちでは何がはじまったんだろう？」

おれはもう一度、明日の《極東新聞《エクストリーム・オリアン》》を引用した、〈昨夜、サイゴン郊外五十キロの警備所がヴェトミン便衣隊に攻撃され、一時的に占領されたり〉

「田圃のなかに居たほうが安全だろうか？」パイルが訊いた。

「たまらんよ、水びたしになるから」

「あなたは心配してるように見えないな」とパイルが言った。

「怖くって、コチコチだよ——しかしまあ、情勢はいくらか好転したよ。やつらは、普通、一晩に三カ所以上は攻撃しない。だからそれだけ危険率が減ったわけだ」

「あれは何だ？」

サイゴンの方角へ向って進んで来る重い自動車の音だった。おれが立って行って銃眼から覗くと、ちょうど戦車が真下を通るところだった。

「パトロール隊だ」とおれは言った。砲塔から出てる銃は絶えず右へ、左へと向きをかえている。おれは声をかけたかったが、かけたところで何になるか？　用もない二人のシヴィリアンをのせる余裕はない。戦車が通過するとき、塔の土の床はすこし揺れ、戦車は行ってしまった。おれは腕時計を見た——八時五十一分、いつ砲火が閃くか、その時を読もうと緊張して、そのまま待った。雷鳴を聞くまえ、稲光との時間差によって距離を判断しようとするのに似ていた。砲声が聞こえはじめたのは約四分後だった。一度バズーカ砲がそれに応戦する音を聞きわけたような気がしたが、まもなくまた静寂にかえった。

「戦車が帰って来たら」とパイルが言った、「合図をして、部隊までのせてもらえるだろう」

轟音が床を揺すぶった。「帰ってくるならね」とおれは答えて、「いまの音は地雷みたいだったな」次におれが腕時計を見たときは九時十五分すぎで、まだ戦車は戻って来なかった。砲撃の音もそれきりなかった。

おれはパイルの隣りに腰をおろして、両脚を長くのばした。「少し眠ってみる方がいいね」とおれは言った。「ほかに何もすることはない」

「この警備兵のことが、ぼくには安心できない」とパイルは言った。

「ヴェトミンが現われないかぎり、この連中は大丈夫だよ。そのステンガンをきみの脚の下に入れておけば安全だ」おれは眼を閉じて、自分がどこか他処《よそ》に居るように空想しようとした——ヒトラーが政権をとるまえのドイツの夜行列車の四等室、おれはまだ若くて、憂愁を感じずに一晩じゅう起きていた、目覚めたままで見る夢は希望にみちて、恐怖は夢をおびやかさなかった――いつもなら今頃はフォンがおれの夜の鴉片を支度してくれる時刻だ。一通の手紙がおれを待っているのではないか――来ないほうがいい、その手紙の内容がわかっているから、手紙が来ないかぎり、おれは不可能の白日夢を見ていられるから。

「眠った？」とパイルが訊いた。

「いや」

「梯子を引き揚げたほうがいいと思わない？」

「なぜこの連中が引き揚げないか、おれにはわかりかけて来た。ほかに出口がないからだよ」

「戦車が帰って来てくれるといいがなあ」

「もう帰るまいよ」

おれはなるべく長い間をおいて腕時計を見ようと努めたが、いつ見ても間隔は思ったより短かった。九時四十分、十時五分、十時十二分、十時三十二分、十時四十一分。

「起きてるかい？」おれがパイルに言った。

「うん」

「何を考えてる？」

ちょっとためらってから、「フォン」と言った。

「それで？」

「いまごろ、何をしてるだろうと思って」

「それならわかってるよ。いま頃はもうおれがタイニンに泊るものと思ってるだろう——今日が初めてではないからな。線香を焚いて、ベッドに横になって、昔の《パリ・マッチ》の写真でも見てるだろう。フランス人と同じに、フォンもイギリスの王室が大好きなんだ」

「正確に知ってるってことは、すばらしいことにちがいないなあ」とパイルは悩ましそうに言った。おれは闇の中の彼のおとなしい犬のような眼を想像することができた。この男はオールデンでなく、ファイドー（ラテン語で〝信頼する〟の意。犬だけに命名される名）と呼ばれるにふさわしい。

「おれだって実は知らないんだよ——けれども大体そんなことだと思うね。どうすることもできない場合に、嫉妬《やきもち》をやいたって、何の役にも立たん。〝腹にバリケードは立てられん〟からね」

「どうも、ぼくはときどき、あなたの物の言いかたが不愉快になるよ、トマス。ぼくから見た彼女がどんなふうか、わからないかな？——新鮮な、花のような気がするんだよ」

「あわれな花さ」とおれは言った。「まわりには雑草がいっぱい生えるよ」

「あなたはどこであのひとに会ったの？」

「〈大世界《グラン・モンド》〉のダンサーをしていたときさ」

「ダンサー」思っただけでも苦痛なように、彼は叫んだ。

「いや、あれは完全に品のいい職業だよ、心配しなくていいんだ」

「あなたは実に経験が豊富なんだね、トマス」

「年をとってるというだけのことさ。きみだっておれの年齢《とし》になれば……」

「ぼくはまだ一人も女を知らないんだ——正確にはね。いわゆる本当の経験をしていない」

「きみの国の若い者は、女の子にずいぶんエネルギーを使うらしいがな」

「ぼくは今まで誰にも話したことはない」

「きみは若いんだ。ちっとも恥ずかしいことじゃないよ」

「ファウラー、あなたはよっぽどたくさんの女を知ってるの？」

「たくさんとはどのくらいのことかわからんがね。おれにとって何らかの意味のあった女は、四人以上は居なかったよ。そのほかの四十何人かは——なぜあんなことをするか、不思議だね。衛生観念とか、社会的義務とかは、二つとも間違いだな」

「ほんとに間違いだと思うの？」

「ああして過した夜を、とりもどせたらとりもどしたいよ。パイル、おれはいまも恋をしている、そしておれというものは、どんどん減ってゆく財産だ。ああそうだ、それには、もちろん、プライドもあった。女から求められているというプライドを棄てるまでには、ずいぶん長い時間がかかるものだ。しかし自分の周囲を見まわして、同じく女から求められてる男に気がつくと、なぜそんなプライドをもつのか、わからなくなるがね」

「トマス、あなたはぼくに何か欠陥があるとは思いませんか？」

「いいや、思わないよ、パイル」

「ほかのみんなと同じような要求がないという意味じゃないんですよ、トマス。ぼくは──変態じゃない」

「われわれは、みんな口に出して言うほど要求してるわけじゃないよ。そういう点では実に自己催眠が多いんだ。現在、おれは誰をも要求してないことを、ちゃんと知ってる──フォンだけを除いて。しかしそれは時をかけて、やっとわかることでね。彼女さえ居なければ、おれは一晩も眠れない夜なんかなしに、一年は暮らせるね」

「しかし彼女は居るものね」

おれにはほとんど聞きとれないような声で、彼は言った。

「はじめは手当り次第、でたらめにやりだして、最後はお祖父さんみたいに、一人の女に忠実になるものだ」

「そんなふうにしてやりだすってのは、ひどく幼稚なんじゃないかな……」

「いやそうじゃない」

「キンゼー報告には出ていないな」

「それが幼稚でない証拠だよ」

「ねえ、トマス、こんなふうにして話してると、ここに居るのも悪くないね。どうにか、もう危険でもなくなったようだし」

「ロンドン大空襲のときも、そんな気がしたものだよ」とおれは言った、「ちょっと中休みが来るとね。しかしまた空襲は必ず始まるんだ」

「あなたの一番深刻な性的経験は何だと、誰かに訊かれたら、どう答えます？」

おれはその問いに対する答えを知っていた。「朝はやくベッドに横になっていて、赤いドレッシング・ガウンを着た女が髪を梳《す》いてるのを見ているときだね」

「ジョーに言わせると、中国の女と黒人の女と、二人一度に一緒に寝たときだとさ」

「おれはそんなことは二十《はたち》のときに想像しちまったよ」

「ジョーは五十だ」

「あの男、検査で、どのくらいの精神年齢を与えられたかな、知りたいもんだ」

「その赤いドレッシング・ガウンを着た女は、フォンですか？」

この質問を、おれは受けたくなかった。

「いや」とおれは答えた、「その女はもっと若いときのだ。おれが女房を棄てた頃だ」

「そのひと、どうしました？」

「その女も、おれは棄てた」

「なぜ？」

まったく、なぜだろう？「恋をしてるときは、おれたちはみんな阿呆だよ。おれはその女を失うことを、すごく怖れた。女の態度が変って来たのがわかったと思ったんだが——実際に変ったのかどうか、いまはわからない、ただその不確実な状態に、そのときは堪えられなかった。臆病者が敵に向って突進して、勲章をもらうように、結末へ向って突進しちまった。おれは死を、はやく通りこしたかったんだ」

「死？」

「あれは一種の死だった。それからおれは東洋へ来た」

「そうしてフォンを見つけたんですか？」

「そうだ」

「でもフォンにも、同じことを発見しませんか？」

「同じじゃない。だって、前の女は、おれを愛していた。おれは愛を失うのを怖れたんだ。いまおれはフォンを失うのを怖れてるだけなんだよ」なぜあんなことをしゃべったろう？おれはみずから怪しんだ。パイルは何もおれから元気づけられる必要はなかったのだ。

「でもフォンはあなたを愛してるんじゃないの？」

「そういうのと違う。この国の人間には、もともとそれがないのだ。いまにきみにもわかるよ。彼らを子供と呼ぶのは陳腐な決まり文句だが、一つだけ、子供っぽいことがある。彼らは相手の親切や、生活の安定や、相手から貰った贈物の返礼に、相手を愛するんだ——殴られたり、不正な目にあわされたりすると、相手を憎む。愛とはどういうものか、わからないのだ――ただある部屋へ入って行って、見ず知らずの人間を愛するということがね。年配の男には、これは非常に安心のゆくことだよ、パイル――彼女は幸福な家に住むかぎりは、家を逃げだすことはない」

　おれは彼の心を傷つけるつもりはなかった。だから彼が怒りを包んで、次のように言うまで、傷つけたことを知らなかった、「フォンはもっと大きな安定と親切の方をとるかも知れない」

「そうかも知れない」

「あなたはそれを怖れていませんか」

「もう一人の女の場合ほどにはね」

「だいたい、あなたは彼女を愛していますか？」

「いるとも、パイル、愛しているよ。だがさっき話したような愛しかたをしたのは一度きりだった」

「四十幾人の女を知っても」彼はおれに頬打ちするようにピシャリと言った。

「きっとキンゼーの平均よりは少ない数だよ。いいかね、パイル、女は童貞の男を欲しがらんものだ。病的なタイプでないかぎりは、男も処女を欲しがるかどうか、疑問だよ」

「ぼくは自分が童貞だと言ったつもりはない」とパイルは言った。おれとパイルとの話は、いつも奇怪な方向をとるように思われた。こんなふうに世間的な慣習のレールを逸脱するのは、彼の誠実さのためだったろうか？　彼の会話は決してうまく近道して角を曲らなかった。

「百人の女を知ったって、やっぱり童貞でありうるんだよ、パイル。きみたちの国のＧＩで、強姦罪で死刑になった連中の大部分は、童貞だった。ヨーロッパにはそうたくさんは居ない。おれは嬉しいよ。あの連中は実に有害だ」

「ぼくにはわからないな、あなたの話が」

「説明するほどの値打もないことだ。とにかく、この話題には倦《あ》きたよ。おれは性という問題が老年とか死とかほど切実でなくなった年輩に達した。おれが眼を覚ましたときに頭に浮べるのもそういう問題で、女の肉体ではないよ。ただ生涯の最後の十年間を、孤独でいたくない、それだけだ。毎日、何を考えて暮らしたらいいのか、それがわからないだろうと思う。そのくらいなら女を一人、同じ部屋で暮らさせたい——たとい自分の愛していない女でも。しかし、もしフォンに棄てられたら、べつの女を探すだけの元気がおれにあるかどうか？……」

「もし彼女があなたにとって、それだけの意味しかないとしたら……」

「それだけ？　パイル、晩年になって、ひとりの茶飲み相手もなしで十年も一人で暮らし、挙句の果てには養老院のほか行きどころもないことになるのを怖れる年齢になるまで待ちたまえ。そのときはあの赤のドレッシング・ガウンの女からだって逃げだして、誰でもいい、自分の死ぬまで長つづきのする女をさがすために、どっちの方角でも構わず突っ走るだろう」

「じゃ、なぜ奥さんのところへ帰らないんです？」

「自分が苦しめた人間と一緒に暮らすのは、楽なことじゃない」

ステンガンが一つ、長々と発射された——一マイルと離れていないようだった。気の立っている歩哨が影におびえて発射したか、それともまた新しく攻撃が始まったのか。それが攻撃であってくれることをおれは希望した——それだけこっちの助かる率がよくなるから。

「怖くなった、トマス？」

「怖いとも。頭から足のさきまで。だが理性の方では、おれがこういうことで死ぬ方がいいことを知っている。だからこそおれはアジアへ来た。死がいつもそばから離れてゆかないから」おれは腕時計を見た。十一時すぎていた。あと八時間の夜をすごせば、ほっと一息つけるのだ。おれは言った、「神様の話を除いて、あらまし何もかもしゃべりつくしたな。神のことは、夜明け近くに残しておくのもいいだろう」

「あなたは神を信じないんですね？」

「うん」

「ぼくは神がなかったら、一切のことが意味をなさないような気がするな」

「おれには神があると意味をなさんね」

「前に、ある本を読んだら……」

そのパイルが読んだ本の名を、とうとうおれは聞かずじまいになった（それがヨーク・ハーディングでもなく、シェイクスピアでも現代詞華集や『結婚の生理学』でもないことは見当がつく――ことによると『生の凱歌』かも知れない）。だしぬけに、一つの声がわれわれの塔のなかへ侵入して来た。それは揚げ戸のそばの薄暗がりから聞こえるような気がした――うつろなメガフォンの声が、ヴェトナム語でなにか言っているのだ。「これはまずいな」とおれは言った。二人の兵隊は銃眼の方へ顔を向け、口をポカンとあいて、耳をすましていた。

「なんだろう？」パイルが言った。

銃眼に向って歩くのは、まるで声のなかを歩くようだった。急いで外を見たが、なにも見えない――道路さえも見わけることができなかった。ふりかえると、小銃がさしむけられていた。それがおれに向けられているのか、銃眼に向けられているのか、はっきりしなかった。だがおれが壁にそって動くと、銃口もそれにつれて動いた。ためらったが、どこまでもおれを狙っていた。おれが坐ると、銃口は下った。

また声が、同じことを幾度もくりかえした。

「何を言ってるんだろう？」

「知らん、きっと自動車を見つけたんで、この男たちにおれたちを引き渡せとでも言ってるんじゃないか。やつらが決心しないうちにそのステンガンを拾い上げた方がいい」

「あいつが射つだろう」

「まだそこまで腹をきめていないよ。きめたら、どっちみち射つよ」

パイルが脚の位置をかえると、銃口が上った。

「おれが壁に沿って歩く」とおれが言った。「あいつの眼が動いたら、あいつに狙いをつけろ」

ちょうどおれが起き上ると同時に、声もやんだ。その静けさがおれを跳ね上らせた。パイルが鋭い声で言った、「銃を下へ置け」瞬間、おれはステンガンに弾丸がこめてないいんじゃないかと思ったが――そのときまで見ておかなかった――そのとき兵隊は小銃を投げだした。

おれは床を横切ってそれを拾い上げた。すると声がまた始まった――一語一語、違っていないように思われる。たぶんレコードを使っているのだ。いつ最後通牒が発せられるのだろうか。

「これからどうなるだろう？」パイルがきいた、実験室で実験を見ている中学生のような調子だ。自分のことは心配していないように見える。

「バズーカ砲かな、それとも便衣隊かな」

パイルはステンガンをしらべていた。「べつにむずかしいことはなさそうだな」と彼は言った。「一発、やってみようか？」

「いや、やつらを躊躇させるんだ。敵は発砲しないで、この陣地を取りたいから、おれたちに時間を与えているのだよ。はやくここを出た方がいい」

「敵は下で待ってるかも知れん」

「うん」

二人の男はおれたちを注視していた——ここでは男と書くけれども、おれは二人の年齢をあわせても四十歳になるかどうか、疑問だと思う。「で、この二人は？」パイルは訊いた。そしてびっくりするほど率直に、「射っちまおうか？」と言った。ことによると、ステンガンをためしてみたかったのかも知れない。

「こいつらは何もしなかった」

「われわれを引き渡すつもりでいるよ」

「当り前だろう。もともとおれたちは余計な、おせっかいをしてるんだ。ここはこいつらの国だからな」

おれは小銃から弾丸を抜き取って、銃を床の上に置いた。

「あなたは、まさかそれを置いてくんじゃないでしょうね？」とパイルが言った。

「おれの年齢で銃を持って走るのは無理だ。しかもこれはおれの戦争じゃない。行こう」

　これはおれの戦争じゃない、けれどもいま暗闇のなかに居る連中も、そのことを、おれと同様に知っていてくれたら。おれは石油ランプを吹き消し、揚げ戸に両脚をぶらつかせて、梯子を探った。警備兵たちがなにか囁きかわしているのが、彼らの言葉で鼻唄をうたっているように聞こえた。「下りたらまっすぐに行こう。稲田へ入ろう。水のなかだということを、忘れるな――深さはわからない。いいか？」

「よし」

「ごたいくつさまでした」

「どういたしまして」とパイルが言った。

　うしろで二人が身動きするのが聞こえた。彼らはナイフを持っているだろうか、とおれは思った。メガフォンの声が威圧的に、彼らの決心をうながすように響いた。何か、下の闇のなかで動く低い音がした、がそれは鼠だったかも知れない。おれはためらった。「一杯のんでおけばよかった、残念だ」とおれは囁いた。

「行こう」

　何か、梯子を上って来た。何の音も聞こえないが、おれの足の下で梯子が揺れた。

「どうして降りないの？」パイルが言った。

　おれは何故あのとき、あのこっそりと黙って近づいてくる物を〝何か〟だと思ったのかわからぬ。梯子をのぼれるのは人間だけであるはずなのに、おれにはそれがおれと同じような人間だとは思えなかった——何か、獣のようなものが、静かに、落ち着きはらって、人間以外の被造物の持つ無慈悲さで、おれを殺しに来るような気がした。梯子が揺れに揺れて、しまいには動物の眼が上を向いて光ってるのが見えたと思った。急に、もう我慢ができなくなって、おれは跳び下りた。軟らかい地面のほかに、なにもなかった。その地面がまるで手を出してひねったように、おれの踵を痛めた。パイルが梯子を降りて来る音を聞きながら、気がついてみれば、おれは自分がふるえていることがわからないほどの臆病者だった。それなのに神経が太くて、想像力にとらわれないから、自分はリポーターに必要な観察力があると自惚れていたのだ。起き上ると、痛さでまた倒れそうだった。やっと足をひきずって歩きだし、パイルがうしろから来る足音を聞いた。そのときバズーカ砲弾が塔に当って炸裂し、おれはもう一度、地面に伏せた。

4

「怪我をした?」パイルが言った。

「脚をやられた。たいしたことはない」

「もっとさきへ行こう」パイルがおれをうながした。彼は真っ白な埃をいっぱい浴びたらしく、だから闇のなかでもおれに見えたのだ。すると、まるで映写機のランプが消えると同時にスクリーンの絵が消え、サウンドトラックの音だけがつづいている――まるでそれのように、パッと彼の姿が消えてしまった。おれは慎重に、いい方の膝で起き上り、わるい方の左の踵に重みをかけずに立とうとしたが、次の瞬間には痛みに息もつけず、また倒れた。それは踵ではなかった。左の脚がどうかなっていたのだ。おれは心配することさえできなかった。痛みが不安を取り去ってしまった。また苦痛に捉えられぬようにとねがいながら、じっと地面に横たわっていた。歯痛のときによくするように、呼吸さえも詰めていた。まもなく塔の崩れ落ちた跡を捜しに来るはずのヴェトミンのことすら、おれは考えなかった。また一弾、塔に炸裂した――実に大事をとって、やつらはやって来るのだ。ほんの僅かの人間を殺すために、いったいどれくらい莫大な金を使うのか――痛みがうすらぐにつれ、おれはそんなことを考えていた――馬を殺すほうがずっと安くつくじゃないか。いや、おれの意識はずっと確かではなかったらしい、なぜなら、おれは自分の生れた小さな町の、子供の頃の最大の恐怖だった廃馬処理場へさまよいこんでいると考えはじめたのだから。あの頃、おれたち子供は、恐怖に悲鳴をあげる馬の嘶《いなな》きや、痛みを与えずに殺す火薬の爆発の音が聞こえると思っていたものだ。

そうして静かに横たわって、呼吸まで詰めていた――おれにとって同じく重要だと思われたのは、痛みが戻って来てから後の暫くの時間だった。おれは水田のほうへ匍《は》って行ったものかどうか、極めて明快に思案した。ヴェトミンはあまり遠くまで捜索しないかも知れぬ。もう一台のパトロール隊の戦車が、さっきの第一の戦車の乗員と協力するために、いまごろは出発しているだろう。だがおれはパルチザンよりも痛みの方が怖ろしかったから、動かずに倒れていた。どこにも、パイルらしい物音はなかった。きっと水田へ入ったにちがいない。そのうちに人の泣き声が聞こえた。それは塔の方角、いや、塔がさっきまであった方角から聞こえる。大人の泣き声とは思えない――闇のなかでおびえながら、怖ろしくて悲鳴をあげられない子供の泣き声のようだ。さっきの二人の兵隊の一人らしい――仲間を殺されたのだろう。おれはヴェトミンが彼の咽喉を搔き切らないでくれるようにと祈った。戦争に子供たちを捲きこむのはいけない――とたんに溝のなかのまるくなった子供の死体が心によみがえってきた。おれは眼を閉じた――それだけでも、いくらか痛みが遠ざかった――そして待った。一つの声が、何かおれのわからないことを叫んでいた。おれはこの暗闇と孤独と苦痛のなさとのなかから、眠れそうな気さえしてきた。

その次に、おれはパイルの囁く声を聞いた、「トマス、トマス」彼は案外早く歩行術を身につけたらしく、おれは彼が戻って来る音を聞かなかった。

「行ってくれ」おれは囁き返した。

彼はおれを発見して、すぐ隣りにひらたく伏した。「なぜ来なかったの？　怪我したの？」

「脚だ。折れたらしい」

「弾丸が当った？」

「いや、ちがう。材木か。石か。何か塔から飛んで来たものだ。血は出てない」

「我慢して、頑張ってくれなきゃいけない」

「行ってくれ、パイル。おれは頑張りたくない、痛みがひどすぎる」

「どっちの脚？」

「左だ」彼はわきへ寄って、おれの腕を肩に担いだ。おれは塔のなかの子供のように泣きたくなり、その次に腹が立ったが、囁き声で怒りを表現することはむずかしかった。

「何をするパイル、ほっといてくれ。おれはここにいる」

「そうはゆかないよ」

彼はおれを肩に担いで、半分がたおれを引き起したが、痛みはとても辛抱のできるものでなかった。「くだらない英雄なんかになるなよ。おれは行きたくないんだ」

「あなたも協力してくれなければ、二人とも捕まってしまう」

「きさまは……」

「静かに、聞こえるよ」おれは口惜し泣きに泣いていた——この場合、口惜しい、という強い言葉は、使えないだろう。おれは彼にもたれかかって身体を持ちあげ、左脚を宙に浮せた——へたな二人三脚のようにして歩きだしたが、ちょうどその歩きだした瞬間に、一挺のブレンガンが次の塔の方へ寄った道路のどこかでパチパチと射ち出さなかったら、とても助からなかったろう。パトロール隊の戦車がこちらへ近づいていたのか、それとも敵がその晩の予定通り三つの塔を襲い終ったのか——とにかくそれによっておれたちののろのろした不器用な遁走の音を消してくれたのだ。

おれはその間ずっと意識を保ちつづけていたかどうか、自信はない。最後の二十ヤードほど、パイルはほとんどおれを抱えて行ったように思う。彼が言った、「ここは気をつけて。稲田に入るところだから」乾いた稲穂がザワザワ鳴り、ずぶりと泥のなかへ身体が入った。パイルが足をとめたときは水は腰まで上っていた。彼は喘いでいて、一度息がつかえたときは蛙のような音をさせた。

「すまん」とおれは言った。

「あなたを棄てては置けないもの」とパイルが言った。

最初に来た感じは救いだった——水と泥とが、おれの脚を包帯のように柔らかくしっかりと包んでくれた、だがまもなく冷たさで二人ともガタガタふるえだした。時刻はまだ十二時すぎないだろうか——ヴェトミンに見つけられなければ、これから六時間、こうしていなければならない。

「ちょっとでもいいから、重みをすこしかえられないかな？」とパイルが訊いた。するとおれの理由のない腹立ちが戻って来た——理由としては、痛みのほかに、腹を立てる何の口実もなかった。助けてくれとか、こんなに痛い思いをしながら死ぬのを延期してくれとか、おれは頼んだおぼえはない。固い地面に横たわっているときのことが、なつかしく思われる。おれは鶴のように一本脚で立って、何とかしてパイルの負担を軽くしようとした。動くと、稲の茎がおれをくすぐったり折れたり音を立てたりした。

「きみはあすこでおれの生命《いのち》を助けた」とおれが言いかけると、パイルは月並にそれを受けて、咳ばらいをした、「だからおれはここで死ぬことになった。乾いた地面の上の方がましだよ」

「話をしない方がいいよ」病人をあやすように、「体力を節約するためにね」

「いったい誰がきみにおれの生命を助けてくれと言った？　おれは殺されたくって、東洋へ来たんだ。生意気じゃないか、きみは……」おれは泥のなかでよろめき、パイルはおれの腕を肩の上へ担ぎあげた。「そんなに気にしないで」と彼は言った。

「戦争映画でも見てるつもりだったんだろう。おれたちは海兵隊じゃないから、きみは勲章は貰えないぞ」

「シッ、シッ」足音が聞こえて、田圃の縁までそれが降りて来た。道路のブレンガンは射撃をやめたので、足音と、われわれの呼吸で稲がかすかにざわつく音とのほか、何の音もしない。と、足音が止った。それは部屋一つの長さぐらいしか隔たっていないようだ。おれはおれの痛くない方の脇腹にかかったパイルの手がしずかにおれを押し上げるのを感じた。おれたちはごくゆっくりと、できるだけ稲をざわつかせずに泥のなかへ身を沈めた。膝を突くと、頭をせい一杯あおむけて、やっと口を水の外へ出すことができた。痛みが戻って来て、おれは思った、〝ここで気を失ったら、おれは溺死するぞ〟——昔から溺死は考えるだけでも嫌いで、怖ろしかった。なぜ人間は自分の好きな死にかたができないのだ？　しんとしている。たぶん二十フィート離れたところで、ガサリという音か、咳かくしゃみかを待っているのだ——〝おお、畜生、おれはくしゃみをしそうだ〟おれは思った。パイルがおれをほっといてくれたら、おれの責任はおれの生命だけですむのに——しかも彼は生きたいんだ。おれは子供の頃、かくれんぼをするときにおぼえた手を使って、自由な方の指で上唇をおさえてみた、だがくしゃみはいまにも飛び出しそうに鼻の奥にぐずついていた、しかも真っ暗闇のなかで押し黙って、敵はそのくしゃみを待っている。ああもうだめだ、もうくしゃみが出る、出る、出る……

　だがおれがくしゃみをしたその瞬間に、ヴェトミンはステンガンを発射し、稲穂のなかを一線を引いて火光がほとばしった。くしゃみの音は鋼鉄に穴をあける機械のような鋭い音にのみこまれ、おれは息をつめて水にもぐった——それほども本能的に人間は愛するものを避けるのか、まるで恋人に犯されたがっている女のように、死に媚《こ》びるのか。おれたちの頭の上で稲がバラバラと頭をさげ、その嵐が過ぎ去ると同時におれたちは頭を出して空気を吸った。足音は塔の方角へ引き返して行った。

「とうとうものにしたぞ」とパイルが言ったので、痛みのなかにもおれはなにを一体ものにしたのだろうと自問した。おれにとっては老年、論説委員の椅子、孤独。そして彼にとっては——いまとなってみれば、彼が言ったのは早計だったことをおれは知っている。それから、冷たい泥水のなかに落ち着いて待つことになった。タイニンの方角の道路で、焚火が一つ燃えだした。それはお祭りのように景気よく燃えた。

「あれはおれの車だ」

パイルが言った、「もったいない話だね、トマス。ぼくは浪費を見るのが嫌いだ」

「タンクにはまだ火をつけるぐらいのガソリンはあったに違いない。パイル、きみもおれみたいに寒いか？」

「これ以上寒くっちゃたまらないよ」

「どうだろう、ここを出て、道路に伏していたら？」

「もう三十分、あいつらに時間をやろう」

「重くてきみが気の毒だ」

「ぼくは頑張れるよ、若いから」彼はユーモアのつもりでそう言ったのだが、この言葉は泥水に劣らぬ冷たさでおれを打った。おれは自分の痛さが言わせた雑言をあやまるつもりでいたのだが、いままた痛みは勝手にしゃべりだした。

「きみが若いのは勝手だ。だからきみは待っていられるんだろう？」

「何を言ってるの、トマス？」

おれたちは一週間ぶんの夜を一緒にすごしたのも同じくらい一緒に居たが、それでも彼はフランス語程度にもおれを理解できなかった。おれは言った、「きみはおれを放っておいてくれた方がよかったんだよ」

「それじゃフォンに顔むけができないよ」と彼は言い、その彼の口から出た名が胴元の賭け金のようにそこに置かれた。おれはその挑戦に応じた。

「じゃ、フォンのためだったのか」おれの嫉妬をいっそう莫迦げた、屈辱的なものにしたのは、それがこの上なく低い囁き声で表白されたことだった――それには抑揚がなかった、ところが嫉妬とは芝居がかりを好むものなのだ。「こういう英雄的行動が、フォンの気に入ると思ってるんだね。大間違いだぜ、それは。もしおれが死ねば、あの女はきみのものになったんだ」

「ぼくはそんなつもりで言ったんじゃない」パイルが答えた。「愛している以上やるところまでやる、それだけのことですよ」それは本当だ、とおれは思った、しかし無邪気な彼が言おうとしているような意味ではではない。愛しているということは、他人が自分を見るように自己を見ることだ、それは自己のごまかしの、のぼせあがった像に恋することだ。恋愛においては、われわれは名誉ある行ないをすることは不可能だ――どんな勇敢な行為も、二人の見物人を前に置いて芝居をすることにすぎない。おれはおそらくもう恋してはいないのだろう、忘れられないだけなのだろう。

「もしきみが怪我したのだったら、おれは棄てて来ただろう」とおれは言った。

「いいや、あなたはそんなことはないよ、トマス」そのうえ、我慢のならないほど自信たっぷりに彼は言った、「ぼくはあなた以上にあなたを知っているもの」むらむらと腹が立って、おれは彼から離れ、自分で重みをささえようとしたが、痛みはまるでトンネルのなかの汽車のように猛然と返って来て、また水のなかへ落ちこみそうになり、前よりも重く彼にもたれかかってしまった。彼は両腕でおれを抱え上げ、それからほんの一インチぐらいずつおれを道端のほうへ押してゆきだした。やっと田圃の縁の浅い泥のところまで来ると、そこにおれを伏させた。それで痛みがいくらか退き、おれは眼を開いて、息をこらえるのをやめると、見えたものは満天の星の精巧きわまる暗号ばかりだった――おれには読めぬ外国語の暗号、それらはことごとく異国の星だった。その眺めをさえぎって、パイルの顔がおれの上にかぶさった。「トマス、ぼくはパトロールを探しに、行って来るよ」

「莫迦を言え」とおれは言った。「きみが誰だかわかる前に、向うはきみを射ち殺すぞ。もしヴェトミンにつかまらないとしても」

「ほかに手はない。あなたは六時間も水のなかに寝てはいられない」

「そんならおれを道路に寝かせろよ」

「ステンガンを残して行ってもむだかしら?」

てくれ」

「むろんむだだ。もしどうでも英雄になる決心なら、せめてゆっくりと田圃のなかを行ってくれ」

「ぼくが合図する前に、パトロールは行ってしまう」

「きみはフランス語がしゃべれない」

「おれはフランス人《ジュ・スイ・フランセ》だ、と呶鳴るよ。心配しないで、トマス。ぼくは用心するから」おれが返事をしないうちに、彼はもう囁き声のとどかないところに居た——彼は彼の知っているかぎりの仕方で静かに歩いていた、絶えず立ちどまりながら。おれは燃えている自動車の明りで彼の姿を見ることができたが、弾丸は飛んで来なかった。まもなく彼は炎の彼方へ通り越し、たちまち静寂はその足跡をみたした。そうだ、たしかに彼はファト・ディエムをめざして川を下ったときのように用心していた、それは少年の読む冒険小説の主人公の用心ぶかさ——少年団のバッジのようにその用心ぶかさを鼻にかけ、自分の冒険の出鱈目さと荒唐無稽とに少しも気がついていない——あれと同じことだった。

おれは寝たままで、ヴェトミンか外人部隊のパトロール隊からの射撃の音を、今か今かと耳をすましていたが、何もなかった——次の塔まで彼がたどりつくのは、かりにたどりつくとしても一時間か、それ以上はかかるだろう。おれは頭を動かして、おれたちの居た塔の残骸の方を見た——それは泥と竹の堆積と支柱とだけで、支柱は自動車の火が静まるにつれて低くなるように見えた。痛みが去ると安らかになった——一種の神経の〝休戦の日〟のような安らぎ、おれは歌いたくなった。おれの職業の者が、今夜のこの出来事から、たった二行の記事しか書けないとは、なんと不思議なことだろう――それはごく平々凡々な一夜で、おれというものだけが変っているだけなのだ。そのとき、おれはまた塔の残骸の方から、低い泣き声を聞いた。警備兵の一人はまだ生きているとみえる。

おれは思った、〝かわいそうに、もしあの男の持ち場の外で、おれの車が停らなかったら、メガフォンの最初の呼び声で、たいていの兵隊が降参するようにあの男も降参するか、それとも逃げるかしていただろう。ところがおれたち――二人の白人が居て、しかもおれたちはステンガンを持っていたから、行動する勇気が出なかった。おれたちが塔を出てからでは間に合わなかったのだ〟。おれはいま闇のなかで泣いている、あの声に責任がある――おれは自分が超然としてることを、この戦争に従属していないことを誇りとしていたが、まるでパイルが使いたがったステンガンをおれが使ったかのように、あの男の負傷はおれのために負わされたのではないか。

おれは田圃の縁を越して道路へ出ようと試みた。おれはあの兵隊のそばへ行きたかった。彼と苦痛をともにすること、それだけがおれにできる唯一つのことだった。だがおれ自身の肉体の痛みが、おれを押し戻した。もう彼の泣き声は聞こえなかった。おれはじっと横たわって、おれ自身の痛みが魔物の心臓の鼓動のように打ちつづける音のほか何も聞かず、息を詰めて自分の信じていない神に、〝わたしを死なせるか、気絶させて下さい。わたしを死なせるか、気絶させて下さい〟と祈っていた。それからおれは気絶したらしく、気がついたときはおれの目蓋がかたく凍りついて、誰かがそれを開こうとタガネをさしこんでいるのだと想像し、下の眼球を傷つけないように気をつけてくれと注意したいと思ったが声が出なかった。やがてタガネが切り開いて、懐中電燈の光がおれの顔を照らしていた。

「とうとうものにしたよ、トマス」とパイルが言った。おれはそれをおぼえているが、しかし後にパイルが他の者に話したことは、おれの記憶に残っていない。それは、おれがあらぬ方へ手を振って、塔のなかに人が居るから見てやらなくてはいけないと言ったということだ。事実としても、おれはパイルの臆測したようなセンティメンタルな考え方をするはずはない。おれは自分をよく知っているし、自分の利己心の深さを知っている。おれは他人が苦しんでいるのを見たり聞いたりすれば、気持を休めることができない（そして気の休まることこそは、なによりもおれの望むことなのだ）。時として無邪気な人間はこれを誤って非利己的な心だと思うことがある。ところがおれのやっていることは、ほんの小さい利益を犠牲にして——この場合で言えば自分の傷の手当を後まわしにして、それよりもはるかに大きな喜び、すなわち心の平和を得ようとしているにすぎないのだ。

人々はおれのところへ戻って来て、少年は死んでいると告げた、おれは幸福だった——モルヒネの皮下注射をしてもらったあとでは、脚の痛みさえ、それほど苦しいと思わずにすんだ。

第三章

1

おれはカティナ街のアパートへ階段をゆっくりとのぼり、途中の踊り場で足をとめて一休みした。老婆たちは便所の前の床にしゃがんで、相変らず噂話にふけっていた。彼女たちの顔には手相のように〝運命〟の皺が刻まれていた。おれが通るときに老婆たちは黙っていたので、おれは考えた、もしおれに彼女たちの言葉がわかったら、おれがタイニンに近い街道の軍病院に入っているあいだ、ここがどんな有様だったかについて、どんなことを話してくれるだろうか。塔のなかか、田圃のなかで、おれは自分の鍵を落したが、フォンには知らせてあるから、もし彼女がまだこのアパートに居るならば、知らせを受け取っているはずだった。その〝もし〟が、おれの確信のなさの、程度を示していた。病院では彼女についてなんのニュースも聞かなかったが、彼女はフランス語を書くのは不得手だし、おれはヴェトナム語が読めないのだ。ノックすると、ドアはすぐに開いて、すべてはもとのままらしく見えた。おれがしげしげと彼女を見まもっている暇に、彼女はおれの工合をたずね、おれの副木《そえぎ》をした脚に触れ、こんな脾弱《ひよわ》な若木によりかかっても大丈夫かしらと思うような肩を出して、おれによりかかれと言った。おれは言った、「帰って来て、おれは嬉しいよ」

彼女はおれが居なくて淋しかったと言ったが、もちろんそれはおれの聞きたい言葉だった。苦力《クーリー》が問いに答えるときのように、彼女はいつもおれの聞きたいと思うことをおれに言った——何か間違いがないかぎりは。いまおれはその間違いを待った。

「どんなことをして遊んでいたね？」おれが訊いた。

「さあ、姉とはたびたび会いましたわ。姉はアメリカ人のお役所に職がみつかりましたの」

「あ、そうかい？　パイルの力でかい？」

「パイルじゃないの、ジョーよ」

「ジョーって誰だい？」

「あなたはご存じよ。あの経済アタッシェ」

「ああ、そうそう、ジョーか」

あの男のことはいつも忘れている。現在でも、おれは彼の肥ってること、血色のよいつるつるの頰、大きな笑い声ぐらいのほかは何ひとつ彼を描写することができない。彼の特徴は全部おれの頭から消え去っている――知ってるのはジョーと呼ばれていることだけだ。世間にはいつでも略された名前でしか呼ばれない男が居るものだ。

フォンの助けを借りて、おれはベッドの上に躰《からだ》をのばした。「何か映画を見たかい？」

「〈カティナ〉でとても可笑《おか》しいのをやっていますわ」と言ったかと思うと、彼女はすばらしく詳しい筋書を話しはじめた。それを聴きながらおれは電報らしい白い封筒はないかと、部屋のなかを見まわしていた。おれが訊かないかぎりは、彼女がおれに告げるのを忘れていると信じることができたし、それはテーブルの上のタイプのわきとか、衣裳簞笥の上とかにあるかも知れないし、あるいは、安全のために彼女がスカーフのコレクションを入れている戸棚の抽出に置いたのかも知れなかった。

「その郵便局長がね――あれは郵便局長だったと思うけれど、もしかすると市長かも知れないわ――家まで随《つ》いて来るの、そうしてパン屋から梯子を借りて、窓からコリンヌの部屋へ入るの、でもコリンヌはフランソワと一緒に隣りの部屋へ行ってしまった後でしょう、けれどもその男はボムピエール夫人の足音を聞かなかったもんですから、夫人が入って来て梯子の上に居る男を見つけると……」

「ボムピエール夫人って、誰だっけ？」訊きながら、おれは洗面台の方へ首だけ回して眼をやった。そこはフォンがときどきローションの類のなかにメモを突っこんで置く場所だった。

「さっき話したでしょ。ボムピエール夫人はコリンヌのお母さんで、旦那さんに死なれたから御亭主をさがしているの……」

彼女はベッドに腰をかけて、おれのシャツの内側に手をさし入れた。「とても可笑しかったわ」と彼女は言った。

「キスしておくれ、フォン」彼女には嬌飾《コケットリー》がなかった。おれのしてくれと言うことをすぐにして、すぐまた映画の筋書を話しだした。その通り、もしおれが愛のおこないをしてくれと言えば、一言の口答えもしないでズボンをくるくると脱いだろうし、事がすめばまたさっきの続きのボムピエール夫人や苦境に陥った郵便局長の話をしだしただろう。

「おれに電報でも来ているかい？」

「ええ」

「なぜ見せてくれないの？」

「まだお仕事はあなたには早すぎるわ。ゆっくり横になってお休みにならなければ」

「仕事とは違う電報かも知れないぜ」

彼女が渡すのを見ると、それは開封してあった。〈四百語デど・らっとるノ帰国ガ戦局ト政局ニ及ボス影響ヲタノム〉

「なるほど」とおれは言った。「これは仕事だ。どうしてわかった？　なぜ開けて見た？」

「奥さんからかと思いましたの。いい知らせだと嬉しいと思って」

「誰に翻訳してもらった？」

「姉のところへそれを持ってゆきましたの」

「もしわるい知らせだったら、おれと別れたかい、フォン？」

　彼女はおれを安心させようとするように、おれの胸板を撫でさすった、が、そのときのおれは、どんな嘘でもいいから言葉が聞きたかったのだということが、彼女にはわからなかったのだ。「パイプめしあがる？　あなたにお手紙が来ていますわ。この方がきっと奥さんからですわ」

「それも開けたのかい？」

「お手紙は、あたし、開けませんわ。電報は他人が見てもいいものよ。電報局の係の人も読むんですもの」

　その封筒はフォンのスカーフの抽出にあった。彼女はていねいな手つきでそれを出して来て、ベッドの上に置いた。筆蹟で、すぐにわかった。「もしこれがわるい知らせだったら、お前はどう……？」わるい知らせでないことはありえないことを、おれはよく知っていた。電報は咄嗟の、寛容な心の動きからの行動を意味する場合もあるが、手紙は説明や、自分の立場の弁解やを意味する以外、ありえない……だからおれは言いかけた問いの言葉を途中で呑みこんでしまった。誰にも守れるはずのない種類の約束を求めるのは、決して誠実とは言えないからだ。

「何を怖がっていらっしゃるの？」というフォンの問いに、おれは腹のなかで答えた。〝おれは孤独を怖がっている、記者クラブやあそこのベッド付き居間を怖がっている、おれはパイルを怖がっている〟

「ブランディ・ソーダをこしらえてくれ」とおれは言って、手紙の冒頭の〈おなつかしいトマス〉という箇所と、〈愛情をこめて、ヘレン〉という最後のところとを見て、ブランディの来るのを待った。

「奥さんからですの？」

「そうだ」手紙を読まないさきに、おれは読み終ったらフォンに嘘を言うべきか、真実を告げるべきかを考えはじめていた。

おなつかしいトマス

お手紙を頂き、あなたがお一人でないことを知りましても、私は驚きませんでした。あなたは男ですもの、そうでしょう？　そう長くお一人でいらっしゃるはずはありませんわ。外套が塵を吸いとるように、あなたは女たちを拾ってあるく方です。もし私が、たといロンドンにお帰りになってもあなたは造作もなく慰めをおみつけになるだろうというふうに感じませんでしたら、もっとあなたの立場に同情してさしあげられるでしょうと思います。こう申し上げても信じて下さらないかも知れませんけれど、私が簡単に〝ノー〟という電報をお打ちせず、ためらいましたのも、お話の娘さんを気の毒に思うからです。女はどうしても殿方よりも、こんな場合に動きがとれなくて困ることになりがちですわ。

おれは一口、ブランディを飲んだ。性的な心の傷というものが、長い年月をかけても、いかに生々《なまなま》しく傷口を開いたままでいるものか、おれはわかっていなかったのだ。おれはうっかりして――言葉のえらびかたもまずかったのだろう――妻の傷口からふたたび血を流させてしまった。その返礼に妻がおれ自身の傷口を手さぐりするのを、誰が批難することができよう？　人間は不幸なとき他人を傷つけるものだ。

「わるいお返事？」とフォンが訊いた。

「すこし手きびしいね」おれは答えた。「しかしあいつの身になってみれば……」おれはさきを読んだ。

あなたがさっさと荷物を作ってお出かけになってしまうまで、私はあなたが誰よりもアンを愛していらっしゃるものと信じこんでおりました。いまあなたはまた一人、べつの女を棄てようと工夫をめぐらしておいでのようですわね――だって、お手紙を読むと、私には、あなたが本心から〝好意のある〟返事を期待してはいらっしゃらないことがわかるのですもの。〝おれはできるだけのことはした〟——そう考えていらっしゃるんじゃないこと？ 私が〝イエス〟とお答えしたら、どうなさるおつもりですの？ ほんとにその娘さんと結婚なさるおつもり？ （あなたがそのひとの名前を教えて下さらないから、こんなふうに書くしかありません）ことによったら、なさるかも知れませんわね。きっとあなたも、私などと同じように年をおとりになったので、一人で暮らすのが厭におなりなのでしょう。私も、ときどきずいぶん淋しくなることがありますわ。私の想像では、アンは近頃べつの好いひとが出来たようですわ。でもあなたはアンとは好い時に、お別れになりましたわね。

おれの乾いたカサブタを、よくも正確に妻はさぐりあてたものだ。おれはまた飲んだ。流血——という言葉がおれの頭に浮んだ。

「パイプ、お支度させて」とフォンが言った。

「いいとも、いいとも」おれは答えた。

だからこそ、そのためにも、私は〝ノー〟とお答えすべきですわ。（宗教上の理由については、お話するだけ無駄なことです、あなたには信じても理解してもいただけた例《ため》しがないのですから）結婚は、あなたには、一人の女を棄てることの妨げにはならないんでしょう？　それはただ余計に手数がかかるというだけのことですし、そればかりか、今度の場合、もしあなたが私と一緒だった期間と同じくらいの年数を、その娘さんと一緒にお暮らしになるとすれば、なおさらのこと娘さんに気の毒なことになるわけですわ。西も東もわからない、知らぬ他国のイギリスへ、あなたはその娘さんを連れてお帰りになる、そしてあなたに棄てられたら、どんなに情ない、みじめな思いをすることでしょう。きっとその娘さんは、ナイフとフォークの使いかたさえ知らないんじゃありませんこと？　こんな意地のわるい言い方をしますのも、私はあなたのこと以上に、その娘さんの幸福を考えればこそですわ。でも、トマス、あなた、あなたの御幸福も、私はよく考えていますのよ。

おれは実際に胸がむかついた。妻からの手紙は何年ぶりだろうか。おれが強いて書かせたその手紙の一行一行に、妻の苦悩が感じられた。彼女の苦悩はおれの苦悩に突き刺さった。またしても、おれたち夫婦は、型のごとく互いに相手の心を傷つけあう昔の習慣をとりもどしたのだ。ああ、人間が他を傷つけることなしに人を愛することが可能でさえあるならば――忠実だけではそれには不充分だ。おれはアンに対しては忠実だったけれど、それにもかかわらずおれは彼女を傷つけたではないか。傷つけることは所有という行為のなかに生ずる。人間は心も身体もあまりに小さすぎて、それ故に矜誇《プライド》なしに他を所有することもできなければ、自卑することなしに所有されることもできないのだ。ある意味で、おれは妻が久しぶりでおれに打撃をあびせて来たことを嬉しく思った——あまりにも長いあいだ、おれは彼女の苦悩を忘れていたし、これこそはおれが彼女に与えうる唯一の償いでもあるからだ。不幸にして、どんな争いにも、罪なき者が必ず捲きこまれる。必ず、いたるところで、あの塔からの泣き声が聞かれるのだ。

　フォンが鴉片のランプをともした。「奥さんは、あなたとあたしの結婚を承知してくれましたの？」

「そこはまだわからない」

「そう言いませんの？」

「言うとしても、あとからゆっくり言うつもりなんだ」

　おれは思った、〝貴様がいくらdégagé（当事者でないこと）を誇り、論説委員でなく報道記者であることを誇ったって、舞台裏のこのざまはなんだ。もう一つの戦争の方が、まだ罪がない。迫撃砲の方がこの手紙よりは被害が少ないじゃないか〟。

　かりに私が自分の深い深い信念にそむいて、〝イエス〟と申し上げるとしましても、はたしてそれがあなたにもいいことでしょうか？　あなたはイギリスへ呼び返されているとおっしゃいます、それがどんなにお厭か、少しでもその不快さを楽にすることなら、どんなことでもする気におなりだということが、私にはちゃんとわかっています。一度お酒を呑んだだけで、誰とでも結婚するあなた、目に見えるようですわ。最初のときは、私たち本気で努力しましたわね――私はもちろん、あなたもでしたわ――そうして失敗しました。人は二度目のときは、それほど一生懸命には努力しないものですわ。そのひとを失うことは生涯の終りになるだろうとあなたはおっしゃいます。一度、私にもそっくり同じことをおっしゃったことがありました――その手紙、いまでも持っていますから、お目にかけてもよろしいわ――ですからきっとアンにも同じような手紙をおやりになったと思うわ。私たち夫婦はいつもお互いに真実を告げあおうとして来たとも書いていらっしゃいますけれど、でも、トマス、あなたの真実は、いつだって、あんまりにもその場限りなんですもの。でもあなたと議論したって、あなたに道理をわかっていただこうと骨を折ったって、はじまりませんわ。いっそ私の信仰が私に命じる通りに行動する方が――あなたからお考えになればわからず屋でしょうけれど――簡単ですから、私はあっさり書くことにいたします――私は離婚を信じません、私の宗教がそれを禁じております、ですから私の御返事は、トマス、ノー――ノーと申し上げますわ。

このあとまだ〈愛情をこめて、ヘレン〉までに半枚ばかりあったがおれは読まなかった。天気のことや、おれの好きな年老いた伯母の噂などが書いてあったのだろうと思う。

苦痛を言う理由はおれにはなかったし、こういう返事を予期してもいたのだ。手紙のなかには多くの真実が含まれていた。ただおれは、妻が、これほど長々と胸の思いを紙の上にぶちまけたことは、その思いがおれを傷つけるだけでなしに妻自身をも傷つけるものであるだけに、よせばいいのにと思ったことだった。

「御返事は〝ノー〟?」

おれはほとんどためらわずに答えた。「まだ決心がつかないらしい。希望はあるよ」

フォンは笑った。「そんな悲しそうな顔をして、〝希望〟だなんて」彼女はおれの足もとに、十字軍戦士の墓の上の犬のように（戦士の墓碑には、よく愛犬の像が彫刻してある）腹這いになって、鴉片の用意をしている。それを見ながらおれはパイルに何と話そうかと思いまどった。鴉片を四服吸うと、おれは将来に対して自信がついて来て、希望と言ったのは相当に確かなもので——妻はいま弁護士と相談中なのだ、とフォンに話した。もうこうなれば、明日にでも電報が来て、解放されるかも知れないのだ、と。

「そう大してむずかしいことじゃないわね。財産契約はしてくださるんでしょう?」その彼女の言葉に、おれは彼女の口を通して彼女の姉がしゃべっている声を聞いた。

「おれは貯金がないからな、せり合いになっちゃ、パイルにはかなわないよ」

「心配なさらない方がいいわ。何とかなるわ。どんなときでも、きっと何か方法があるものよ」彼女は言った。「姉が言っていたわ、生命保険に入る方法もあるって」それを聞いて、金銭の重要性を過小に見ず、大げさな、後でひっこみのつかない愛の告白をしようとしない彼女の現実主義《リアリズム》に、おれは感心した。パイルははたしてこんな堅い芯のある性根に何年も堪えることができるだろうか、疑問だと思った、あの男はロマン主義者だから。だが、もちろん彼の場合には、条件の好い財産契約もできるだろうし、堅い芯も、それを必要としなくなれば、使わない筋肉と同じことで、やがて軟らかくなるかも知れない。金持はどっちに転んでも得なものだ。

その晩、カティナ街の商店が店を閉めないうちに、フォンはまた三枚のスカーフを買った。ベッドに腰をおろした彼女はその派手な色彩に感激の叫びをあげ、その歌うような声は一つの空虚をみたした。それから、その三枚をていねいに畳んで、ほかのたくさんのスカーフと一緒に抽出のなかに置いた。それはまるでおれとのしみったれた財産契約の礎石を置いているようなものだった。一方、おれもまた、鴉片の力をかりた当てにならぬ頭脳の明晰さと先見の明とで、その晩すぐにパイルに一通の手紙を書くことによって、おれ自身の狂気に類する礎石を置いた。書いたのは次の手紙だ――先日おれはヨーク・ハーディングの『西欧の役割』のなかにそれが挿しこんであるのを発見した。たぶん栞《しおり》に使って、その後この本を読みつづけなかったのだろう。

〈親愛なパイル〉とおれは書いて、このときだけは、〈親愛なオールデン〉と書こうかという誘惑を感じた、というのは、畢竟これはある種の大切な必要に応じて書く儀礼的な礼状であって、そのなかに虚偽を含んでいる点でも大概の礼状と大差なかったからだ――〈親愛なパイル。先夜のこと、病院に居たときから御礼の手紙を書きたいと思っていた。確かに、君のお蔭で僕は不愉快な死にざまをすることから救われた。今ではどうにか杖の力をかりて動きまわっている――運よくちょうど好い場所が折れたらしく、また骨まではまだ老いこんでいないので、さほど脆くなかったらしい。いずれ近日、祝杯をあげたいと思う〉（ここでおれのペンは動かなくなった。が、やがて蟻が障害物にぶつかったときのように、方向をかえてさきへ進んだ）〈僕はほかに一つ、君にも喜んでもらいたいことがある、それは君がいつも、フォンの利益になることはわれわれ二人のともに望むところだと言っていたからだ。こちらへ帰ったら、妻から手紙が来ていて、大体において離婚に同意すると書いてあった。だからもう君はフォンのことで心配してくれなくてもよくなったのだ〉――これは残酷な文句だが、その残酷さにおれが気づいたのは書き上げてから読み返したときで、そのときはもう書き直すには遅すぎた。この箇所を消すくらいなら、手紙ぜんたいを破り棄てた方がよかったろう。

「どのスカーフが一番お気に入って？」フォンが訊いた。「あたしは黄いろのが好き」

「うん。黄いろがいい。ホテルまで行って、手紙をポストへ入れて来ておくれ」

彼女は宛名を見た。「あたしが公使館へ持って行ってもいいわ。切手が倹約できますもの」

「やっぱりポストに入れてもらいたいな」

それから、鴉片のあとのくつろいだ気分のなかで、おれは思った、〝少なくとも、いまのところ、おれの帰国前にフォンはおれを棄てることはない、そして、たぶん、何とかして、明日、また鴉片を何服か吸ったあとで、おれは帰らずにすむ方法を考えるだろう〟。

2

毎日、平凡な生活がつづいている——そのお蔭で、人間の理性はずいぶんと助かっている。空襲中、朝から晩まで絶えずびくびくしつづけていられるものではないのと同じことで、逆に、日常のニュースの仕事とか、偶然に会った人間とか、個人的でない種々の心配とか、そうした形で降って来る爆弾の下で、個人的な恐怖のほうは何時間も忘れつづけていた。四月が近づく、インドシナを去るときが来る、フォンと別れる、まだ漠然としか考えられぬ未来の生活——そうした思いは、その日その日の電報や、ヴェトナム通信社の回報《ブレティン》や、自分の使っている助手の病気によって邪魔をされた。この助手というのはドミンゲスという名のインド人で（先祖はゴアからボンベイを経てこの国へ移ったのだ）、この男は重要性の少ない記者会見におれの代りに出てくれたり、ゴシップや流説にカンの鋭い耳をはたらかせたり、おれの原稿を電報局や検閲局へ持って行ってくれたりしていた。インド人の貿易商たち、とくに北部の、ハイフォン、ナムディン、ハノイあたりの商人の助力を得て、彼はおれのために独自の諜報活動をやってくれて、おれの見るところでは当時の彼はトンキン平野《デルタ》のヴェトミン軍諸部隊の位置については、フランス軍最高司令部以上に正確に知っていたと思う。

そしておれたちは情報を得てもそれがニュースになる場合のほかは決して使わなかったから、彼はサイゴン－ショロン間に潜入している幾人かのヴェトミン側の工作員からも信頼され、彼らと友人関係を結んでいた。名前はヨーロッパ系ながら、彼がアジア人であるということが、明らかにそれには役立っていた。

おれはドミンゲスが好きだった。ほかの男たちがその自尊心を皮膚病のように表にあらわして、ちょっとでもそれに触れられると敏感に反応するのに対して、この男はプライドを深く内心に蔵して人間として可能なかぎりの（とおれには思える）最小なものにまで縮小していた。彼との日常の接触で、こちらがぶつかるものはといえば、温良さ、謙譲さ、そして絶対的な真実への愛、これだけである。彼のプライドを発見するためには、おそらく彼と結婚しなくてはなるまい。けだし、真実と謙虚さとは手をたずさえて行くものなので、実に多くの虚偽はわれわれの自尊心から発する――おれの職業ではリポーターのプライド、他人の電報より良い記事を送りたいという欲望から発するのだが、そうした懸念をせずに仕事をする上でおれを助けてくれたのがドミンゲスだった――なぜこれこれの記事を扱わなかったかとか、なぜ某々社の報道に抜かれたかとか、本社から詰問の電報が来ても、それが真実でないことを知っているから平気でいられたのだ。

さて今度病気になられて、おれはどのくらい彼に負うところが多いかを痛感した――彼はおれの車のガソリンが充分にあるかないかまで気をつけてくれながら、これまで唯の一度もおれの私生活に踏みこむようなことは、言葉はおろか、顔色にさえ現わさなかった。おれは彼がローマ・カトリックだったと信じているが、彼の姓や出身地以上のことは何ひとつわからなかった――会話から知りえたかぎりでは、彼はクリシュナ神を崇拝し、また針金の枠に刺されながら、バツー洞窟へ毎年巡礼を続けて来たかとさえ思われた。いま、彼の病気は、個人的不安の間断ない苛みからひとまずおれを救ったという意味で、いわば一種の恵みだった。いまでは退屈な記者会見に出席したり、足をひきずりながらコンティネンタルの自分のテーブルへ行って仲間の連中とおしゃべりしたりするのは、おれの役目になった。しかしおれはドミンゲスほど真実と虚偽とを弁別する力がなかったので、日が暮れてから彼を訪ねて自分の聞きこみについて話しあうのが一つの習慣になった。ときどきは彼のインド人の友人が来ていて、ガルリエーニ大通りから入った場末の横丁にドミンゲスが借りている下宿の狭いベッドのわきに腰をおろしていることもあった。ドミンゲスはいつもベッドの上に足を尻の下に敷いてきちんと坐っているので、病人を見舞いに来たというよりは貴族《ラージャ》か僧侶にでも謁見しているような感じだった。ときには熱が高くて、顔に汗が流れていても、彼は決して思考の明晰さを失うことがなかった。病気は誰か彼以外の人間の身体に起きているかと思うほどだった。宿の女主人はいつも彼の手のとどくところに新鮮なライム・ジュースを壺に入れて置いたけれども、おれは彼が一度でもそれを飲むのを見たことがなかった——おそらくあれは、咽喉の渇きは彼自身のものであり、病いは彼自身の肉体にあることを承認するというだけの意味だったのだろう。

ちょうどそんなふうにしておれがしげしげ彼を訪ねた日々のうち、特に記憶に残っている一日があった。その頃は彼の病気を恨みに思っているように聞こえるのを怖れて、おれは彼の容態を訊ねなくなっていた、それでいつも彼のほうから逆におれの健康についてひどく心配そうに質問し、おれが階段をのぼらなくてはならぬことを詫びるのが常だった。そのとき彼は言った、「あなたに会っていただきたい友達が一人あります。その男の話をあなたによく聴いていただきたいのです」

「ほほう？」

「華僑の名前はおぼえにくいものですから、ここにその男の名を書いておきました。もちろん、この名前を使うことはなりません。この友人はミト河岸に倉庫を持って、鉄屑の商《あきな》いをしています」

「重要かね？」

「ではないかと思うのです」

「ざっと話してもらえないかな？」

「それよりも、あなたにその男からお聞きになっていただくほうがいいように思うのです。何か変なところがあるのですが、わたしにはそれがわかりません」汗が顔をダラダラ流れていたが、その汗の一滴一滴が神聖な生きものでもあるかのように、彼はそれを流れるままにさせていた――そのへんは実に彼のヒンズー教徒めいたところで、彼は決して一匹の蝿の生命をも危険に陥れることを肯んじなかった。彼は言った、「御友人のパイル氏のことを、あなたはどの程度まで知っていらっしゃるのですか？」

「そうよくは知らない。お互いの歩く道がぶつかった、それだけのことなんだ。タイニン以来、わたしはまだ会っていない」

「どういう仕事をしておられるのでしょうね」

「経済使節団《ミッション》。だがね、あれは実に多くの罪悪を掩《おお》う仕事だね。（新約ペテロ前書四ノ八〝愛は多くの罪を掩えばなり〟）あの男は国内産業に関係してると思うが――アメリカがそれに事業上の提携をする面でだろう。おれはアメリカがフランスに戦争をつづけさせながら、一方で自分の商売をうまく工夫してる、そのやりくちが気に喰わんね」

「先日、アメリカの国会議員団が来たとき、公使館が主催したパーティで、あの人が話をするのを聴きました。現地概況の説明役を承ったんです」

「アメリカ国会こそ災難だね」おれが言った、「あの男、来てからまだ半年にもならんじゃないか」

「パイル氏は旧植民地帝国――イギリスとフランスとについて話していました、そしてあなたがた二国がいかにアジア人の信頼を増すことを期待できないか。そこに、いま、アメリカが汚れのない手で介入する余地があるというのです」

「ホノルル、プエルト・リコ、ニュー・メキシコ、あれは何だ」とおれは言った。

「すると誰かが現在の政府は果してヴェトミンをやっつける見込みがあるかという、お定《さだ》まりの質問を出しました。するとパイル氏はそれをやれるのは〝第三勢力〟だと答えました。共産主義からも、また植民地主義の臭気からも自由な、一つの第三勢力が必ず存在する――それを民族デモクラシーとパイル氏は呼んでいました。必要なことは一人の指導者を発見して、彼を旧植民地主義勢力の影響から安全にしておくことだ、というのです」

「それは、みんなヨーク・ハーディングに書いてあることだ」おれは言った。「パイルはその本をこっちへ来る前に読んだんだ。こっちへ来た最初の週にその話をしていたが、あれからあの男はなにひとつ実地には学んでいないんだ」

「その指導者なるものを、あの人はもう発見してるかも知れませんよ」ドミンゲスが言った。

「それが問題になるかね？」

「わたしにはわかりません。いったいなにをしているのかが、わからないのです。しかしまあ、ミト河岸のわたしの友達のところへ行って、お話しになってみてはいかがです」

おれはカティナ街の家へ帰って、フォンに置き手紙してから、日暮れ頃に港の向うへ車を走らせた。河岸の汽船や灰色の艦艇が碇泊しているそばに、テーブルや椅子が並び、小さな移動キチンが火を燃し、鍋が泡だっていた。ソンム大通りでは、立木の下で理髪師が忙しそうに働き、壁を背にしてうずくまった占い師が、泥だらけのカルタを手にしていた。ショロンでは、仕事が昼とともに終るというよりは夜とともに始まる風変りな町へ来たという感が深い。ちょっとパントマイムの舞台へ車を乗り入れるような感じ――縦に長い中国文字の看板、明るい燈火、エキストラの群集にみちびかれて舞台の袖へゆくと、そこは急にひどく暗く、すべてがひっそりとしている。こういう一方の袖をゆくと、また河岸があって、サンパンがごたごた並び、薄暗がりに倉庫が大きく開いた戸口を並べて、あたりにはまったく人影がなかった。

おれはその家をまるで偶然のようにして、やっとのことで見つけた。倉庫の門が開いていて、一つだけの古ランプの光で奇妙なピカソ風の形状をした屑の山が見えた――ベッドの床架、浴槽、灰受け皿、自動車の前蓋《ボンネット》、光線のあたるところに古びた色が縞をつくっている。その鉄の山のあいだに切り開かれている狭い道を入って行って、チョウ氏の名を呼んだが返事がない。倉庫の行きどまりに階段があって、それを上ったところがチョウ氏の住居かと思われた——つまりおれはドミンゲスから裏口を教えられたので、それには相当の理由があったことだろうとおれは察した。階段の隅にまで鉄屑が積んであり、それらがこのコクマルガラスの巣のような家（コクマルガラスは光ったものを盗んで巣にはこぶ習性がある）では、いつか役に立つ日が来ることもあるのだろう。上りきると、そこは大きな一部屋で、家族ぜんたいがあちこちに坐ったり寝そべったりしているのは、いつ何どきとりはらうかわからぬ夜営テントみたいな感じだった。小さな茶碗がいたるところに置いてあり、なにが入っているのかわからぬたくさんのボール箱があり、布製のスーツケースが紐で縛って、持ち出すばかりになっている。大きなベッドに腰かけている一人の老婦人、二人の少年と二人の少女、床を這っている一人の赤ん坊、古びた茶色の農婦用のズボンと上衣とを着た三人の中年女、そして一隅で青い絹のマンダリン・コート姿で麻雀をしている二人の老人——この老人たちはおれが入って行っても気にもとめずに、指で触るだけで牌《パイ》を知る熟練した手つきで、非常な速度でゲームをやっていた。その音は波がひいたあとの浜辺のさざれ石がころがるのに似ていた。もっともほかの者も老人たち以上の注意をおれに払ったわけではない。ただ猫がボール箱の上へ跳び上り、一匹の痩せ犬がおれの臭いを嗅ぎに来て、すぐ離れて行っただけである。

「ムシュウ・チョウは？」とおれが訊くと、女たちのうち二人が頭を振ったが、それでも誰もおれを相手にはせず、ただ女たちの一人が茶碗を一つゆすぎ、湯が冷めないように絹張りの箱に入れてあった急須《ポット》から茶をいれてくれた。おれがベッドの老婦人の隣りに腰をおろすと、少女の一人が茶碗を運んで来てくれた。まるでこの猫と犬とを含む一族の共同生活のなかへ、おれまでが呑みこまれたようなものだった――たぶん猫や犬も最初はおれのように不意にまぎれこんで来たのだろう。赤ん坊は遠くから床を這って来て、おれの靴紐をひっぱったが、誰ひとりそれを叱る者もなかった――東洋では子供を叱らないのだ。三つの広告カレンダーが壁にかけてあり、どれにも派手な中国服姿の明るい紅い頬をした娘の絵が描いてあった。大きな姿見が一つあって、カフェ・ド・ラ・ペの文字が記してあるのが曰くありげだった――たぶん偶然に屑のなかから拾い上げられたのだろう。おれ自身も屑のなかから拾い上げられたような気がした。

おれは把手のない茶碗を火傷しないように両手で持ちかえながら、にがい緑色の茶をゆっくり飲んだ。いつごろまで待ったものだろう、とおれは訝った。一度、ためしにフランス語で、ムシュウ・チョウはいつ帰る予定かと訊いてみたが、誰も答えなかった。たぶん、言葉がわからなかったのだろう。おれの茶碗がからになると、家族はまた茶をついで、またavailableめいめいの用事に没頭した――一人の女はアイロンをかけ、一人の少女は縫いものをし、二人の少年は何か勉強し、老婦人は自分の足を眺め――旧い中国の纏足した小さい足首だてきた。

——そして犬はボール箱の上から降りて来ない猫を見張っていた。おれはドミンゲスがいかに彼の乏しい生計のために辛い仕事をしているかがわかりかけてきた。

極度に憔悴した一人の中国人が部屋へ入って来た。彼は全然場所をふさがないように見えた。まるで罐のなかのビスケットの仕切りに使われている脂肪をとおさない紙、あれみたいだ。厚さといえば、彼が着ている縞のフランネルのパジャマの厚さしかない。「ムシュウ・チョウ？」とおれが訊いた。

彼は鴉片吸煙者に特有の無関心な視線でおれを眺めた。こけた頬、赤児のような手首、少女のような腕——これほどまでに肉体を細く削るには、どれほどの歳月と、どれほどの煙管の数とが必要だったことだろう。おれは言った、「わたしの友人のドミンゲス君から、あなたにお会いすれば何か見せていただけるものがあると言われました。あなたがチョウさんですね？」

その通り、わたしがチョウですと彼は答え、手真似で慇懃におれを座席へ押しもどした。おれの来訪の目的は、すでに鴉片の煙のただよう彼の脳髄の廻廊のどこかで見失われているのが、おれにはよくわかった。お茶を一杯いかがですか？　お訪ねをいただいて光栄です。別の茶碗をゆすぐ水が床にこぼされて、まるで火のついている石炭のようにおれの手に渡された——お茶による試練だ。おれは彼の家族の数の多いことを言った。

主人はこれまでそんなふうには一度も考えたことがないかのように、軽い驚きの色をみせて、室内を見まわした。「わたしの母、わたしの妻、わたしの妹、わたしの叔父、わたしの弟、わたしの子供たち、わたしの叔母の子供たちです」と彼は言った。赤ん坊はおれの足もとから離れたところへ這って行って、あおむけになり、足をばたつかせながら一人で笑っていた。これは誰の子供だろう？ こんな赤児を産みそうなほど若い——あるいはそれほど若くない——人物は、このなかには、居ないように見えた。

おれが言った、「ムシュウ・ドミンゲスの話では、これは重要なことだそうですが」

「ああ、ムシュウ・ドミンゲス。ムシュウ・ドミンゲスはお元気でしょうな？」

「いま熱病にかかっています」

「いま時分は、健康にわるい時節でして」おれはチョウ氏がドミンゲスとは誰だか、おぼえているかどうかさえ、怪しいものだと思った。彼は咳をしはじめ、するとボタンの二つとれているパジャマの上衣の下で、骨にピッタリ貼りついた肌が、この国の太鼓の皮のように波をうった。

「あなたもお医者にかかる必要がおありでしょう」とおれは言った。そこへ一人、新しく来た人物が加わった——おれは彼の入って来る足音を聞かなかった。洋服をきちんと着こなした青年である。彼は英語で言った、「チョウさんは肺が一つしかないのです」

「それはいけませんな……」

「毎日、鴉片を煙管で百五十服、吸います」

「たいへんな数だ」

「医者は鴉片はよくないと言いますが、チョウさんはあれを吸っているときのほうが、ずっと幸福なのです」

おれはもっともだというふうにうなずいた。

「失礼ですが自己紹介をさせていただきます、わたくしはチョウ氏のマネージャーをしております」

「ファウラーと申します。ドミンゲス君に勧められて参りました。チョウさんから、何か話を聞かせていただけるだろうということでした」

「チョウさんは非常に物忘れがひどくなっています。お茶を一杯いかがですか?」

「ありがとう、わたしはもう三杯いただきました」このやりとりは、まるで会話集のなかの例題のようだった。

チョウ氏のマネージャーはおれの手から茶碗を取り、それを少女たちの一人の方へさしだすと、彼女は飲み残りを床の上へこぼしてから、また一杯ついだ。

「それはあまりよく出ていません」と若い男は言って、その茶碗をとり、自分で味をみてから、ていねいにそれをゆすぎ、べつの急須から新しく茶をついだ。「今度はいくらかよろしいでしょう?」

「たいへん結構」

チョウ氏が咳ばらいをしたが、それはただピンクの花模様で装飾した錫の痰壺に途方もなく大量の痰を一つ吐いただけのことだった。赤ん坊はお茶をこぼした床の上を這いまわっているし、猫はボール箱からスーツケースの上へ跳び移った。

「あるいはわたくしとお話しになったほうが要領を得るかも知れません」青年は言った。「わたくしはミスター・ヘングと申します」

「では伺いますが……」

「下の倉庫へ参りましょう」ヘング氏は言った。「あちらのほうが静かです」

おれがチョウ氏のほうへ手をさしだすと、相手はまごついたように両の掌でおれの手を挟み、それから何とかしておれを収容する余地はないものかと探すように、大勢の人間でいっぱいな室内を見まわした。小石のころがるような音は、おれたちが階段を降りるにつれて遠のいて行った。ヘング氏が言った、「御用心なさい。最後の段がなくなっていますから」そして懐中電燈でおれの足元を照らしてくれた。

おれたちはベッドや浴槽のあいだを通り、ヘング氏がさきに立って、横の通路へはいって行った。二十歩ほど歩くと、彼は立ちどまって、懐中電燈で一つの小さな鉄のドラム罐を照らした。「おわかりですか？」

「これがどうしたのです？」

彼はそれを裏返しにして、商標を見せた、〈Diolacton《ダイオラクトン》〉。

「まだわたしには何のことやらわかりませんな」

青年は言った、「こういうドラム罐が、ここには二つありました。みんなファン＝ヴァン＝モイ氏の倉庫から、ほかの屑と一緒に持って来たものです。モイ氏をご存じですか？」

「いや、知らんと思います」

「モイ氏の夫人はテエ将軍の親戚に当っています」

「どうも、まだよくわかりませんが……」

「これは何だかおわかりですか？」ヘング氏はかがんで、セロリの茎のように長い、棒状の、懐中電燈の光でクロムのようにテラテラ光る物を拾いあげて、おれに訊いた。

「何か浴室の装置じゃないかな」

「鋳型ですよ」ヘング氏は言った。この男は明らかに他人にものを教えることに退屈な楽しみを味わう種類の人物らしい。彼はおれの無知をもう一度思い知らせるために、ちょっと黙っていた。「鋳型という言葉の意味はおわかりでしょうね？」

「そりゃもちろん、わかりますが、しかしまだわたしに呑みこめないのは……」

「この鋳型はアメリカ製です。ダイオラクトンというのはアメリカの商標です。いくらかおわかりになって来たでしょう？」

「正直のところ、わかりません」

「この鋳型には傷があります。それでこれは棄てられたのです。しかしこれは屑として払い下げてはいけないものだったのです——ドラム罐も同様です。間違いだったのです。モイ氏のマネージャーがここへ自分でやって来ました。わたくしは鋳型を見つけることができませんでしたが、もう一つのドラム罐を持たせて帰しました。わたくしがこれだけしかないと言いましたら、マネージャーは薬品を貯蔵するのにこのドラム罐が要るのだとか話していました。むろん鋳型のことは言い出しませんでした——藪へびですからね——でもずいぶん一生懸命に捜していましたよ。するとその後で、モイ氏は自身でアメリカ公使館を訪ねて、パイル氏に面会を求めました」

「あなたはすばらしい諜報機関をお持ちのようですな」とおれは言った。それでもまだおれは、いったい何の話なのか、想像がつかなかった。

「わたくしはチョウ氏に頼んで、ドミンゲス氏に連絡をとってもらいました」

「要するに、あなたはパイルと例の将軍とのあいだに一種のつながりがあることを確認したわけですね。非常に細ぼそとしたつながりをね。しかしそれにしても、これはニュースじゃない。ここの人たちはみんな秘密情報に熱中してるんですな」

ヘング氏は黒い鉄のドラム罐に踵をぶつけたので、その音がベッドの山のなかで鳴りひびいた。彼は言った、「ファウラーさん、あなたはイギリス人です。中立です。これまであなたはわれわれ全部に対して公平な態度をとって来られました。ですから、どちらの側に強く傾いている者に対しても、あなたには同情を持っていただけるでしょう」

おれは答えた、「もしあなたがコミュニストかヴェトミン派かだということをほのめかす意味でそう言われるのなら、御心配はいりませんよ。わたしはべつに驚きません。わたしは政治には無関心だから」

「もしこのサイゴンで何か不愉快な事件が起れば、われわれの仕業だと言われるでしょう。われわれの委員会では、あなたに公平な見地をとっていただきたいと思っています。それでわたくしはこの二つの品物をお目にかけたのです」

「ダイオラクトンとは何です？　コンデンス・ミルクみたいに聞こえるが」

「ミルクと共通したところもありますね」ヘング氏は懐中電燈でドラム罐の内側を照らした。少量の白い粉末が、塵のように底に残っていた。「これはアメリカのプラスチックの一種です」と彼は言った。

「パイルが玩具の原料にプラスチックを輸入しているという噂は、わたしも聞いた」おれは鋳型をとりあげて、眺めた。心のなかでその形を描き出そうとしてみた。これはその品物自体とは形状が違う。これはそれが鏡に映った姿、裏返しの形だ。

「玩具じゃありません」ヘング氏が言った。

「杖の一部分みたいですね」

「形が変っているでしょう」

「何がこれから出来るのか、見当がつかない」

ヘング氏は眼をそらした。「わたくしはただあなたがごらんになったものを記憶しておいていただきたいだけです」屑鉄の山の暗がりへ戻りながら、彼は言った。「たぶん、いつかこのことについてお書きになる理由が生じることがあるでしょう。そのときに、このドラム罐をここで見たということは誰にも言わないで下さい」

「鋳型についても？」

「鋳型については特に」

3

自分の生命《いのち》を救った人間――世間なみに言えばそうなる――と、はじめて顔をあわすのは、息のつまることだ。軍病院に居るあいだ、おれは一度もパイルに会わなかった。彼が来もしなければ便りもよこさないことは、容易に予期できること（彼はおれ以上に気づまりなことに敏感だから）ではあったが、それがときには不合理におれの心を悩まし、夜など、麻薬にうっとりとなってまだ眠りにつかない時分、彼がおれのアパートの階段を上って来て、ドアをたたき、おれのベッドへ入って寝てしまうことを想像したりすることがあった。その点、おれは彼に対して不当な悪意を抱いているわけだったから、そのためにおれは彼に対する形式的な負い目のほかに、一種の罪悪感をも、抱くことになった。さらにまた、例のおれの手紙による罪悪感もあったことと思われる（こんな愚劣な良心なんてものを、いつ頃の遠い先祖がおれに与えたのか？　そういう祖先たちは、彼らの生きていた旧石器時代に、女を掠めたり人を殺したりするときには、そんな良心から解放されていたにちがいないのに）。

おれは生命の恩人を晩飯に招待したものだろうか、それともコンティネンタルでダブルのウイスキーでも一杯やろうと言うべきか――ときにはそんな苦労もした。これは一つの異例な社交上の問題で、たぶん自分の生命にどれほどの価値を賦与するかできまる問題だろう。料理に一本の葡萄酒か、それとも一杯のダブル・ウイスキーか？――数日間、それで悩んでいるうちに、問題はパイル自身が解いてくれた。彼はやって来て、おれの部屋の閉じたドアの外から大きな声でおれを呼んだ。その暑い午後、午前中歩きまわって脚を使いすぎて疲れたので、昼寝をしていて彼のノックが聞こえなかった。

「トマス、トマス」呼ぶ声が、どこまで行っても曲り角が見つからなくて、人けのない遠い道を歩いている夢のなかへ落ちこんで来た。まるで株式標示機のテープみたいに均一に、どこまでも真っ直ぐに続いている道路は、もしその声が割りこんで来なかったら、いつまでも同じことだったろうが――何よりもそれは塔のなかから苦しそうに泣き叫んでいる声に似ていて、次いで急に直接おれに呼びかける声になった、「トマス、トマス」

声は出さずに、おれは言った、「あっちへ行け、パイル。そばへ来るな。生命なんか助けてもらいたくない」

「トマス」彼はおれのドアを拳骨で殴っていた、が、おれはまたいつかの稲田に居て、パイルを自分の敵とみなしているかのように、知らぬ顔で寝たままで居た。急に、気がつくと、いつのまにかノックはやんで、誰かがドアの外で低い声で話しかけるのに、誰かが答えていた。ひそひそ話というやつは危険だ。おれにはその話し声の主《ぬし》は聞きわけられなかった。おれは用心ぶかくベッドを出て、杖の力を借りて次の間のドアまで行った。おそらくおれの動作があまりゆっくりしていたためだろう、外の話し声がやんでしまったのは、おれの歩く音が聞こえたからだろう。外の沈黙は次第に大きくなった。それは草のように蔓をのばした。それはドアの下から這いこんで来て、おれの立っている部屋いっぱいに葉をひろげた。それはおれの好まぬ沈黙だったから、いきなりドアを引き開けて、それを真っ二つに裂いてしまった。フォンが廊下に立っていて、パイルが彼女の肩に両手をかけていた。二人の様子から推して、キスをしていたのが離れたように見えた。

「なんだ、入れよ」とおれは言った、「入れよ」

「ぼくは呼んだけども、あなたには聞こえなかった」とパイルが言った。

「はじめは眠っていたが、その次には邪魔されたくなかったのさ。だがもう邪魔されちまったから、かまわない、入れよ」おれはフランス語でフォンに言った、「どこでこの男をつかまえてきたんだ？」

「ここで。この廊下でですわ」彼女は答えた。「ノックしている音を下で聞いたので、入れてあげようと思って、急いで上って来ましたの」

「かけたまえ」とおれはパイルに言った。「コーヒーでも飲むかい？」

「いや、いい。ぼくは腰もかけないよ、トマス」

「おれはかけるよ、脚が疲れるから。手紙は着いたね？」

「うん。あんな手紙、書いてほしくなかった」

「なぜ？」

「嘘のかたまりだからさ。ぼくはあなたを信じてたんだ、ファウラー」

「女がかかりあってる場合には、誰でも信用してはいかんよ」

「それならこれからは、あなたも、ぼくを信用しないでくれ。ぼくはあなたの留守にここへ忍びこんだり、タイプで打った封筒で手紙を寄越したりするからね。ぼくだって少しは大人になったかも知れないよ、トマス」だがその声は涙ぐんでいた。顔つきもいままで以上に若々しく見えた。「あなたは嘘をつかなければ勝てなかったのか？」

「そうだ。これがヨーロッパ人の二枚舌というやつだよ、パイル。われわれは兵站の不足を補わなくてはならんからね。だが、おれのやりくちは下手くそだったにちがいない。どうして嘘を嗅ぎつけたかね？」

「姉さんだよ。彼女はいまジョーの下ではたらいている。いま会って来た。あのひとはあなたが帰国を命じられたことを知ってるよ」

「ああ、そのことなら」ちょっと安心して、おれは言った。「フォンだって知ってるよ」

「それからあなたの奥さんから来た手紙もかい？　それもフォンは知ってるのかい？　姉さんはその手紙も見ちゃったぜ」

「どうして？」

「昨日、あなたの留守に、ここへ来て、フォンから手紙を見せられた。姉さんはだまされないよ、英語が読めるからね」

「わかった」どの点から言っても、だれに対しても怒ることはできなかった――罪はあまりにも明らかにおれにあって、しかもフォンはたぶん自慢するつもりであれを姉に見せたのだろうから――それはおれを信じなかったためでもなかった。

「フォン、お前はゆうべ、それを知ってたのか？」

「ええ」

「それであんなに平気な顔をしていたのか」おれは彼女の腕に触った。「どんなに腹を立ててもいい場合だのに、やっぱりお前はフォンだなあ――お前は〝復讐《フリ》の女神《アエ》〟じゃないんだ」

「あたし、考えごとをしていましたの」と彼女は言った。そう言えば、昨夜、おれは夜半に眼をさまして、彼女の呼吸が平静でないので、眠っていないことを知った。おれは彼女に腕をのばし、「厭な夢か？」と訊いた。彼女はこのカティナ街へ来た当座、よく悪夢に悩まされたのだが、昨夜はこの問いに頭を振った。おれに背中を向けて寝ている彼女の方へ、おれは脚を動かした――それがいつものおこないの最初の手続きだ。おれにはそのときでさえ、何ひとつ変なところは感じられなかった。

「なぜそんなことをしたか説明できないかね、トマス？」

「わかりきったことだよ。この女を手ばなしたくないからさ」

「このひとにどんな犠牲を払わせても？」

「もちろん」

「それは愛じゃない」

「うん、きみらの愛とは違うかも知れんね、パイル」

「ぼくはこのひとを護りたいんだ」

「おれは違う。これには保護は必要じゃない。おれはこの女をそばに置きたい、おれのベッドに寝かしたいんだ」

「相手の意志に反しても？」

「フォンは自らの意志にそむいてここに居ようとはしないよ、パイル」

「だがこんなことがあっては、フォンはきみを愛せないよ」パイルの考え方は、これほど単純なのだ。おれはフォンのほうを見た。彼女は寝室へ行って、おれの寝ていたベッドの寝具をととのえていた。それから棚からいつもの写真集の一冊をおろして来て、われわれの会談には何の関心も持たないかのようにベッドの上に腰かけた。おれはその本が何だかわかった――女王の今日までの記録写真集だ。おれはお召し馬車がウェストミンスターへ行くところを逆さに見ることができた。

「愛と言うのは、西洋の言葉だ」おれは言った。「われわれはセンティメンタルな理由でか、あるいは一人の女に対する執着を粉飾するために、この言葉を使うんだよ。この国の人間はそういう執念には悩まされない。パイル、気をつけないと、きみも怪我をするぜ」

「あなたの脚さえ悪くなけりゃ、殴りつけてやるんだが」

「きみはおれに感謝していいんだ――それからもちろんフォンの姉さんにもね。これから遠慮しなくてもすむんだから――だいたいきみは変に遠慮ぶかいからな。プラスチックの方はべつだが」

「プラスチック？」

「まったく、きみは自分でなにをしてるか、全然わかっていないんだぜ。むろん、動機が立派なことはよくわかってるさ、いつだって立派なんだ」パイルは怪訝な顔をしていた。

「おれはときどき、たまにはきみに悪い動機をもってもらいたいと思うことがあるよ、そうすれば、もう少し人間というものを理解するようになるんだが、これは同時にきみの国に対しても言えることだよ、パイル」

「ぼくはフォンにちゃんとした生活をさせたいんだ。この部屋は——臭いね」

「おれたちは線香で臭いをおさえている。きっときみはフォンに冷蔵庫や自家用車やテレビジョン・セットや……」

「それから子供を持たせたいんだ」と彼は言った。

「進んで宣言証明する明朗なアメリカ青年市民をね」

「それであなたはフォンに何を与えるつもりです？　イギリスへは連れて帰らないんだろう？」

「うん、それほどおれは残酷じゃない。帰りの切符を持たせてやる場合は別だがね」

「帰国するまでの娯楽品として、ひきとめておくつもりなんだろう」

「フォンは人間だよ、パイル。自分で判断する能力を持っているよ」

「捏造した証拠に基づいての判断だ。おまけにそういう点では子供だ」

「子供じゃない。きみなんぞ一生かかったって、この女の強靱さには及ばないぜ。いくら引っ搔いても傷のつかない塗料があるのを知ってるかい？　それがフォンだ。この女はおれたち一ダースを集めたよりも長生きするよ。年齢《とし》はとるよ、だがそれだけだ。出産や、餓えや、寒さや、リュウマチでは苦しむだろうが、おれたちのように、思想では苦しまない、執念では悩まされない——引っ掻き傷はできなくて、ただ古びるだけさ」だが、そういう演説をしながら、画帖のページ（アン王女を含めた王室の写真）をめくる彼女を見まもっているあいだにも、おれはパイルに劣らず一人の架空の人物を自分の頭ででっちあげているのだと知っていた。人間は決して他の人間を知ることはない。おれの知るかぎりの彼女は、われわれ他の者と同じように恐怖にとらわれていた——ただそれを表白する能力に恵まれていなかった、それだけの話なのだ。そうしておれは、最初の一年間、必死になって彼女を理解しようと努めた頃の拷問に似た日々のことを思いだした。あの頃おれは彼女に自分の考えていることを話してくれとせがみ、彼女の沈黙に対するわけのわからぬおれの怒りのために、すっかり彼女を怯えさせてしまった。おれの欲情すら、あの頃は一つの武器だった、まるで犠牲者の子宮へ向って刀を突き刺すときのように、彼女は自制を失って口を割ることがあった。

「もう話はたくさんだろう」おれはパイルに言った。「きみも知るだけのことは知った。もう帰ってくれないか」

「フォン」と彼は呼んだ。

「はい、ムシュウ・パイル？」ウィンザー城の見学を中止して、顔をあげて彼女は訊いた。そのよそよそしさは、この場合、滑稽でもあればおれを安心させるものでもあった。

「トマスはあなたを欺したんですよ」

「わかりませんわ《ジュ・ヌ・コンプラン・パ》」

「おい、帰れよ」おれは言った。「帰って、きみの仲好しの〝第三勢力〟やヨーク・ハーディングや〝デモクラシーの役割〟とつきあえよ。早く帰って、プラスチックでも玩具にしろ」

　後日、おれは彼がおれの指令を文字通りに実行したことを認めざるを得ない羽目になった。

第三部

第一章

1

パイルが死んでから二週間ちかく経って、おれはふたたびヴィゴーと会った。シャルネー大通りを歩いているときに、〈ル・クルブ〉から彼の声がおれを呼んだのだ。そこはあの頃警察本部の連中が一番ひいきにしていた料理店で、連中は、いわば自分たちを憎んでいる者への一種の敵対的なジェスチャーとして、一般人がパルチザンの手榴弾のとどかぬ階上で食事をするのに、いつも一階で昼食をとったり酒を飲んだりしていた。おれがそばへ行って坐ると、彼はおれのためにベルモット・カシスを註文した。「賭けますか？」「御所望ならば」と答えて、ダイスをとりだし、おれは儀式のようにお定まりの〝四・二・一〟遊びをはじめた。それらの数字を耳にしたり、ダイスを見たりすると、戦時中のインドシナが何とまざまざと心に浮ぶことだろう。世界じゅう、どこへ行っても、二人の男がダイスをしているのを見ると、おれはハノイ、サイゴンの街々や、ファト・ディエムの砲弾に吹きとばされた建物の並ぶなかへ帰って行く。おれの眼は、カムフラージュの奇妙な斑紋で蛾のように身を護ったパラシュート部隊が運河のほとりをパトロールしているのを見、耳は次第に間近になる迫撃砲の轟音を聞く。またおそらくは一人の死んだ子供を見る。

「ワセリンぬきだ」〝四・二・一〟を出しながら、ヴィゴーが言った。彼は残った最後のマッチ棒をおれの方へ押しやった。この遊びの性的な隠語は、警察本部の連中で使わぬ者はない。おそらくそれはヴィゴーが発明して、彼の下僚たちが使いだしたものだろう、しかし下僚連はパスカルを愛読することはなかった。「中尉だよ」ゲームを一回負けるごとに、一階級ずつ昇進する——どちらかが大尉か少佐になるまで勝負するのだ。ヴィゴーは二回目のゲームにも勝って、マッチ棒を勘定しながら、彼は言った、「パイルの犬が見つかりましたよ」

「ほう？」

「あいつは、きっと死体のそばを離れようとしなかったのでしょう。とにかく、犯人は犬の咽喉を切って殺したんです。五十ヤードばかり離れた泥のなかに居ました。たぶんそのくらい自分で這って行ったんでしょう」

「まだあの事件に執心してるんですか？」

「アメリカ公使がいまだにわたしらを悩ませるんでね。フランス人が殺されたのなら、こんな面倒はみませんよ。しかしその場合には稀少価値もないんでね」

おれたちはマッチ棒を分けるために一勝負やり、それから本当の勝負がはじまった。ヴィゴーは薄気味わるいほど素早く〝四・二・一〟を出した。彼はマッチを三本に減らし、おれは最低のスコアを出した。「ナネット」とヴィゴーは言い、二本のマッチをおれに押しやった。最後のマッチ棒も無くなると、彼は、「大尉《カピタン》」と言い、おれはボーイに飲みものを命じた。「誰かあんなに勝った人がある？」とおれが訊いた。

「あまりたくさんはありませんな。雪辱戦をやりますか？」

「またこの次にしよう。あんたはすごい博奕打ちになれるひとだね、ヴィゴー。ほかの賭けごとも何かやるんですか？」

彼は情なさそうな顔で微笑した。どういうわけでか、おれは彼の下役たちと浮気して彼を裏切っているという噂のある金髪の細君を思いだした。

「そう、その話なら、世の中で一番大きな賭けがありますよ」

「一番大きな？」

「『神は在り、と賭けて、その得失を量ってみよう』」彼は暗誦した、「『この両者の可能性を評価してみよう。もし勝ったら、汝はすべてを得る。もし負けても、汝は何物をも失わない』」

おれは彼のあとをつづけてパスカルを引用した――それはおれの憶えている唯一の箇所

だ。『表を択ぶのも裏を択ぶのも、同様に過ちである。両者はともに誤っている。真の行途は最初から賭けぬことだ』」

『然り。されど汝は賭けざるを得ぬ。そは汝の随意でない。汝はすでに事に当っているのだ』ファウラーさん、あんたは主義通りに行動してはいませんよ。われわれ皆と同様に、あんたもアンガージェだ」

「宗教上はそうじゃない」

「宗教の話をしてるんじゃありません。事実問題として、わたしはパイルの犬について考えてるんですよ」

「ほう」

「あんたがわたしに言ったことを憶えていますか——犬の足についてる泥を分析して、手掛りにするという話を？」

「そうしたらきみは、おれはメグレでもルコックでもないと言いましたね」

「結局のところ、わたしもそうまずい手際でもなかった」彼は言った。「パイルは外出するときは、大概あの犬を連れて歩いたんでしょう？」

「そうでしょうね」

「とても大切にしていたので、勝手にうろうろさせておけなかったんですかね？」

「あまり安全とは言えんからね。この国では、犬をつかまえて喰うらしいからね」ヴィゴーがダイスをポケットに入れかけた。「わたしのダイスだよ、ヴィゴー」

「やあ、これは失礼。ちょっと考えごとをして……」

「わたしがアンガージェだと言ったのは、なぜかね？」

「あんたがパイルの犬を最後に見たのはいつでした、ファウラーさん？」

「さあ、わからんね。犬と面会する約束は手帳に書かんからね」

「いつ帰国するんです？」

「はっきりしません」警察に情報を提供することは、おれの絶対に好まぬことだ。それは彼らの手間を省くことになる。

「ええと——今晩——お宅へ伺います。十時では？　お一人だとありがたいんですが」

「ではフォンを映画へやろう」

「万事またうまく行ってるようですな——あの方《かた》と？」

「ええ」

「不思議だ。わたしの受けた印象では、あんたは——その、不幸らしいんだが」

「そりゃあ、不幸になる理由は、いくらでもありえますよ、ヴィゴー」おれは露骨に付け加えた、「きみなんか知ってるはずだ」

「わたしが？」

「きみ自身、あまり幸福な人じゃない」

「ああ、そのことなら、わたしは何も愚痴をこぼすことはないんですよ。『没落した家は不幸ではない』」

「何のことです、それは？」

「やっぱりパスカルですよ。不幸を誇ることについての推論です。『樹木は不幸ではない』」

「ヴィゴー、きみは何だって警察官なんかになったの？」

「それには幾つかの因子《ファクター》がありますね。生計を立てる必要、世間の人間に対する好奇心、それから——そうです、ガボリオに惚れこんだこともその一つだ」

「きっとあんたは神父になるとよかったんだ」

「それには適当な本を読みませんでしたね——あの頃は」

「きみは今でも、わたしが関係があると疑っていますか？」

彼は起ちあがって、自分のグラスに残っていたヴェルモット・カシスを飲みほした。

「あんたと話してみたいんですよ、それだけですよ」

席を離れて、行きかけたヴィゴーがおれを憐れむように見ていたような気がした——まるで自分の逮捕した囚人が終身刑を科せられている姿を見るかのように。

2

いや、事実、おれは罰せられたのだ。パイルがおれのアパートを去るときに、その後の数十日間の不安を与える宣告をして行ったとも考えられる。家へ帰る度ごとに、必ずそこには不幸の予期があった。ときにはフォンが不在のことがあり、おれは彼女が帰るまで、どんな仕事も手につかなかった、彼女が果して帰るかどうか、疑問に思わぬことは一度としてなかったからだ。おれはどこへ行って来たのかと彼女に訊く（声の調子に心配や疑惑を含ませまいと骨折りながら）、すると彼女は、時には市場とかどこそこの商店とか答えて、証拠になる品物を出してみせる（そのときの話を確認させる手際のよさまでが、あの当時は不自然に思われた）、また時には行き先は映画で、切符の片割れがすぐにそれを証明するし、時には姉の家で――そのときはパイルに会って来たものとおれは信じるのだ。あの頃はまるで彼女を憎んででもいるように残忍に、おれは彼女に挑んだが、おれが憎んだのは彼女ではなくて〝未来〟だった。寂寥がおれのベッドに横たえられているので、おれは夜ごとに寂寥をわが腕のなかに抱きしめたのだ。彼女は変らなかった。彼女はおれのために炊事をし、おれの鴉片を用意し、やさしく、うるわしくおれの快楽のためにその肉体を横たえた（だがそれはもはや快楽ではなかった）、そして、ちょうどおれが彼女の心を求めた、あの初期の頃のように、いまおれは彼女の胸のうちを読みたがったけれど、それはおれの語ることのできぬ言葉のうちに隠れて、捕えることができなかった。おれは彼女を問いただしたくはなかった。彼女に嘘をつかせたくはなかった(嘘さえ公然と語られるのでないかぎり、おれたちはこれまで同様、おたがいに変りはないのだという顔をして装っていられた)、しかし突如としておれの不安がおれに代って言葉を発した、「お前が最近にパイルに会ったのはいつだ?」

彼女はためらった——いや、それとも本当に思いだそうとしていたのか?「この部屋へ来たとき」と彼女は答えた。

おれはアメリカ的なありとあらゆるものを——ほとんど無意識に——悪く言いはじめた。おれの話題は、アメリカ文学の貧しさや、アメリカの政治の醜悪さや、アメリカの子供の野獣性などでうずまってしまった。まるで彼女を奪い去ろうとしているのが、一人の男ではなくして一つの国ででもあるかのようだった。アメリカのやることで正しいことなどは一つもあるはずはなかった。おれはあまりアメリカの話ばかりするので倦きられてしまった。アメリカに対する反感では、いつでもおれと同感を惜しまないフランス人の友達にまで退屈がられた。それはまるでアメリカから裏切られでもしたような鼻息だったが、人は敵から裏切られるということはありえないのだ。

あの自転車爆弾の椿事が起ったのは、ちょうどその頃だった。〈インペリアル・バー〉から誰も居ない家へ帰って来ると(フォンはあのとき映画へ行ったのか、それとも姉のところだったか？）、ドアの下に一通の手紙が差しこまれてあった。ドミンゲスからだった。彼はまだ病気が治らないことを詫びてから、明朝十時半に、シャルネー大通りの角の百貨店の外まで行ってくれまいかと書いていた。この手紙はチョウ氏の依頼に基づいて書くのだ、とあった。が、おれはおれの来ることを求めているのはむしろヘング氏の方らしいと推察した。

事件というのは、起ってみれば、ほんの一段ぶんぐらいの記事——それもユーモラスな記事としての値打しかなかった。それは北部で行なわれている悲惨な苦しい戦争——灰色の、死後幾日も経った死体でうずまったファト・ディエムの運河、迫撃砲の激しい音、ナパーム弾の白熱光——とは何の関係もなかった。おれが花屋の店さきで十五分ばかり待っていると、カティナ街の警察本部の方角から警官を満載したトラックが乗りつけて、重苦しいブレーキの音とともに、タイヤの軋る音がひびいた。ばらばらと跳び降りると、警官たちは、まるで暴徒《モブ》をとりおさえようとするように、デパートへ向って走り寄ったが、そこには暴徒は居なくて——あったのは自転車置場の柵だけだ。サイゴンの大きな建物には、みなこの柵が垣根のようについている——ヨーロッパのどこの大学都市にも、これだけたくさんの自転車はない。おれがカメラのピントを合わせる暇もなく、得体の知れぬ滑稽な処置はすんでしまった。警官たちは自転車の列のなかに押し入り、そのなかの三台を引き出して、頭の上にそれを抱え上げて大通りへ出て来ると、その三台を中央の泉のなかへ投げ落したのだ。おれがたった一人の警官をも捕える暇もないうちに、彼らはトラックに戻って、さっさとボナール大通りを下って行ってしまった。

「〝自転車作戦〟ですかね」と言う声があった。ヘング氏だった。

「何ですか、これは？」おれは訊いた。「何かの演習ですか？　何のための？」

「もう少し待ってごらんなさい」とヘング氏は答えた。

数人の閑人《ひまじん》が泉に近づいた、車輪の一つがブイのように水の上に突き出て、下に難破船が沈んでいるから避けて通れと警告している風情だった。一人の警官が、手を振り、何か叫びながら、道路の向う側から駈け寄って来た。

「何だか、見てみようか」とおれは言った。

「行かんほうがいいです」ヘング氏は答えて、腕時計を見た。針は十一時四分すぎを示していた。

「進んでいますよ」とおれが言った。

「いつもそうなんです」ちょうどその瞬間に、泉の水が轟音とともに舗道に打ちあげた。装飾の笠石の破片が窓にはじけ飛び、硝子がキラキラする滝の水のように砕け落ちた。怪我人は一人もなかった。おれたちは、衣類に落ち散った水や硝子をふるい落した。自転車の車輪が一つ、独楽《こま》のように路上で回って、やがてよろめいたかと思うと倒れた。

「正十一時でしょう」ヘング氏が言った。

「きっとあなたも興味をお持ちになるだろうと思ったのです」ヘング氏は言った。「興味をお持ちになることを、わたくしは希望するのです」

「どこかで一杯のみませんか？」

「いや、折角ですが。わたくしはチョウさんの店へ帰らなくてはなりません。しかしその前に見ていただきたいものがあります」彼は自転車置場へおれを引っ張って行って、自分の車の鍵をはずした。「よく注意して御覧ください」

「ローリーですね」

「いや、そのポンプを見て下さい。なにか思いだしませんか？」彼はおれの当惑した顔を尻目にかけるようにニッコリ笑って、走り出した。一度、振りかえって手を振ったかと思うと、そのままショロンの方、屑鉄の倉庫の方へ、ペダルを踏んで行ってしまった。情報を聴きに行った警察本部で、はじめておれは彼の意味したことを理解した。彼の倉庫でおれが見た鋳型は、自転車の空気ポンプを縦に半分に割った形状をしていた。その日、サイゴンじゅうで、何喰わぬ顔した幾つかの自転車ポンプは実はプラスチック爆弾であり、正十一時を期して一斉に爆発した。ただ情報によって警察が出動した場所だけは助かったが、この爆発を予知した情報というのも、おれはヘング氏から来たものではないかと推察する。それはごく軽微な損害におわって――爆発は十カ所、軽傷者六名、自転車の損害は何台か、これはわからぬ。仲間の記者たちは——この事件を〝醜態〟と呼んだ《極東新聞《エクストリーム・オリアン》》の記者だけは例外だが——この事件を面白おかしく書くよりほか、紙面をわがものにする手はないことを知っていた。〝自転車爆弾〟はなかなか好い見出しだった。記事はみな共産主義者を批難していた。おれだけは、爆弾はテエ将軍のデモンストレーションだと書いたが、これは本社で書き直されてしまった。テエ将軍ではニュースにならない、彼が何者だか、説明するような無駄な紙面は新聞にはないからだ。おれはドミンゲスを通じてヘング氏に伝言して遺憾の意を表した——ベストをつくしたが力およばなかったと。ヘング氏は口頭で丁重な返事をよこした。当時おれには、ヘング氏や彼のヴェトミンの委員会は少々気にかけすぎるように思われた。誰もこの事件で共産主義者を本気で責めてはいなかった。事実、共産主義者にユーモアがわかるとは思えないのだが、もしわかるとしたらそのセンスは相当に高く買われていいはずだ。「今度は連中、なにをやるだろう？」パーティなどで人々はこう言い、あの頓狂な事件ぜんたいは、おれの眼にも、大通りのまんなかで独楽のように派手に回っていた車輪の姿に象徴されているような気がした。パイルには、彼と将軍との関係について聞きこんだことを、おれは口にも出さなかった。プラスチックを玩具にしてるうちは太平無事だ、そのあいだ、あいつはフォンを忘れているだろうから。それはとにかく、おれがふとモイ氏の車庫を訪問したのも、偶然にその晩その近所へ行ったから、ほかに何もすることがなかったからにすぎなかった。

そこはソンム大通りの、小さな汚ならしい建物で、鉄屑置場と大した違いはなかった。一台の車が、床の中央に、前蓋《ボンネット》を開いたままジャッキでもちあげてあった。どこか田舎の、誰も行く者のない博物館にある有史以前の動物の模型か何かのように、大口あいて欠伸していた。こんな物がそこにあることを憶えている者は一人もないだろう、とおれは思った。床には鉄の廃品や古函《ふるばこ》などが、ごたごた散らかっている——ヴェトナム人は何でも棄てることを嫌う、一羽の家鴨を七通りの料理に使う中国人のコックが爪一枚でも無駄にしたがらないのと同じだ。おれは空らのドラム罐や破損した鋳型をあれほど惜しげもなく無用の物として処分した理由がわからない——おそらくあれは、僅かの金をくすねるために雇い人が盗んだか、それとも誰かがあの巧智に富むヘング氏に買収されたかしたのだろう。

誰もあたりに居ないので、おれはなかへ入った。ことによると、警察の訪問を警戒して、当分ここへ来ないことにしているのかも知れぬ、とおれは思った。ヘング氏が警察本部と連絡していることは、ありうることだが、その場合でも警察が何かの行動に出るというのはおかしい。彼らの立場からすれば世人に爆弾は共産党の仕業だと思いこませておく方が都合がいいのだ。

自動車と、コンクリートの床いっぱいに散らかされた、がらくたとのほかに、何ひとつ見当らなかった。このモイ氏のところで、どんなふうにして爆弾が製造されたかを想像することは困難だった。ドラム罐のなかで見た白い粉末をプラスチックに変える方法について、おれの知識は非常に朦朧としていたが、その操作が、往来に出ている二つの石油ポンプさえ放擲されて使いものにならなくなっているような車庫のなかで行なわれるほど、簡単なものではないにちがいない。おれは入口に立って、往来をのぞいた。大通りの中央の街路樹の下で、床屋が商売をしていた。樹の幹に釘で引っ掛けた壊れた鏡が夕日にキラッと光った。二つの籠を一本の棒に懸けてかついで、菅笠《すげがさ》をかぶった娘が、早足で通りすぎる。シモン・フレール商会の壁を背にうずくまっている占い師のところに、お客が来ている――ホーチミンに似た貧弱な顎鬚を生やした老人で、ふるぼけたカルタを切ったりめくったりするのを無気力に見まもっている。一ピアストルの価値のあるどんな可能的未来を、あの老人は手にするのだろう？　ソンム大通りでは、人々は戸外に住んでいる。ここに居る人々はみなモイ氏のことはなんでも知っているが、警察は彼らの閉じた唇を開けさせる何の鍵も持っていない。ここはどんな内緒ごとでも他人に知られるような生活の水準なのだが、この街へ入ってゆくことはできても、この水準まで降ってゆくことはできないのだ。おれは自分のアパートの共同便所の前の階段の上り端《はな》で、おしゃべりしている老婆たちを思いだした。彼女たちもまたあらゆる内緒ごとを聞くが、おれには彼女たちがなにを知っているかわからないのだ。

おれは車庫のなかへ引き返して、奥の小さな事務室へ入った。例によって中国の広告カレンダー、散らかったデスク――定価表や糊の瓶や計算器やクリップや、急須が一つに茶碗が三つ、削ってないたくさんの鉛筆、そしてなぜかわからぬが何も書いてないエッフェル塔の絵葉書。ヨーク・ハーディングは〝第三勢力〟についていやにハッキリした理窟をいろいろ書いているだろうが、これがその嘘も隠しもない正体なのだ――これがそれなのだ。奥の壁にドアが一つあって、それには鍵がかかっていたが、デスクの上の鉛筆のあいだにその鍵があった。おれはドアを開けて、そこを抜け出た。

車庫の大きさとほぼ同じくらいの、ちいさな納屋のなかに、おれは居た。そこに一つの機械装置があって、それはちょっと見たところでは、何かの翼のない成長した鳥を飼うための無数の止まり木をしつらえた、鉄の棒と針金とで出来た鳥籠のように見えた――それはボロ布で包んであるような印象を与えたが、そのボロ布はたぶん、モイ氏やその助手たちが立ち退きを余儀なくされたときに、機械を掃除するために使っていたものだろう。おれは製造者の名前――リヨンの誰とか――と、パテント番号――何のパテントだろう？――とを発見した。おれが動力にスイッチを入れると、古い機械は動きだした。鉄の棒には目的があった――その奇妙な仕掛けは、老人がその最後の精力をふりしぼって拳を打ちおろし、打ちおろしするのに似ていた……これはやはり一種のプレスだった――機械の領域では、その発達程度は、五セント映画館と同じ世紀に属するものではあるが。しかし思うにこの国では、どんな物も無駄に棄てられることがなく、どんな物でもいつの日かその一生を終るときが来ると期待されるのだから（あの大昔の無声映画《大列車強盗》が、いまでもナムディンの裏街では娯楽を提供しているのを見たことを、おれは思いだした)、このプレスもまだまだ使えるわけだった。

おれはさらに注意してこのプレスを観察した。白い粉末の痕跡が残っていた。ダイオラクトン、ミルクと共通なあるもの、あれだなと思った。ドラム罐や鋳型の形跡はなかった。おれは事務室へ戻り、それから車庫へ戻った。おれは古自動車の泥よけのあたりでも軽く叩いてやりたいような気がした。この車もまだまだこれから長いこと使われることだろうが、いつかはこれも……モイ氏とその部下はいまごろ稲田の続く道を、あの聖なる山の奥のテエ将軍の根拠地をめざして進んでいることだろう。これが最後と思って、おれは声をあげ、「ムシュウ・モイ！」と呼んだとき、たちまちおれは車庫も大通りも床屋も遠くへ置き去りにして、おれが難を避けたタイニン街道の水田のなかへ帰ったような気がした。「ムシュウ・モイ！」稲穂のあいだから、こちらへ顔を向けた一人の男が、目に見えるようだった。

おれが家へ帰って、上り端に姿をあらわすと、とたんに老婆たちが垣の雀のように一斉にさえずりだしたが、その意味は雀の世間話程度にもおれにはわからなかった。フォンは居なかった——姉のところへ行くという置き手紙だけだった。ベッドに横になり、まだ疲れやすいおれは眠りに落ちた。眼がさめたとき、目覚まし時計の夜光板は一時二十五分を示していて、おれは隣りにフォンが眠っているものと思って頭をそちらへ向けた。枕には頭をのせた跡がなかった。その日彼女はシーツをとりかえたと見えて、洗濯屋から来たよそよそしい感じが残っていた。おれは起きて、彼女がスカーフをしまっておく抽出をあけたが、スカーフは無かった。書棚へ行って見た——王室画報も姿を消していた。彼女は嫁入り道具を持って出て行ったのだ。

衝撃を受けた瞬間には、苦痛はほとんどないものだ。苦痛は午前三時ごろ、やっぱり何とかして生きてゆかねばならぬ残生の計画を立てはじめたとき、何とかして思い出を消し去るためにそれを思いだしはじめたときに、はじまった。一番いけないのは幸福な思い出だから、おれは不幸な思い出を思いだそうとした。おれには経験があった。こうしたことを前にもくぐって来たのだ。必要なことはどうにかやってゆけることはわかっていたが、それにしても、もう年齢《とし》だ——生活を再建するエネルギーが、もうほとんど残っていないことを、おれは感じた。

3

おれはアメリカ公使館へ行って、パイルに面会を申しこんだ。入口で伝票に要項を書き込んで、それを憲兵に渡す必要があった。「訪問の目的が書いてありませんね」と憲兵が言った。

「先方では知ってるはずです」

「ではお約束があるのですね？」

「何ならそう解釈してもらっても構いません」

「あなたには愚劣なことに思えるでしょうが、よほど注意しなくてはなりませんのでね。妙なやつらがこの辺へは立ち廻ります」

「そういう話ですな」憲兵はチューインガムを反対側の奥歯に移して、エレヴェーターで上って行った。おれは待った。パイルに何と言うか、何も考えていなかった。これは今までに一度もぶつかったことのない場面だ。憲兵が帰って来た。面白くなさそうな顔つきで、

「上ってもいいようです。二階の十二号A室です」

その部屋に入ってみると、パイルは居なかった。ジョーがデスクの向うに腰をおろしていた。経済アタッシェ――おれはまだ彼の姓をおぼえられない。フォンの姉がタイプ机の向うから、おれを見つめていた。あの鳶色の物ほしげな眼のなかにおれが読んだものは、あれは勝利の喜びだったろうか？

「さあさあ、入りたまえ、トム」ジョーが騒々しい調子で声をかけた。「よく来たね。脚の工合はどうだい？　われわれの部隊にきみが訪ねてくれたのはめずらしいことだ。その椅子を引っ張ってくれたまえ。新攻勢の成行きはどんなものだか、話してくれないか。昨

夜コンティネンタルでグレンジャーに会ったよ。先生、また北へ行くと言っていたっけ。実に熱心だな、あの男も。ニュースあるところ、グレンジャーありだ。煙草をやりたまえ。勝手にとってくれたまえ。ミス・ヘイを知ってるかね？　どうも名前がおぼえられなくてね——わしのような老人には苦手だよ。呼ぶときは、〝おい、きみ！〟ですませるが——このひとはそれで好いと言ってるよ。古くさい植民地主義なんかここにはないよ。どうだね、トム、何か面白い噂はないかね？　きみらは何しろ始終、地面に耳をおっつけて歩いてるんだから。きみの脚の怪我はいけなかったな。オールデンの話では……」

「パイルはどこにいるね？」

「ああ、オールデンは今朝はこのオフィスへは来ないよ。家に居るだろう。うちでいろいろ仕事をしている」

「うちで何をしてるか、おれは知ってるよ」

「あの若者は仕事熱心だ。え？　いま何と言ったかね？」

「とにかく、あの男がうちでやってることのうち、一つだけは知ってるよ」

「さあ、わからんな、トム。のろまのジョーというのがわしの綽名でね、昔からのみこみがわるかった。これからもわるいだろう」

「パイルはおれの女と家で寝ているよ——きみのタイピストの妹と」

「何のことやらわからん」

「その女に訊きたまえ。お膳立てしたのはそのひとだから。パイルはおれの女を奪ったんだ」

「おい、きみ、ファウラー、きみは仕事の用で来たんじゃないのか。職場で喧嘩なんぞしてはおられんよ、知れたことじゃないか」

「おれはここへパイルに会いに来たが、やっこさん、隠れていると見える」

「だが、ほかの人間はとにかく、きみだけはそういうことを言ってはいけない人じゃないのか。オールデンがきみのために何をしたか」

「ああ、そうだ、そうだ。あの男はおれの生命《いのち》の恩人だというんだろう？　だがおれは助けてくれと頼んだことはない」

「あれだけのわが身の大危険を冒してさ。あの男は胆《きも》がすわってるよ」

「胆なんか、おれはどうだって構わない。この際もっと適切なものが、あいつの身体には備わってるよ」

「ファウラー、そんないかがわしいあてこすりはいけないよ、御婦人と同席してるのに」

「その御婦人とおれとは、お互いによく知り合った仲だ。御婦人は妹をだしにして、おれからは自分の分け前が取れなかったものだから、今度はパイルからせしめてるのさ。結構だ。おれは知りながら無作法をしているし、これからも無作法をつづけるつもりだ。無作法をするような立場に立たされたからね」

「仕事が忙しくてね。ゴムの生産に関するリポートが――」

「心配せんでもいい、おれは帰るよ。しかしパイルから電話がかかったら、おれが訪ねたと言ってくれよ。答礼の訪問をするのが礼儀だと思うかも知れんから」おれはフォンの姉に言った、「あんたは公証人とアメリカ領事とクリスチャン・サイエンスの教会とが立会いの上で、財産契約をとりきめたことだろうね」

おれは廊下へ出た。〝男子用〟と書いたドアがあった。内へ入って、錠をかけ、腰をおろし、冷たい壁に頭を押しつけて、おれは泣いた。泣いたのはこれがはじめてだった。便所のなかにも冷房があるので、空気は唾や精液と同様、おれの涙をもすぐに乾かしてしまった。

4

おれは用事をドミンゲスの手にゆだねて北部へ行った。ハイフォンにはガスコーニュ飛行隊に友人が居るので、おれは空港の階上のバーや、外の砂利路で球ころがし《ボウルズ》をやって時間をつぶせるのだ。表むきはおれは前線にいた。仕事熱心という点ではグレンジャーと同格だったが、今度もファト・ディエムへの旅と同様、おれの新聞にとっては大した意味はなかった。しかし従軍記者をやっている以上は、自尊心からもときどきは兵隊と危険をともにする必要を感じるのだ。

だが極めて限られた短時間だけでも、危険をともにすることは容易でなかった。というのは、ハノイから出た命令によって、おれは水平爆撃にだけしか参加することを許されていなかったから——この戦争での水平爆撃は、まるでバス旅行のように安全なもので、重機関銃の射程よりも高いところを飛ぶだけだからだ。操縦士のエラーか、発動機の故障以外は、どんなことがあっても安全なのだ。われわれは時間表どおりに出発して、時間表どおりに帰って来る。積んで行った爆弾は対角線的に落ちて行って、道路の交叉点や橋から煙の柱が立ちのぼる。するとわれわれは食前のアペリティフの時間までに帰って来て、砂利路でボウルズをして遊んでいる。

ある朝、街の食堂で、サウスエンド・ピアへ是非一度行ってみたいと熱烈に希望している若い将校とブランディ・ソーダを飲んでいるところへ、出動命令が出た。「行ってみますか?」おれは行きたいと答えた。水平爆撃だって、時間を殺し、由ない物思いを殺す一つの手段にはなるだろう。空港への自動車のなかで将校が言った、「今日のは垂直爆撃ですよ」

「そいつは禁じられてるはずの……」

「記事を書かなければいいんですよ。いままであなたが見たことのない、中国国境ちかくの田園風景をお目にかけますよ。ライチャウの近くです」

「あの辺は何事もないと思っていたが――フランスの勢力下じゃないんですか？」

「前はそうでした。二日前に、占領されたんです。味方のパラシュート部隊が、ほんの数時間の距離のところに居ます。その陣地をとりかえすまで、ヴェトミンのやつらを洞穴のなかでおとなしくさせておきたいんです。だから低空ダイヴィングと機銃掃射をするわけです。使える飛行機は二機しかありません――一機はいま仕事に出ています。急降下爆撃に行ったことがありますか？」

「いや」

「慣れないと、ちょっと気持がわるいですよ」

ガスコーニュ飛行隊は小型のB26爆撃機しか持っていなかった――フランス人は〝淫売〟と呼んでいた、その翼幅が短くて、身を支える道具が眼に見えるところにないという洒落だ。おれは自転車のサドルぐらいの大きさの金属製の腰掛けに押しこまれ、膝は操縦士の背中にくっついていた。われわれはゆっくりと上昇しながら、レッド・リヴァをさかのぼったが、この時刻のレッド・リヴァは、その名のとおり紅《あか》かった。まるでずっと大昔にさかのぼって、最初にその名をつけた昔の地理学者の眼でそれを見ているような気がした。そのときも、やはりちょうど今時分、岸から岸まで、午後の太陽がいっぱいに照りつけていたのだろう。やがて九千フィートの高度で機首をブラック・リヴァの方へ向けた。

影がくらく、日光のさす角度がないために、これもまた文字通り黒かった。そして深い谷、断崖、ジャングルと、壮大な風景が周囲に展開し、眼下に聳立した。たとい一飛行中隊がこの緑と灰色の原野に落ちこんでも、実った稲田に落ちた数枚の銭よりも行方がわからないだろう。われわれのずっと前方に、小さい一機が小昆虫のように動いていた。われわれの番になった。

塔と、緑の円にとりまかれた村落との上で、われわれは二度旋回し、それから錐《きり》もみで、眼のくらむような空のなかへ上って行った。操縦士は――その名はトルウアンという――おれのほうを向いてウィンクした。彼の舵輪の上には、機関銃と爆弾倉とを操作するボタンがある。いよいよ急降下する位置に来たとき、おれは何か新しい経験――最初のダンス、最初の晩餐会、最初の恋――をするときに必ず見舞われる便意をもよおした。おれはウェンブリー博覧会の〝グレイト・レイサー〟を思いだした、あのてっぺんまで上りつめたとき――どこにも逃げ途《みち》がないという気持。人間は経験に囚われるものだ。急降下する瞬間、わずかの隙に、おれは計器盤の三千メートルという目盛を読んだ。そのあとはもう感じだけで、なにも見えなかった。おれは操縦士の背中に押しつけられた。何か絶大な重量が胸に押しつけられるような感じだった。爆弾が投下された瞬間は、気がつかなかった。つづいて機関銃が鳴りだし、コックピットは無煙火薬の臭いでいっぱいになり、そして機が上昇を始めると胸にかかっていた重みがとり去られ、今度は離れて来た大地へ自殺のように錐もみで落ちてゆくのは胃袋だった。四十秒間、パイルは存在していなかった。孤独の寂寥すらも存在しなかった。大きな弧を描いて上昇しながら、おれは横の窓から自分の方へ向ってのぼっている煙を見ることができた。二度目の急降下の前には、おれは恐怖を感じた——みっともないことをしそうな恐怖、操縦士の背に嘔吐する恐怖、おれの老いこんだ肺が気圧に堪えられるかという恐怖を。十回目の急降下の後では、おれは単に焦躁感しか意識しなかった——あまり長く続きすぎた、もう帰る時分だのに。そしてまたもや機銃の射程外の高さまで一気に上って、方向を変えると、煙は傾いてみえた。その村は四方を山にとりかこまれていた。降下するたびに機は同じ谷あいから、同じ方向に近づくほかはなかった。攻撃の仕方を変える方法がないのだ。十四回目の急降下のとき、おれはやっと醜態への恐怖から解放されて〝敵は一挺の機関銃をこの位置に据えておきさえすればいいんだ〟と考えた。だがそのときも機は、また安全な空の方へ鼻さきを上向けた——たぶん敵は一挺も持たなかったのだろう。四十分間の哨戒はまるで果てしがないように思えたが、そのあいだ個人的な思案にふける不愉快からは解放されていた。基地へ引返すころには、日が沈みかけていた——古代の地理学者の時はすぎ、ブラック・リヴァはすでに黒くなく、レッド・リヴァはただ金色にすぎなかった。

また機は降下した。ねじれ裂けた森林を離れて、耕す者のない稲田の上に満々と流れている川の方へ、弾丸のようにその黄いろの流れの上の一艘の小さなサンパンを目がけて降下して行った。砲は一発、曳光弾を発射しただけで、サンパンは雨のような火花のなかで真っ二つに吹きとばされた。われわれは自分の獲物が助かろうとしてもがくさまを見る暇もなく上昇し、基地をめざした。またもやおれはファト・ディエムで子供の死骸を見たときに思ったように、〝戦争は嫌いだ〟と思った。獲物をえらぶときの突然さ、偶然さには、実にぞっとするような不快な何かがある――われわれはただ偶然そこを通過した、一発、それだけしか要らぬ、誰もこちらの攻撃に応戦しない、われわれはまたそこを去る、世界じゅうの死者に対するわれわれの小さな負担をふやして。

おれはイヤホーンを着けて、トルウアン大尉の話しかける言葉を聴いた。彼は言った、「すこし回り路をします。石灰山《カルケール》の落日はすばらしいですよ。あれを見ないのは惜しい」客に自分の山林の景色を見せる主人のように、親切にそう付け加えると、百マイルほど、われわれはアロン湾の落日を追って飛んだ。ヘルメットをかぶった火星人のような顔は愁いを含んで窓外を見おろした。多孔性岩石の巨大な瘤やアーチのあいだに点綴《てんてい》する金色《こんじき》の木立《こだち》――殺戮の傷口は出血をやめた。

5

その夜トルウアン大尉は、彼自身は吸わないけれども、ぜひともおれを鴉片窟へ招待したいと言った。彼はあの匂いが好きだし、一日の終りにあそこの静かな気分にひたるのが好きだが、自分の職業柄、それ以上の弛緩はゆるされないのだ、と彼は言った。将校たちのなかには鴉片を吸う者もあるが、それは陸軍の連中で——彼自身は充分な睡眠が必要なのだ。おれたちは学校の寄宿寮のように仕切られた小寝室のなかの一つに横になり、中国人の経営主がおれの煙管の支度をした。フォンが出て行って以来、おれは鴉片を吸わなかった。通路をへだてて、一人の混血女が長い美しい脚を折りまげて寝そべり、鴉片を吸い終えて高級婦人雑誌を読んでいたし、彼女の隣りの仕切りには二人の中年の華僑が茶をすすりながら、煙管はわきへ寄せて商談をしていた。

おれが言った、「あのサンパン——今日の夕方のね——あれは何か害になるようなことをしていたの？」

トルウアンが言った、「どうだかわかるもんですか。あの区域の川で見えたものがあったら、何でも構わずやっつけろという命令を受けてるんですよ」

おれは一服目を吸った。わが家で吸った鴉片のことは、一切思いだすまいとしていた。トルウアンが言った、「今日の作戦は——ぼくのような者にとっては、そう悪くはありません。あの村の上を飛んでるときに、敵に射ち落される可能性があったはずです。こちらの危険は敵と同等に大きいんです。ぼくの大嫌いなのは、ナパーム爆撃です。三千フィートから、安全な場所でやるのがね」彼は絶望したような身振りをした。「森が火事になるところを見ますね。地上から見たらどんな景色だか、誰が知ってるでしょう。気の毒に、生きながら焼かれるやつもある。炎が雨のように上から降ってくる。いわば、火でずぶ濡れになるんですな」それを理解しない全世界に対する怒りをこめて彼は言った、「ぼくは植民地戦争をやってるんじゃありません。あなたはテル・ルージュの農園主たちのために、ぼくがこんな仕事をしてると思いますか？　いっそ軍法会議にかけられたほうがましですよ。ぼくらはあなたがた全部のための戦争を戦ってる、だがあなたがたは罪はぼくたちに背負わせている」

「あのサンパンも」とおれは言った。

「ええ、あのサンパンもそうです」おれが二服目の煙管を取ろうとして手をのばすのを、彼は見ていた。「あなたには逃避の手段があるのでうらやましいな」

「おれが何から逃避してるか、きみは知らないんだ。戦争からじゃないよ。戦争なんか、おれはなにも気にしていない。おれは捲きこまれないよ」

「いや、誰でも捲きこまれますよ。いずれはね」

「おれは違う」

「あんたはまだ足が治っていない」

「やつらはおれを射つ権利を持ってるが、あのときはそれすらしていたんじゃない。やつらは塔を射ち倒したんだ。破壊作業隊が来れば誰だって避《よ》けなくちゃならない。ピカディリーに居たって同じことだ」

「いつか、何か起りますよ。そのときあなたはどっちかにつきますよ」

「いや、おれはイギリスへ帰るつもりだ」

「いつか見せてもらったあの写真……」

「ああ、あれは破いちゃったよ。あの女、おれを棄てた」

「惜しいことを」

「そんなものさ。おれもいろんな女を棄てたからね、今度は潮さきが逆になった。そう思うと、おれは正義を信じたくなるね」

「ぼくは信じます。はじめてナパーム弾を落したときに、ぼくは思いましたよ、これはおれの生れた村だと。それは、ぼくの旧友の父親のムシュウ・デュボアの住んでいる村です。パン屋の親爺が——子供の頃、ぼくはその親爺が大好きでした——それがぼくの投げた炎のなかを逃げまわってるんです。ヴィシー派の連中は自分の国では爆撃しなかった。ぼくは連中より性《たち》がわるいと思いましたね」

「しかしやっぱりきみはやっている」

「気分ですね、あれは。ナパーム弾を落したときに限って、そういう気分になる。ほかのときは、自分はヨーロッパを防衛してるんだと思っていますよ。それにね、向う側のやつらも――あいつらも、やっぱり化けものみたいな怖ろしいことをやります。一九四六年に、ハノイから逐《お》われたとき、やつらは自分たちの民衆に、ひどい置き土産を残して行ったものです――われわれを助けたとやつらが信じた民衆にね。死体置場に一人の娘が居ましたがね――その乳房を切り取っただけじゃ足りなくて、娘の恋人の身体の急所を切断して、それを娘の……」

「だからこそ、おれは捲きこまれたくないんだ」

「それは理性とか正義とかの問題じゃありませんよ。ぼくたちはみんな、ある瞬間的な激情にさらわれて捲きこまれる、そうしてそれから出られなくなるのです。戦争と恋――この二つはいつも比較されますね」彼は悲しげに、例の混血女が手足をのばして、たまさかの大きな憩いを得ている姿を通路ごしに見やりながら、「ぼくにはそうとしか考えられませんね。あすこにいる女なんぞも、両親のお蔭で捲きこまれた組です――この港が陥落したら、あの女の将来はどうなるんでしょう？　フランスはあの女の半分だけの祖国にすぎない……」

「陥落するかね？」

「あなたはジャーナリストです。われわれが勝てないことは、ぼく以上によく知ってるでしょう。あなたはハノイとのあいだの道路が毎晩、中断され破壊されてることを知ってる。あなたはフランスが毎年、サン・シール（陸軍士官学校）の一学年に相当する将校を失ってることを知ってる。五〇年には、フランスは壊滅に瀕していました。ド・ラットルが、どうにか二年間、フランスの命脈をたもたせた――それだけです。しかし、ぼくらは職業軍人です、政治家たちがやめろと言うまでは戦いつづけなくちゃならない。たぶんやつらは寄り集って、緒戦の頃に話し合いがついたと同じ講和条件で折り合うでしょう、この数年間の戦争は全部ナンセンスになるわけだ」急降下の直前におれにウィンクをした彼の醜い顔は、紙の孔から子供の眼がのぞいているクリスマスの仮面に似た、一種の職業的残忍性を帯びていた。「あなたにはそのナンセンスがわからんでしょうね、ファウラーさん。あなたはわれわれの仲間じゃないから」

「人生には、ほかにも、何年間かをナンセンスにしてしまうようなことがあるよ」

彼はおれの膝に手を置いて、おれより年上の人間のような、奇妙な保護者ぶった様子で、「あの女を連れて帰りなさい」と言った。「その方が鴉片よりましだ」

「どうして来るということをきみが知ってるんだ？」

「ぼく自身、あの女と寝たことがあるんです、ペラン中尉もね。五百ピアストルです」

「高いな」

「三百ピアストルでも承知すると思いますがね、こういう情況に居ると、値段のかけあいなんかする気にならんですよ」

しかし彼の助言が効果あったとは言えなかった。男の肉体は無制限に行為を行ないうるものではなく、おれの肉体は思い出によって凍ってしまっていた。その夜おれの手が触れた対象は、いつも触れていたものよりもあるいは美しかったかも知れないが、われわれは必ずしも美しさによってのみ誘惑されるとは限らないのだ。女は同じ香水を使っていた、それで急に、さあこれからという瞬間に、おれが失ったものの亡霊のほうが、現在おれの意のままに長々と横たえられた肉体よりも遙かに威力が強いことが証明された。おれは女から離れて仰臥した、欲情は栓を抜いたようにおれから流れ出て行った。

「すまない」おれは言って、それから嘘を言った、「どうしたんだか、自分でもわからない」

女は実にやさしく、勘ちがいして答えた、「心配ありませんわ。よくそういうことがあるのよ。鴉片のせいですわ」

「そうだ」おれは言った、「鴉片だ」そして、そうであってくれたら、どんなにいいだろう、と思った。

第二章

1

誰ひとり歓んで迎えてくれる者のないサイゴンへ帰るのは初めてのことで、妙な気持だった。空港で、カティナ街ではなく、どこかほかの行き先をタクシーに命じることができないのが情なかった。おれは腹のなかで自問した、〝苦しみは、出かけるときよりも幾らか軽くなったか?〟。そして軽くなったことを強いて自認させようとしてみた。階段の上まで来ると、ドアが開いているのが見え、思わず、理由のない希望で、息がはずんだ。ドアまで、おれはごくゆっくり歩いた。そこまで行きつくまでは希望は生きていられるのだ。おれは椅子のギイと鳴る音を聞いた。そして、ドアのところまで来ると一足の靴が見えた、が、それは女の靴ではなかった。おれは急いで内へ入った、すると、フォンがいつも使っていた椅子から不器用に身体をもちあげたのは、パイルだった。

「今日は、トマス」

「やあ、パイル。きみはどうやって入った？」

「ドミンゲスに会った。あんたの郵便物をとどけに来るところだった。ぼくはここに残らせてくれと、あの人に頼んだ」

「フォンが何か忘れ物でもしたのか？」

「いや、そうじゃない、ジョーから、あんたが公使館へ来たことを聞いてね。ここのほうが話がしやすいだろうと思ったから」

「何の話だ？」

彼は困ったような様子をした、子供が、学校の何かの行事で、何か言わされて、大人の言葉がうまく言えないときにするような。「留守にしていたの？」

「うむ。きみは？」

「ああ、ぼくも一廻り旅行していた」

「相変らずプラスチックを玩具にしてるのか？」

彼はとってつけたように苦笑した。「手紙はそこにあるよ」

ちらと見ただけで、いまのおれにとって興味のあるものは一つもないことがわかった。ロンドンの本社からの手紙が一通、請求書らしいものが数通、それから一通は銀行からだ。おれは言った、「フォンはどうだ？」

彼の顔は、何か特定の音に応じて動く電気仕掛けの玩具のように、自動的に明るくなった。「ああ、素敵です」と言ってから、言いすぎたとでも思ったかのように、キュッと口をつぐんだ。

「かけたまえ、パイル。これを見るあいだ、失敬するよ。本社からだ」

おれは封を切った。何と間の抜けた時分に思いがけないことが起るものだろう。編集局長はこの前のおれの手紙について熟慮した結果、またド・ラットル将軍の死とホア・ビン撤退後のインドシナの複雑怪奇な現状にかんがみ、おれの勧告に同意する、と書いて来たのだ。彼は臨時的に外交関係の論説委員を一人きめたから、おれには少なくともあと一年はインドシナに滞在してほしい。〈社ではきみのために椅子をあったために待つだろう〉と、完全におれの真意を理解せずに、彼はおれを安心させようとしていた。おれが論説の仕事や、新聞そのものを大切に思っていると信じているのだ。

おれはパイルを前に置いて、来ることの遅すぎた手紙を読んだ。しばらくは、眼ざめの瞬間、記憶がよみがえる前のような昂揚した気分を感じていた。

「いやな知らせ?」パイルが訊いた。

「いや」だが要するに同じことじゃないか、とおれは思った。一年間の猶予は、結婚の財産契約とはとても対抗できない。

「まだ結婚しないのか?」おれは訊いた。

「ええまだ」パイルは顔をあからめた――赤面することは実に達者な男だ。「実際問題として、ぼくは特別賜暇を希望してるんです。そうなったら、故郷《くに》で結婚式をあげられるから――ちゃんとした式を」

「故郷でする方が、余計にちゃんとした結婚になるのかな？」

「いや、ぼくの考えたのは――こういう問題はあなたには話しにくいんだ、実にシニカルだからね、トマス、あなたは。けれどもこれは尊敬のしるしなんですよ。ぼくの父や母が、故郷には居る――彼女はその家庭へ入るという形になる。過去を考慮した場合に、これは大切なことですよ」

「過去？」

「ぼくの言う意味は、あなたにはわかっている。彼女をあとに残して出て来るのに、恥ずかしい思いをさせたくないから……」

「彼女をあとに残す？」

「ええ、そうなると思うんです。ぼくの母はすばらしい婦人だから――フォンを連れて歩いたり紹介したり、つまり、環境に馴染ませることですね。ぼくにふさわしい家庭がつくれるように、母が援助してくれるでしょう」

おれは、フォンを気の毒に思うべきか否か、わからなかった――彼女は摩天楼や〝自由の女神〟像には大いに期待を抱いているが、それらに含まれているすべてのもの、パイル老教授とその夫人、婦人の昼食クラブなどについては、およそ何もわかっていないのだ。

フォンもカナスタ（遊び《カルタ》）を教えられるのだろうか？　おれは〈大世界《グラン・モンド》〉での最初の夜、白のドレスで、十八歳の足も軽やかに、艶やかにみやびに踊っていた彼女を思い、また一カ月前、ソンム大通りの肉屋の店さきで肉を値切っていた彼女を思った。彼女はあの明るく清潔な、セロリさえもセロファンに包んで売っているニュー・イングランドの食料品店が気に入るだろうか？　気に入るかも知れない。おれにはわからぬ。不思議にもおれは一カ月前にはパイルが言いそうだったことを言っている自分に気がついた、「フォンを気楽にさせてやりたまえ、パイル。無理をしてはいけない。きみやおれと同様、彼女だって心を傷つけられる場合があるからね」

「もちろん、そうだとも、そうだとも、トマス」

「フォンは実に小さくて壊れやすくて、われわれ人種の女とは似ていないが、しかし彼女を……装飾品あつかいしてはいけないよ」

「おかしいね、トマス、実に物事って意外な変化をするものだね。ぼくは今日の話をとても苦にしていた。あなたが無茶を言うだろうと思って」

「北へ行って、ゆっくり考える暇があったんでね。あっちに女が一人いてね……たぶんおれも、きみがいつかの淫売窟で見たのと同じものを見たのだろう。彼女はきみと一緒になってよかった。おれはことによったら、グレンジャーみたいなやつに彼女を譲って、ここを引き上げたかもわからない。〝うまいことをする〟相手として」

「じゃトマス、ぼくたちはやっぱり友達でいられるね？」

「うん、もちろんさ。ただ、まあおれはフォンには会いたくない。そう言えば、この部屋にも彼女がしみこみすぎてるようだ。おれはよそのフラットを捜そう——暇が出来たら」

彼は組んでいた脚をほどいて、起ちあがった。「ぼくは嬉しい、トマス。どんなに嬉しいか、とても口で言えないくらいだ。前にも言ったけれど、ほんとに、これがあなたでなかったらと思わずにいられないよ」

「おれはこれがきみだったことを喜んでるよ、パイル」会談は、おれの予想とはひどく違ってきていた。皮相的な怒りにまかせた行動の下で、どこか深いところで、このような本ものの筋立てが作られていたにちがいない。これまでずっと彼の無邪気に腹を立てさせられていながら、おれの内部には一人の裁判官が居て、彼に有利な結論を下し、彼の理想主義、ヨーク・ハーディングの著作をもとにした彼の半煮えの思想を、おれのシニシズムと比較して来たのだ。おお、事実については、おれは正しかった、けれども彼としては若くて誤りを犯すのもまた正しいのではないか、若い女にとって、その生涯をともにする相手としては彼の方が優っているのではないか？

おれたちはお座なりな握手をした、が、何か半ば形をなさない恐怖に駆られて、おれは彼のあとから階段の上まで行って、声をかけた。あるいは、われわれの真の判決がなされる内心の法廷には、裁判官のほかに予言者も居るのかも知れぬ。「パイル、ヨーク・ハーディングを信用しすぎてはいかんぜ」

「ヨーク！」彼は踊り場で振り返って、下からおれを見つめた。

「おれたちは古風な植民地主義の国民だがね、パイル、しかしおれたちは幾らか現実を心得ているから、火遊びはしないよ。例の〝第三勢力〟というやつ――あれは本のなかから出て来たもので、それ以上のものじゃない。テエ将軍は僅か数千人の手下を従えた山賊にすぎない、あれは民族デモクラシーではないよ」

　彼はまるで郵便受けを通して、そこにいるのは誰かと、おれを見つめていたかのように、いま、箱の垂れ蓋をバタリと落とし、好もしからぬ侵入者に閉めだしを喰わせた。彼の眼が、おれには見えなかった。「どういう意味か、ぼくにはわからないな、トマス」

「あの自転車爆弾さ。あれは面白い悪戯だった、あのために足を一本なくした男があったにしてもね。だが、パイル、テエみたいな男を信用するのは無理だよ。やつらは共産主義からアジアを救おうなんて考えてやしない。われわれはやつらがどんな手合いか、知っているよ」

「われわれ？」

「旧弊な植民地主義者さ」

「あなたはどっちの味方でもないと思ってたが」

「おれはそうさ、パイル、しかし、もしきみらの機関でなにかゴタゴタを起さなくちゃならんというなら、ジョーにまかせておけよ。フォンと一緒にアメリカへ帰りたまえ。〝第三勢力〟なんぞ忘れるんだ」

「もちろんぼくはいつだってあなたの忠告を重んじるよ、トマス」彼は形式的に言った。

「とにかくまた会いましょう」

「うん、会えるだろう」

2

数週間たったが、どういうものか、まだおれは新しいフラットを見つけずにいた。それは暇がなかったせいではない。例年の戦争の危機は、またもや過ぎ去っていた。蒸し暑い、じめじめした霧雨《クラシャン》が、北部に居すわってしまった。フランスはホア・ビンを失い、トンキンの米の争奪戦は終り、ラオスの鴉片争奪戦も終った。ドミンゲスは南部で必要な仕事はすべて楽々と引き受けてくれた。とうとうおれはコンティネンタル・ホテルの向こうのカティナ街の端にある所謂《いわゆる》〝モダン〟な建築（一九三四年のパリ博覧会ふう？）のアパートメントの一室を見に、いやいや自分を引きずって行った。それは近く帰国しようとしているあるゴム農園主のサイゴンでの御別宅《ピエ・ダ・テール》だった。彼はそれを居抜きのまま売りたがっていた。居抜きのことを銃器《ロック》も台尻《ストック》も銃身《バレル》も、と言うが、樽《バレル》の中身は何だろうと、おれはもとから不思議に思っている。所蔵品《ストック》にいたっては、一八八〇年から一九〇〇年にいたるパリ・サロン展覧会の版画の大蒐集があった。これらの版画の最高の共通点は、ひどく風変りな髪形をした豊かな胸の女が薄い紗の布をまとい、その紗がいろいろ姿態は違っても必ず大きな二つに割れた臀部を露出し、肝腎の戦場を隠していることだ。浴室には、農園主は更にいささか勇敢にロップスの複製をかけていた。

「美術がお好きですか？」とおれが訊くと、同じ謀叛人仲間が交わすようなニタニタ笑いを見せた。黒いチョビ髭を生やし、髪の薄くなった肥満漢だった。

「わたしの持っている絵で、一番佳いものはパリにあります」

居間には、頭髪のなかに鉢のある裸体の女の形をした、異常に背丈の高い灰皿があり、また、裸体の娘たちが虎を抱擁している磁器の装飾品や、極めて珍奇なものとしては上半身が裸かで自転車に乗っている若い女の磁器像もあった。寝室の、彼の大型の寝台の真向いには、二人の女が一緒に眠っている、上塗りした大きな油絵があった。おれは蒐集品ぬきの部屋だけの売り値を訊ねたが、彼は別々にすることには同意しなかった。

「あなたは蒐集家ではいらっしゃらない？」農園主は訊いた。

「ええ、やりません」

「書物も少しはあります」と彼は言った、「この方はフランスへ持ち帰るつもりでしたが、おまけに一緒に売ってしまってもいいのです」硝子の嵌まった本箱の扉をあけて、蔵書を見せてくれた——高価な挿画入りの『アフロディテ』（ピエール・ルイスの小説）や『ナナ』、『ラ・ギャルソンヌ』、それに数冊のポール・ド・コックまであった。おれは蒐集品と一緒に自分自身もおまけにする気はないかと訊きたい誘惑を感じた——この男はこれらの蒐集品と共に生きて来た、この男もまた時代のついた骨董品なのだ。彼は言った、「熱帯地方での独り住まいには、蒐集品は好い伴侶《なかま》です」

おれはフォンが完全に消え失せた、そのことの故に彼女を想った。そうだ、いつもこんなふうなんだ——沙漠へ逃げてゆくと、沈黙が耳のなかで喧《かしま》しく叫び立てるのだ。

「わたしの新聞社は、美術蒐集品を買うことを許してくれそうもありません」

相手は言った、「もちろん、領収書には、そのことは書かなくていいんですがね」

おれはパイルがこの男に会わなくてよかったと思った。彼は容貌までパイルの想像裡の〝旧弊な植民地主義者〟にピッタリしてるだろう、パイルはこの男を知らなくとも、実に不快な人間を想像しているのだから。外へ出ると時刻は十一時半に近かったので、冷たいビールでも飲もうと思って〈パヴィリオン〉まで歩いた。〈パヴィリオン〉は、ヨーロッパやアメリカの婦人連が集る珈琲店だから、そこでフォンに会う心配はないという自信があった。事実おれはちょうどこの時刻に彼女が居る場所を正確に知っていた——彼女は習慣を容易に変える女ではない、だから、農園主のアパートを出ると、いま時分かならず彼女がチョコレート・モルトを飲みに来るミルクバーを避けて、道路を反対側へ渡ったのだ。二人の若いアメリカ娘が、隣りのテーブルに居て、この日ざかりにも清潔な小ざっぱりした姿で、アイスクリームを匙ですくっていた。二人とも左の肩にバッグを引っ掛けていて、そのバッグは真鍮の鷲のバッジのついた同型のものだった。脚もまったく同型で、長くてすらりとして、ほんのちょっと反りかえった鼻の形までが同じで、そして二人とも、大学の実験室で実験でもするような真剣さで、わき目もふらずアイスクリームをたべていた。この娘たちはパイルの同僚だろうか——二人ともチャーミングで、おれはパイル同様、アメリカへ帰らせてやりたくなった。たべ終ると、一人が腕時計を見て、「もう行った方がいいわね」と言った、「大事をとってね」おれは漫然と、この娘たちはどんな約束があるのだろうと考えていた。

「十一時二十五分すぎたら、この辺に居てはいけないってウォレンが言ったわね」

「もう過ぎてるわ」

「ここに居たら、すごいでしょうね。あたし、いったいどういうことなのか、ちっとも知らないのよ、あなたは？」

「はっきりは知らないわ、でもウォレンはここに居ない方がいいって言ったわ」

「あなたは何かのデモンストレーションだと思う？」

「デモならたくさん見たことがあるわ」他の一人は教会見物に倦きた観光客のように退屈

そうに答えた。彼女は席を起って、アイスクリームの代金をテーブルの上に置いた。出て行く前に、彼女はカフェのなかをぐるりと見まわしたので、壁の姿見がそのソバカスのある横顔をあらゆる角度から捕えた。あとに残ったのはおれと、しだらない身装《みなり》の中年のフランス女と、二人だけになった。女は念入りに何の役にも立たない化粧をしていた。二人の娘の方は化粧はほとんど要らなかった、リップスティックをぐいとひとなぐり、櫛でちょっと髪をすくえば、それですんだ。一瞬、ひとりの娘の視線が、おれの上に落ちた――それは女の視線のようではなく、男の、極めて露骨率直な、ある行動のコースについて思案している一瞥だった。それから彼女はすばやく連れの方を向いて、「さあ行ったほうがいいわ」と言った。二人が肩を並べて、キラキラする日射しのなかへ出てゆく姿を、おれは漫然と見送っていた。二人とも、不潔な情熱の餌食にすることは、考えることさえできない。よれよれになったシーツや性の臭いのする汗などは、彼女たちには縁がない。ベッドに入るときは防臭剤を持って行くのかな？　しばし、おれは彼女たちの殺菌された世界に羨望を感じている自分を見出していた、何という違いだろう、おれの住んでいるこの世界とは――

――その世界が、とたんに木端微塵になった。壁に懸かった鏡が二枚、おれに躍りかかろうとし、途中で落ちて砕けた。だらしのないフランス女は椅子やテーブルの倒れたなかに膝をついていた。彼女のコンパクトが開いたまま、疵もつかずにおれの膝の上にのっかっていて、しかも奇妙きわまることに、おれのテーブルがフランス女のまわりにほかのがらくたと一緒に倒れているのに、おれ自身はちゃんともとの場所に腰をおろしていたことだ。耳なれぬ庭園のような音が、このカフェをみたしている――泉水の規則正しい水の滴りの音だ。バーの方を見て、はじめて奥の棚に並んだ酒壜が一度に割れ――ポルト酒の赤、コアントロのオレンジ、シャルトルーズの緑、バスティスの濁った黄色、色とりどりの川になって床を流れているのに気がついた。フランス女がのびあがって、泰然とあたりを見まわし、コンパクトのありかを探した。おれが渡してやると、床に坐ったままできちんと礼を言った。その声がよく聞こえないことにおれは気がついた。爆発があまり近くに起ったので、おれの鼓膜はまだその圧力から恢復していなかったのだ。

おれはちょっと小癪に障って、〝またプラスチックの悪戯だな。今度はヘング氏はおれにどんな記事を書かせるつもりなんだ？〟と思った程度だった、が、ガルニエ広場へ入ってみて、煙が濛々と立ちのぼっているので、悪戯どころではないことがわかった。煙は国立劇場の前の駐車場で燃えてる自動車から上っていて、バラバラになった自動車の残骸が広場に散らばり、両脚を奪われた男の死体が花壇の縁にピクピク動いている。カティナ街からもボナール大通りからも、群集が押し寄せている。警察自動車のサイレン、救急車や消防車のベルの音などが、おれの打撃を受けた鼓膜に、一調子低くなって聞こえて来た。その暫しの間、おれはフォンが広場の向う側のミルクバーに居るにちがいないことを忘れていた。煙にへだてられて、そちらの方は見えなかった。群集のふえるのを防ぐために、彼らは広場へ足を踏みこむと、一人の警官にとめられた。はやくも担架が姿をあらわした。おれは前に居た警官に懇願した、「渡らせて下さい。友人が一人……」

「さがって、さがって」警官は言った。「ここに居る者はみんな友人がある」

一人の司祭を通らせるために、彼はわきへ寄った。おれが司祭について行こうとすると、彼はおれをひき戻した。「おれは新聞記者だ」と言って、通行証を入れてある紙入れを探ったが、懐になかった。今日は持たずに出たのか？　おれは言った、「せめてミルクバーがどうなってるか、教えて下さい」煙は晴れかかったので、おれは前方を見ようとしたが、群集が多すぎて見えなかった。彼が何か言ったがおれは聞きそこなった。

「いま何と言いました？」

彼はくりかえした、「わかりません。後ろへさがって下さい。担架が通れないじゃありませんか」

おれは〈パヴィリオン〉で紙入れを落したのか？　引き返すと、そこにパイルが居た。

「トマス」彼は叫んだ。

「パイル」おれは言った、「たのむ、きみの公使館の通行証《パス》はあるか？　広場を渡らなきゃならない。フォンがミルクバーに居るんだ」

「いや、居ないよ」と彼が言った。

「パイル、居るんだよ。いつもあそこへ行くんだ。十一時半に。二人で探さなくては」

「いや、フォンは行かないよ、トマス」

「どうして知ってる？　きみのパスはどこだ？」

「ぼくは行くなと注意したんだ」

おれは警官の方へ引き返そうとした、警官を投げとばして、走って広場を渡るつもりだった、発砲するかも知れない、したって構わん——だが、そのとき〝注意〟という言葉が、おれの意識にとどいた。おれはパイルの腕をつかんだ。「注意だと？」おれは言った。

「〝注意〟とはどういう意味だ？」

「今朝はこの辺から離れているように言ったんだよ」

いろいろの断片がおれの頭のなかで一つにまとまった。「それでウォレンもか？」おれは言った。「ウォレンとは誰だ？　あの娘たちに注意したやつだ」

「何のことだ、わからん」

「アメリカ人の犠牲者が出てはならないというんだな？」一台の救急車がカティナ街を広場へ乗りこんで来た、さっきおれを押し止めた警官が、わきへ寄って、それを通した。彼の隣りに居た警官はもっぱら口論に熱中していた。おれはパイルを先に立てて押し出し、引き止められぬうちに広場へ入ってしまった。

おれたちは死を悼む人々の大集団の真只中に居た。警察は広場へ入ろうとするほかの人々をさえぎることはできたが、生き残った人々やすぐに来た人々を広場から逐い立てることには無力だった。医師たちも死者の面倒を見る暇がないほど忙しかったので、死者はその持主たちの手にゆだねられていた——なぜなら人は椅子を持つように死者を持つことができるからだ。一人の女は彼女の赤児の遺骸を膝の上に抱いて、地面にすわっていた。一種のつつましい気持から、彼女はその死児を農婦のかぶる麦稈帽《むぎわらぼう》で蔽っていた。彼女は静かに、黙していた。そして広場でおれを最も強く打ったものは、沈黙だった。それはおれが一度ミサの最中に入ったことのある教会に似ていた——聞こえるのは奉仕している人々が発する声や音だけで、そこここで啜り泣いたり哀願したりしているヨーロッパ人だけが例外だったが、それも東洋的な謙譲と抑制と忍耐とに恥じ入るようにまた静まってしまう。花壇の縁の脚のない胴体は、頭を切りとられた鶏のようにまだピクピク動いていた。その男のシャツの様子から判断すると、輪タクの車夫らしい。

パイルが言った、「ひどいなあ」彼は自分の靴の濡れているのを見て不快そうな声で、「何だろう?」と言った。

「血だよ」おれが言った。「きみは見たことがないのか?」

彼は言った、「公使に会う前に、これを綺麗にしなきゃならない」おれは彼が何を言ってるかわからずにしゃべっていたのだと思う。パイルははじめて本物の戦争を見ていたのだ。一種の小学生の空想みたいな気持でファト・ディエムまで小舟を漕いで行ったのだし、それでなくとも彼の眼には兵士たちは問題でなかった。

「ダイオラクトンのドラム罐が、扱う人間を間違えると、どんなことをするものか、わかったか」おれは彼の肩をこづいて、むりに周囲を見させた。「いまや女や子供がいつも出さかっている時刻だ――買い物の時間だ。なぜ特別にこんな時刻をえらんだのだ？」

彼は弱々しい声で言った、「分列式があるはずだった」

「それで三、四人の大佐たちをやっつけられると思ったんだな。しかし分列式は昨日、とりやめになったんだぞ、パイル」

「ぼくは知らなかった」

「知らなかった！」おれは担架から流れ落ちて溜った血のなかへ彼を押しやった。「もっとよく情報をとるべきじゃないか」

「ぼくはこの町に居なかった」自分の靴を見おろしながら、「中止すべきだったんだ」

「中止すれば楽しみがなくなるぜ。きみはテエ将軍が、自分のデモンストレーションの機会を逃すとでも思ってるのか？　このほうが分列式よりも効果はあるんだぜ。戦争では、女や子供はニュースになるが、軍人はならない。この事件は世界的大ニュースだぜ。きみはこれでテエ将軍を望み通り大人物にしたのだ、パイル。きみは〝第三勢力〟と〝民族デモクラシー〟を、きみの右の靴にたっぷり塗りつけた。はやくフォンのところへ帰って、きみの英雄的な死者たちのことを話してやれ――フォンの国の民衆の何ダースかが減って、きみに心配してもらわなくてもすむようになったんだ」

一人の小柄な肥満した司祭が、ナプキンで蔽った何かの皿を持って、その辺を跳びまわっていた。パイルは長いあいだ黙っていた、そしておれももう何も言うことが無くなった。実のところ、おれは言いすぎたのだ。彼は蒼白になり、打ちのめされ、いまにも気を失いそうだった。おれは思った、〝言ったって何になる？　この男はいつも無邪気なのだ。無邪気な者を批難することはできない、彼らはつねに罪がないのだ。押えつけるか、消してしまうか、それより手がない。無邪気は狂気の一種なのだ〟。

彼が言った、「テエがこんなことをするはずはない。ぼくは確かにそう思う。誰かがテエを欺したんだ。コミュニストが……」

彼は自分の善意と無知とで、絶対堅固に武装していた。おれは彼を広場に残して、カティナ街を、悪趣味なピンク色の大聖堂が道をふさいでいるところまで歩いて行った。すでに大衆はそこへ詰めかけていた。死者のために死者にむかって祈ることができるのは、人々にとって慰めであるにちがいなかった。

彼らとは違って、おれには感謝すべき理由があった――フォンは生きているではないか？　フォンは〝注意〟されたではないか？　だがおれの忘れられなかったものは広場の胴体であり、母親の膝に抱かれた赤児だった。彼らは〝注意〟されなかった。彼らは注意されるだけの大切な人間ではなかった。そして、もし分列式が行なわれていたとしても、同じことではなかったか？　物見高さから、兵士たちを見ようとして、演説を聴こうとして、花束を投げようとして、人々は同じように集ったのではないか？　二百ポンド爆弾は、相手に一々差別をつけはしない。大佐が何人死んだからといって、民族デモクラシー戦線を育成するために子供や輪タク車夫を殺すことを正当化できるのか？　おれはオート三輪車を呼びとめて、ミト河岸へ行けと運転手に命じた。

第四部

第一章

おれはフォンを無事にこの部屋から遠ざけるために、姉に映画へつれて行ってもらえと言って、金をやった。おれがドミンゲスと二人で晩飯に出かけ、部屋へ帰って待っていると、ヴィゴーはキッカリ十時に訪ねて来た。彼は酒がつきあえないことを詫びた——あまり疲れているので飲むと眠くなるからというのだ。今日はひどく長い一日だったそうだ。

「殺人や変死があった？」

「いや。つまらん窃盗に、自殺が少しあっただけです。この国の人々は博突が好きで、何もかもスッてしまうと自殺をする。自分が死体置場ですごす時間がどんなに多いかわかっていたら、警察官なんぞにならなかったでしょうな。わたしはアンモニアの臭気を好かん。やっぱりビールを一杯いただきますかな」

「冷蔵庫がないんでね」

「死体置場とは大違いですな。じゃ、イギリスのウイスキーを少し」

おれは彼と一緒に死体置場へ降りて行って、盆にのせた氷の塊のようにパイルの死体がすべり出て来たときのことを思いだした。

「で、やっぱり故国《おくに》へは帰らないんですね？」彼が訊いた。

「調べて来たんですか？」

「ええ」

おれは彼にウイスキーをさしだした、自分の神経がどのくらい平静だか見せようと思って。「ヴィゴー、わたしがなぜパイルの死と関係があると思うのか、あんたが話してくれるといいと思うんだがね。それは動機の問題ですか？　わたしがフォンを取り戻したかったという？　それとも、あの娘を失ったための復讐だったと想像するんですか？」

「いや、まさかそれほど莫迦じゃありませんよ。敵の本を遺品《かたみ》に持ってゆく人はありませんからね。あの本はちゃんとその本棚にある。『西欧の役割』。このヨーク・ハーディングというのは何者です？」

「あんたの探してる人物ですよ、ヴィゴー。パイルを殺した男さ――遠くから糸を引いてね」

「わかりませんな」

「一種の高級ジャーナリストです――世間では外交官記者なんて呼んでるがね。この男はある観念を持っていて、あらゆる情勢をこの観念に合わせるように変えてしまう。パイルはヨーク・ハーディングの観念で頭をいっぱいにしてこの国へやって来た。ハーディングは前にバンコックから東京へ行く途中、仏印に一週間ばかり滞在しただけだ。その男の観念を、パイルは実行に移すという誤りを犯した。ハーディングは〝第三勢力〟のことを書いている。パイルはそれを作った——二千人の兵隊と二頭のおとなしい虎から成り立ってるチャチな山賊をね。やっこさんは引っ張りこまれた」

「あんたはどうです、捲きこまれませんか？」

「捲きこまれまいとして来ましたよ」

「しかし、だめだったんでしょう、ファウラーさん？」どういうわけか、おれはトルウアン大尉と、もう何年も前のことのように思われるハイフォンの鴉片窟ですごした夜とを思いだした。あのとき大尉は何と言ったっけ？　何か、遅かれ早かれ、われわれはみなある激情の瞬間に戦争に捲きこまれるとかいう話だった。おれは言った、「あんたはきっと良い司祭になれるね、ヴィゴー。あんたのどういうところが、こんなにやすやすと告白をさせるのかな？——告白すべきことがある場合のことだが」

「わたしは、告白なんかしてもらいたがったことはないですよ」

「しかしされたことはあるでしょう」

「ときどきはね」

「あんたの仕事は、司祭と同じで、何を聞いても吃驚しない、同情して聴いてやるからかな？　〝お巡りさん、ぼくはなぜあの婆さんの頭をぶんなぐったか、そのわけをハッキリお話ししなくてはなりません〟。〝そうだ、ギュスターヴ、ゆっくり時間をかけて、なぜやったか、わしに話しなさい！〟」

「あんたはずいぶん気まぐれな想像力がありますね。飲んでるんじゃありませんか、ファウラー？」

「犯罪人が警察官と一緒に酒をのむのは、あまり悧口《りこう》じゃないだろうな？」

「わたしはあんたが犯罪人だとは、一度も言やしない」

「しかし仮に酒の力が、わたしのような男にまで気をゆるめさせて、告白欲をおこさせたとしたら？　きみの職業には告白場の秘密みたいなものはないからね」

「秘密は告白する人間にとって、重要なことである場合は稀です――相手が司祭である場合でも。ほかに動機があるんです」

「自己を清めるためかな？」

「かならずしもそうじゃない。ある場合には、単に自己をあるがままに、明瞭に見たいと思うだけです。またある場合はただもう欺瞞に堪えなくなるんです。ファウラー、あんたは犯人じゃない、けれどもわたしはあんたがわたしに嘘を言った理由を知りたい。パイルが死んだ晩、あんたはあの男に会いましたね」

「何でそんなことを考えたんです？」

「わたしはあんたが殺したとは、一瞬間も考えたことはない。あんたが銹《さ》びた短剣なんぞ使うはずはないですからな」

「銹びた？」

「そういうことは解剖の結果からわかることです。しかし前にも話したように、それは死因ではなかった。ダカオの泥が死因です」彼はもう一杯のウイスキーを求めて、グラスを突きだした。「さて、ちょっと考えさせて下さい。あんたは六時十分にコンティネンタルで一杯のみましたね？」

「うん」

「そして六時四十五分にはマジェスティックの玄関でほかの新聞記者と話をしていた？」

「そう、ウィルキンズだ。それは前にすっかり話したよ、ヴィゴー、あの晩」

「ええ。それからずっと、わたしは傍証をかためて来ました。あんたがああいうちっぽけな事実を忘れずに頭に入れてるのは不思議ですな」

「わたしは報道記者《リポーター》だよ、ヴィゴー」

「おそらく時間は特に正確ではないでしょうが、かりにあんたがここで十五分、あすこで十分というふうに間違ったとしても、誰も文句を言うことはできませんよ、そうでしょう？　時間の点が重要だと考える理由は、あなたにはなかった。実際、もし完全に正確だったら、それこそ怪しいことになる」

「わたしのは正確でなかった？」

「厳密にはね。あんたがウィルキンズと話をしたのは、七時五分前でしたよ」

「また十分ちがったね」

「そうですとも。わたしの言った通りです。それからくコンティネンタルに着いたのは、ちょうど六時を打ったところでした」

「わたしの時計はいつも少し進んでるから。いま何時です？」

「十時八分」

「わたしのは十八分だ。ほら」

ヴィゴーは見ようとしなかった。「そんなら、あんたがウィルキンズに会ったという時刻は二十五分違ってるわけだ――あんたの時計ではね。これは相当大きな間違いではないですか、え？」

「すると、もしかしたら頭のなかで時間を訂正して言ったのかも知れないね。それともあの日は正確な時間に直していたのかも知れないね。そうすることもときどきある」

「わたしが面白いと思うのは」とヴィゴーが言った、「(もう少しソーダを入れてくれませんか？――ちょっと強すぎる) あんたがわたしに対して、ちっとも怒らないことですよ。いま質問してるようなことを質問されるのは、あまり嬉しいことじゃありませんからね」

「何だか探偵小説みたいで、面白いですよ、わたしは。それに、結局、あんたはわたしがパイルを殺さなかったことを知ってるしね――あんたがそう言ったんだから」

ヴィゴーは言った、「あんたが殺人の現場に居なかったことは知っています」

「わたしがこっちで十分、あっちで五分、時間を間違ったことで、何を立証したがってるのか、それがわからん」

「それによって、少し隙間が出来る」ヴィゴーが言った、「少しばかりの時間のずれがね」

「何のための隙間が?」

「パイルがあんたに会いに来る隙間が」

「なぜそんなことをそれほど証明したいんです?」

「例の犬ですよ」ヴィゴーは答えた。

「足についてた泥ですか?」

「泥じゃなかった。セメントでしたよ。つまり、あの晩、どこかで、パイルについて歩いてるときに濡れたセメントに足を突っこんだんです。このアパートの一階で、工事をやっていたことを、わたしは思いだしました――いまもやっていますね。さっき入って来るとき、現場を通って来ましたよ。この国では職人はおそくまで働きますな」

「工事をやってる家は何軒もあるでしょうね――それから濡れたセメントも。誰か犬をおぼえていましたか？」

「もちろんわたしは訊きましたよ。しかし、たといおぼえていたって、連中はわたしには言わんでしょう。警察ですからな」彼は話しやめて椅子の背に凭れかかり、グラスを見つめた。何か似たような事実を思いうかべて、ずっと遠くへ思いを馳せているな、とおれは感じた。蠅が一匹、彼の手の甲に這いのぼったが、彼はそれを逐い払おうともしない――ドミンゲスと同じだ。おれは何ものか、不動な、深遠な力を感じとった。おれの知り得る消息ではないが、ヴィゴーは祈っていたのではないだろうか。

おれは起《た》って、カーテンを押しわけて寝室へ入った。そこに何も欲しいものがあったわけではない、椅子にかけている、あの沈黙から、しばし逃れたいと思っただけだ。フォンの画報は、また棚に返って来ている。彼女はおれに来た電報を化粧品のあいだに挿しこんで行った――ロンドンの本社からの何かの通知か何かだろう。おれは開封するような気分ではなかった。すべては、パイルが来る前とそっくりだ。部屋も変らず、装飾品ももと置いた場所にある。心だけが、頽《くず》れてゆく。

おれが居間へ帰ると、ヴィゴーはグラスを唇に当てた。おれは言った、「何も話すことはないな。全然、何にも」

「じゃ、帰ります」彼は言った。「もうこれから、あんたを煩わすことはしません」

戸口で、彼は希望を棄て去りたくないような風情で、ふりかえった――彼の希望か、それともおれのか。「あの晩あんたが見に行った映画も、妙でしたな。あんたが歴史ものなんぞ好きだとは、ちょっと思えませんからね。何でしたっけ？『ロビン・フッド』ですか？」

「『スカラムーシュ』だったな、たしか。時間つぶしでした。それに気晴らしも欲しかった」

「気晴らし？」

「ヴィゴー、われわれはみんな個人的な苦労を持っているよ」おれは用心ぶかく説明した。

ヴィゴーが帰っても、まだフォンが帰って、生きている相手が出来るまで、たっぷり一時間はあった。おれは意外なほどヴィゴーの訪問に心をかきみだされた。それはちょうど、詩人が自作の詩を批評してくれと言って持って来た原稿を、何かのはずみで焼いてしまったような気持だった。おれは天職を持たない男だ——ジャーナリズムを真面目に天職あつかいすることはできない。だが他人の天職を認識することはできる。未完成の調査書類を閉じるために帰って行ったヴィゴーをおれは呼び返したくなった。呼び返して、こう言いたいと思った——「あんたの推理は当っている。わたしはパイルの死んだ晩に、あの男に確かに会った」と。

第二章

1

ミト河岸へゆく途中、おれはショロンからガルニエ広場へ向けて走って来る幾台かの病院車とすれ違った。街の人々の顔の表情から、噂の伝わる速度がわかるようだった。それらの顔は、おれのように広場の方角から来る者に、期待と予測の表情で向けられていた。ショロンに入った頃には、おれはニュースの速度を追い越していた。生活は多忙で、正常で、何ものにも妨げられずにいた。誰も知らなかった。

おれはチョウ氏の倉庫をみつけて、チョウ氏の住居へ上って行った。この前に訪ねたときと、何ひとつ変っていなかった。猫と犬は、床からボール箱へ、それからスーツケースへと、いつまでたっても相手をつかまえられない一対のチェスの騎士みたいに動きまわっていた。赤ん坊は床を這っていたし、二人の老人は相変らず麻雀をしていた。ただ若い人々だけは居なかった。おれが入口にあらわれるやいなや、女たちの一人は茶をいれはじめた。老婦人はベッドに腰かけて、自分の足を眺めていた。「ムシュウ・ヘング」とおれは言った。お茶を出されたのには首を振った。あのどうでもいい苦い煎じ薬の長いコースを、もう一度こころみる気分にはなっていなかった。「ぜひムシュウ・ヘングにお目にかかりたい」おれの要求の緊急性を彼らにわからせることは、とても不可能と思われたが、あるいはおれがお茶を拒絶したことの唐突さがいくらかただ事でない感じを与えたかも知れぬ。あるいはまたパイルのように、おれも靴に血がついていたかも知れぬ。とにかく、少し待たされただけで、女たちの一人がおれを外へ連れだし、階段を降り、二つの活気のある、幟《のぼり》の立ち並んだ街を通り、さしずめパイルの国ならば〝葬送室〟と呼ばれそうな、中国人の死者の墓から掘り出された遺骨が一時的に納められている石の壺がたくさんおいてあるところに、おれを置いて去った。「ムシュウ・ヘング」おれは入口に居た老中国人に言った、「ムシュウ・ヘング」ゴム農園主の好色的な蒐集ではじまり、広場に散乱した変死者の死体がそれにつづいた一日としては、それは恰好な停留所のような気がした。誰か家のなかから呼ぶ声がすると、中国人はわきへ寄っておれを通した。

ヘングが自分で慇ろに迎えに出て、奥の小部屋へ案内した。どこの華僑の家の前房にも、無愛想に、使われずに置いてある、黒の彫刻のある坐り心地のわるい椅子が、ぐるりに並べてあった。だがおれは、この部屋ではその椅子が使われていたことがわかるような気がした、それはテーブルの上に五つの小さな茶碗があり、その二つは空らになっていなかったからだ。「会合のお邪魔をしてしまいましたね」とおれは言った。

「なんでもない事務的な用事です」ヘング氏は曖昧に言った。「ファウラーさん、あなたにはいつでも喜んでお会いしますよ」

「いま、ガルニエ広場から来ました」とおれは言った。

「そのことだと思いましたよ」

「もう聞いたんですか？……」

「ある人が電話をかけて来ました。それで暫くチョウ氏の店から離れているのが良策だと思いました。警察は今日は大活躍をするでしょう」

「しかしあなたは何も関係はない」

「誰か犯人をみつけるのが警察の仕事です」

「また今度もパイルでしたよ」おれが言った。

「そうです」

「怖ろしいことをやったもんだ」

「テエ将軍はあまり自制力のある性格ではありません」

「またプラスチックも、ボストンから来たばかりの若造にはむかない。パイルの親方は誰です、ヘング君？」

「いや、パイル氏は自分が主となってやっているという印象をわたくしは受けています」

「あの男は何です？　ＯＳＳ（アメリカの情報機関。現ＣＩＡの前身）ですか？」

「頭文字は大して重要ではありません」

「何かわたしにできることはないかね、ヘング君。あの男をやめさせなくてはいかん」

「真実を公表なさればいいでしょう。それともあなたにはできませんか？」

「わたしの新聞は、テエ将軍に興味をもたない。きみの仲間に興味をもってるだけですよ、ヘング君」

「ほんとうにあなたはパイル氏をやめさせたいと思いますか、ファウラーさん？」

「あいつを見たら、きみだってそう思うだろう、ヘング君。あいつはあすこに立って、みんな不幸な間違いだ、分列式があるはずだったと吐《ぬ》かした。公使に会う前に、自分の靴を綺麗にしなきゃならんとぬかした」

「むろん、あなたの知っていることを、警察に話したっていいでしょう」

「警察もテエには関心をもたないよ。それにきみはやつらがアメリカ人に手を出すと思うんですか？　あの男は外交官の特権を持っている。ハーヴァード出身だ。公使はひどくパイルを可愛がってる。ヘング君、あすこに一人の女が赤ん坊を――それをその女は自分の麦稈帽《むぎわらぼう》で隠していた。おれはあの姿を頭から追いだせない。ファト・ディエムでも同じ景色を見た」

「落ち着かなくてはいけませんよ、ファウラーさん」

「この次は、あの男、何をするだろう、ヘング？　ダイオラクトンのドラム罐から、いったい幾つの爆弾が出来て、幾人の子供が死ぬんだろう？」

「あなたにわたしたちを助ける覚悟がおありですか、ファウラーさん？」

「あいつが余計なお節介をして、へまをやって、その間違いのために、大ぜいの人が死なきゃならん。あいつがナムディンから川を降るときにきみたちの味方がやっつけてくれたらよかったんだ。そうすれば大ぜいの生命に大きな違いがあった」

「御同感です、ファウラーさん。パイル氏は抑制される必要があります。それについて、御相談ですが」ドアのうしろで、誰かが、曰くありげな咳をして、つづいて音たかく唾を吐いた。ヘング氏が言った、「今晩、あなたが〈古い水車《ヴュ・ムーラン》〉へパイル氏を食事に招んで下さいませんか。八時半と九時半のあいだに」

「それが何の……？」

「途中でわたしたちがパイル氏に話をします」とヘングは言った。

「先約があるかも知れない」

「こうしたほうがいいかも知れません――パイル氏にあなたを訪問してくれと、あなたから頼むのです、六時半に。その時刻には暇なはずですから、きっと来ますよ。食事に来ると言ったら、書物を一冊、窓のあかりで見るふりをして、窓へ持って出て下さい」

「なぜ〈古い水車《ヴュ・ムーラン》〉にするんです」

「あすこはダカオへ渡る橋のそばです――邪魔されずに話のできる場所が見つかるだろうと思うのです」

「何をするんです」

「それはあなたはご存じにならないほうがいいことです、ファウラーさん。しかし、情況のゆるすかぎり、なるべく穏便にやることをお約束しますよ」

ヘングの見えざる友人たちは、壁のうしろで鼠のようにこそこそと立ち去って行った。

「われわれのために、やって下さいますか、ファウラーさん？」

「さあ、わからん」おれは言った。「わかりません」

「遅かれ早かれ」とヘングが言ったので、おれは鴉片窟でのトルウアン大尉との会話を思いださせられた、「どちらかの立場に立たざるを得ないのです。人間らしくあることをやめないかぎりは」

2

おれは公使館へ寄って、パイルに来てくれという置き手紙を残してから、コンティネンタルで一杯のむために歩いていった。広場はすっかり取り片づけられていた。消防隊がホースで完全に水を撒いたあとだった。そのときのおれは、時間や場所が重要になるなどとは、まったく考えていなかった。宵のうち、ずっとコンティネンタルに腰をすえて、パイルとの約束を破ってしまおうかとさえ思った。その次は、あるいは自分がパイルを嚇しあげて、彼の身の上の危険を——それがどんな危険かはべつとして——警告することで、彼に何もさせないようにすることができるかも知れぬと考えた。そう考えてビールを飲み終り、家へ帰ったのだが、帰り着いたときにはまたパイルが来てくれなければいいがと思いはじめていた。本でも読もうとしてみたが、注意力を持続できそうなものは書棚には見当らなかった。鴉片を一服すればよかったのかも知れぬが、その支度をしてくれる者が居ない。いまにも足音がするかと、不快な気持で耳を立てていると、とうとうそれが聞こえて来た。誰かがノックした。ドアをあけると、だがそれはドミンゲスだった。

おれは言った、「何の用だ、ドミンゲス？」

彼は驚いた顔でおれを見た。「用って？」と腕時計をみて、「いつもわたしの来る時刻ですが。何か電報がありますか？」

「失敬した——忘れていた。電報はない」

「しかし爆弾事件で後報を出さなくてもいいのですか？　何か打つことはありませんか？」

「ああ、そいつは一つ、きみやってくれないか、ドミンゲス。どうしたのか、よくわからないが――現場に居たんでちょっとショックを受けたのかも知れない。電報に打てるようなことは、何ひとつ考えられないんだ」おれは耳許へ来た蚊をたたいて、その打撃に衝動的にドミンゲスがたじろぐのを見た。「大丈夫だよドミンゲス、逃げたよ」彼はみじめな顔で苦笑した。生きものを殺したくないという、この自分の気持を、ドミンゲスは正しいとハッキリ言い切れない、結局のところは彼はクリスチャンで――人間の身体の脂肪を蠟燭にする方法をネロから教えられた人々の仲間なのだ。

「何か、わたしでお役に立てることはありませんか？」彼が訊いた。この男は酒を飲まない、肉を喰わない、生きものを殺さない――その心の優しさを、おれはうらやんだ。

「いや、いいよ、ドミンゲス。今夜はおれを一人にしておいてくれ」カティナ街を横切る彼のうしろ姿を、おれは窓から見ていた。輪タクが一台、ちょうどおれの窓の真正面の舗道にとまっている。ドミンゲスが交渉しようとしたが、車夫は首を振った。客が買い物に店へ入っているのを待っているようにも受け取れる、というのはここは輪タクの駐車場ではないからだ。時計を見ると、意外にもおれはまだほんの十分ほどしか待たなかったことを知った、そして、パイルがノックしたときには、今度は彼の足音さえ耳に入らなかった。

「お入り」だが例によって、真っ先に入って来たのは犬だった。

「手紙をありがとう、トマス。今朝は何だか、ぼくにものすごく腹を立てていたね」

「そうだったかも知れん。何しろ、あまり好い景色じゃなかったからな」

「あなたには知られてるから、もう少し話したっていい。ぼくは今日の午後、テエに会った」

「会った？　あいつはサイゴンに居るのか？　じゃ爆弾の効果を見に来たんだな」

「秘密だよ、これは、トマス。ぼくはうんと脂《あぶら》をしぼってやった」学生チームの主将が、メンバーの練習中の禁を破ったのをみつけたときのような口調だ。それでもなお、おれはいささかの希望を抱いて、彼に訊いた、「あいつをお払い箱にしたか？」

「今度またあんな無茶な示威をやったら、われわれはもう縁を切ると言ってやった」

「じゃ、まだ縁を切っちまったんじゃないのか、パイル？」おれはいらいらして、おれの踵のまわりで鼻をくんくんさせている彼の犬を、押しやった。

「それはできない。（坐っていろ、デューク）結局、あの男のほかに、当てになるやつは居ないからね。もしわれわれの援助をえて権力を握れば、われわれは安心して……」

「いったい幾人の民衆が死ねば、きみはわかるんだ……？」だがこんな議論をしても無駄なことがわかっていた。

「わかるって、何をです、トマス？」

「政治には感謝というようなものはないということがさ」

「少なくとも、彼らはフランスを憎むようにアメリカを憎むことはないでしょう」

「ほんとにそう思えるのか？　時としては、われわれは敵に対しても一種の愛をもつことがあるし、時によっては味方に対しても憎しみを感じることがあるよ」

「あなたはヨーロッパ人らしいことを言ってるよ、トマス。こっちの人間はそう複雑じゃない」

「この数ヵ月で、きみが知ったのはそのことかい？　この次は現地人は子供のようだと言うだろう」

「そう――ある点ではね」

「複雑でない子供が居たら、連れて来て見せてくれ、パイル。われわれは若いときは紛糾錯雑した一つのジャングルだよ。年をとるに従って単純になるのだ」だがこの男に話をして何の役に立つだろう？　われわれの議論には、双方ともに真実を欠くところがあった。おれはいまからもう論説委員になりかかっているのか。おれは席を立って、書棚へ行った。

「何を捜してるんです、トマス？」

「ああ、ちょっとおれの好きだった一節があってね。パイル、今夜一緒に食事ができるかい？」

「よろこんで、トマス。あなたがもう怒っていないんで、ぼくは嬉しいな。あなたがぼくと意見が違うのは知ってるけれども、ぼくらは意見を異にしながら、しかも友達でいられるんじゃないかな、そうでしょう？」

「わからんね。おれはそうは思わない」

「要するに、フォンの方が、この問題より遙かに重要なんだ」

「ほんとにそう信じてるのか、パイル？」

「だって、彼女こそは、一切のなかで最も重要なものですよ。ぼくにとっては、そうしたあなたにとってもね、トマス」

「もうおれにとってはそうじゃない」

「今日はそれは怖ろしいショックでしたよ、トマス、しかし一週間もすれば、見ていてごらんなさい、それも忘れられるでしょう。ぼくらは、犠牲者の遺族の面倒も見ていますから」

「ぼくら？」

「ぼくらはワシントンへ電報を打ちました。予算を使用する許可は、すぐ取れるでしょう」

その話をさえぎって、おれは言った。「〈古い水車《ヴュ・ムーラン》〉はどうだ？　九時と九時半のあいだということで？」

「どこでも結構ですよ、トマス」おれは窓際へ行った。日は家々の屋根の下へ沈んでいた。例の輪タク車夫はまだお客を待っていた。おれが見おろすと向うは顔をあげておれを見た。

「誰かを待ってるんですか、トマス？」

「いや。おれの探していた詩がみつかったよ」自分の行動をごまかすため、窓からの残照に本をかざして、おれは読んだ。

おれは車で街を往く、何の遠慮も気兼ねもしない、
人々は目をまるくして、あいつは誰だと訊いている、
そこでもし運わるく、どこかの間抜けを轢いたとしても
金さえあれば文句はあるまい。
金のあるのは好いもんだ、ヘイ、ホウ！
金のあるのは好いもんだ。

「おかしな詩だな」感心できないらしい口ぶりで、パイルは言った。

「この男は十九世紀の大人の詩人だよ。詩人には大人はあまり居なかった」おれはまた街を見おろした。輪タク車夫は居なくなっていた。

「お酒は切らしてるの？」パイルが訊いた。

「いや、あるよ、だがきみは……」

「ことによると、ぼくもすこしゆるみかけてるかな」パイルは言った。「あなたの影響でね。あなたには、ぼくはいろんなことを仕込まれたようですね、トマス」

おれは酒壜とグラスとを持って来た——一つのグラスが初めて使う品なのを忘れていた

上に、次には水を取りに引き返さなくてはならなかった。その晩おれは、何をするにもひどく手間どった。彼は言った、「ぼくの家族はね、みんなすばらしい人たちだけれど、幾らか厳格すぎる嫌いはあるかもしれない。ぼくの家は、チェストナット・ストリートの旧い屋敷町にあるんです、丘を上って行ったところの右側です。母は硝子器を集めています、父は——例の崖の浸蝕を調べに行かないときは、ダーウィンの原稿とか名士手沢本《アソシエーション・コピー》とかを、手に入るかぎり買っているんです。つまり、二人とも、過去の世界に住んでるんですね。だからこそヨークが、ぼくには強い印象を与えたんです。何か現代の条件に、まともに胸を開いてるという感じね。ぼくの父は孤立主義者ですよ」

「ことによると、おれはきみのお父さんとは気が合うかも知れんな」とおれは言った。「おれも孤立主義者の一人だ」

おとなしいパイルにしては、その晩の彼は気分的に多弁になっていた。おれは彼のしゃべることをみんな聞いてはいなかったが、それは心がどこかよその方へ行っていたからだ。おれは何とかして、ヘング氏が、割り切った、荒っぽいやりくちばかりでなく、ほかにも手段の持ち合わせがあるのだと、自分を説得しようと努めた。だがこういう戦争では——おれは知っていた、人は躊躇している暇がないのだ。いま手許にある武器を使うのだ——フランス人はナパーム弾を、ヘング氏はピストルかナイフを。もう間に合わぬと知ってから、おれは自分が裁判官になれる柄ではないことを自分に言い聞かせた——こうして暫くパイルにしゃべらせていて、そのうちに警告を与えてやりたい。おれの家で泊ったたってい い。彼らはここまで乱暴に押しこんで来ることはできまい。いま思うと、そのとき彼は自分の世話になった乳母のことか何か話していた――「実際、あの婆やは、ぼくには母以上に大切な人でした、いつもぼくにブルーベリーのパイをこしらえてくれてね！」そこでおれは口を挟んだ。「きみは拳銃を持つようになったかい――あの晩以来？」

「いや。公使館では命令が出ていて……」

「しかしきみは特別任務についてるんだろう」

「持っていたって、好いことはないです――敵がもしぼくをやっつけようと思えば、いつだってやれますよ。どっちにしても、ぼくは大鶴《おおばん》みたいに間抜けなんだから。大学では、ぼくには蝙蝠という綽名がついていたもんだが――蝙蝠みたいに暗いところで目が見えたんですよ。一度、ばか騒ぎをして遊び歩いているときに……」また彼はのべつしゃべりだした。おれは窓際へ戻った。

輪タクが一台、正面に待っていた。たしかなことは言えなかったが――それほど前の男とよく似てはいたが、やはり別の男だとおれは思った。たぶんこの車夫は本当に客があったのだろう。ふと思いついたのは、公使館に居れば、パイルは一番安全だということだった。ヘングの仲間は、おれの合図を受けて、今晩のもっと遅い時刻のために作戦を張っているにちがいない――何かはわからぬがダカオ橋に関係のある作戦だ。それが何故そうなのか、どういう手段か、おれには理解できなかった。まさかパイルは日が暮れてから車でダカオの方へ行くほど莫迦でもあるまいし、橋のこちら側にはいつも武装警官が護っているのだ。

「ぼくが一人でしゃべってるな」とパイルが言った、「どうしてだかわからないけど、今晩は何だかひどく……」

「いいさ、話したまえ」おれは言った、「おれは今夜は静かな気分だ、それだけのことだよ。さっきの晩飯なんか、やめたっていいよ」

「いや、それはよして下さい。ぼくは何だかあなたと縁が切れたような、気がしていた……」

……つまり……」

「つまりきみがおれの生命《いのち》を助けてからだろう」答えながら、おれは自分が勝手に自分に負わせた傷の痛みをごまかしきれなかった。

「いや、そんな意味で言ったんじゃない。一方では、あの晩、ぼくたちはずいぶんたくさんの話をしたじゃありませんか？　まるでもうこの世のお別れみたいに話した。ぼくはあなたについて、いろんなことを知りましたよ、トマス。ぼくはあなたとは考えが違うけれども、しかし、トマス、あなたとしては、その方がいいのかも知れないんですよ——捲きこまれない方が。あなたはどこまでも頑張った、あなたの脚がやられた後でも、あなたは中立の立場を変えなかった」

「しかし転機というものは、いつあるかわからないよ」おれは答えた。「激情に襲われた瞬間には……」

「あなたはまだそこまで来ていませんよ。そういう時が来るかどうか、疑問だな。そうしてぼくも、変りそうもないです、死にでもしないかぎりはね」ほがらかに、彼は付け加えた。

「今朝の事件があってもかね？　あれは一人の男の意見を変えるに足らん事件かね？」

「今日の犠牲は戦死ですよ。遺憾なことでした、けれども的はかならず当るとはかぎらないんですからね。とにかく、彼らは正しい理想のために死んだんだ」

「きみに、ブルーベリーのパイを作ってくれた婆やの場合でも、きみは同じことを言うかね？」

おれにすらりと突っこまれたところを、パイルは無視した。「ある意味で、彼らはデモクラシーのために死んだとも言えますよ」と彼は言った。

「そいつは、ヴェトナム語に訳すのはむずかしいだろうな」急におれはひどく大儀になった。パイルがさっさと出て行って、死んでくれる方がいいと思った。そうすればおれは生活の再出発ができるだろう——パイルが登場した、あの出発点に戻って。

「あなたはどうしても、ぼくの話を真面目に受け取ってくれないんですね、トマス」特に今夜という今夜のために、彼が用意して大切に持ち歩いて来たかと思われる中学生じみた陽気さで、パイルは不平を言った。「いいことがある。どうです――フォンは映画を見に行きました――あなたと二人で、ゆっくり今晩は話し合おうじゃありませんか？　いまぼくは何も用事がないんです」まるで、誰かが外から糸をひいて、どんな言い訳をもおれから奪ってしまうように、パイルのしゃべる言葉をえらばせているような気がした。なおも彼はしゃべった、「どうして〈シャレー〉へ出かけないんです？　あの晩以来ぼくは一度も行っていない。料理だって、〈古い水車《ヴュ・ムーラン》〉に負けないくらい美味いですよ。おまけにあすこには音楽もある」

おれは言った、「あの晩のことは、おれは思いだしたくないよ」

「すみません。ぼくはときどき莫迦なことを言いますね、トマス。ショロンの中華料理はどうですか？」

「好い料理を喰おうと思ったら、前もって註文しないとだめだよ。パイル、きみは〈古い水車《ヴュ・ムーラン》〉が怖いのかい？　鉄格子でよくかこってあるし、橋の上にはいつも警官が居る。それにまさか、きみも車で橋を渡って、ダカオへ行くほど莫迦じゃあるまい」

「そんなことじゃないんです。ただ今夜はゆっくり遊べたら愉快だろうと思っただけですよ」

彼はちょっと動いたはずみにグラスを覆し、グラスは床に落ちて砕けた。「運が好いぞ」機械的に彼は言った。

「失礼、トマス」おれは破片を拾い集めて、灰皿に入れかけた。「どうしたんです、トマス？」砕けた硝子は、〈パヴィリオン〉のバーの、中身がどくどく流れ出ている酒壜を思いださせた。「フォンには、ことによるとあなたと一緒に出かけるかも知れないと注意しておきました」何とまた、〝注意〟などという厭な言葉を、よりによって使うのだろう。おれは最後の硝子の破片をつまみ上げた。

「おれはマジェスティックに、ちょっと約束があってね」とおれは言った、「だから九時前には行けないよ」

「ええ、ぼくもちょっと役所へ帰らなくちゃならない。ただ仕事でつかまるのが困るんだけど」

たった一つ彼に残されたチャンスを与えるのは、少しも差支えはなかった。「晩《おそ》くなるのは、構わないよ」とおれは言った。「つかまったら、あとでここへ来たまえ。もしきみが食事に来られなかったら、おれは十時には帰って、ここできみを待とう」

「じゃそのときはぼくから……」

「それには及ばないよ。ただ〈古い水車《ヴュ・ムーラン》〉へ来てくれればいいよ――それとも、ここでおれに会うなり」おれはおれの信じていない〝あいつ〟に決定をゆだねた――どうぞ、お望みなら、邪魔してくれてもいいですよ、パイルの机の上に電報を一通おくなり、公使からの伝言を残すなりして。未来を変更する力がないくらいなら、あなたは存在しているはずはないのだ。「さあ、もう行きたまえ、パイル。おれはいろいろ用事がある」立ち去って行く彼の足音にまじって、彼の愛犬のパタパタと床を踏む音を聞きながら、おれは何とも言いようのない異様な疲労を感じた。

3

外へ出たときは、ドルメイ街まで行くあいだ、輪タクに会えなかった。おれはマジェスティック・ホテルまで歩き、しばらくアメリカの爆撃機の陸揚げを見ていた。日は沈んで、作業はアーク燈の明りで行なわれていた。アリバイをつくろうとする考えは少しもなかったが、パイルにマジェスティックへ行くと話したので、これ以上必要のない嘘をつくことに理由のない嫌悪をおぼえた。

「今晩は、ファウラー」それはウィルキンズだった。

「今晩は」

「脚はどうだね？」

「もう何ともない」

「面白い記事が打てたかい？」

「ドミンゲスにまかせたよ」

「なんだ、きみは現場に居たそうじゃないか」

「うん、居た。だが近頃は紙面が窮屈でね。あまり詳しい報道は望まないんだ」

「まったく、味もそっけもなくなったな」とウィルキンズが言った。「おれたちも、ラッセルや、昔の《タイムズ》の時代に生きてるとよかったな。軽気球で記事を送った時代さ。あの時分には、ちょっと好きなことが書けるだけの暇があったな。いまの、この景色だけで、昔なら〝囲みもの〟が出来たろうよ。豪華ホテル、爆撃機、宵景色。いまみたいに一語何百ピアストルじゃ、宵景色なんぞ絶対に書けんね」どこか遠い空から、かすかに笑声が聞こえる——誰かが、パイルのしたようにグラスを割ったのだ。その音が氷柱のようにわれわれの上に落ちて来た。「燈火《ともしび》はうるわしき女猛《おみな》しき男《おのこ》とを照らしぬ」ウィルキンズが意地のわるい文句を引用した。「今夜は何か用があるかい、ファウラー？　飯でも喰おうか？」

「そう言えば、喰うことにはなってる。〈古い水車《ヴュ・ムーラン》〉で」

「愉快にやりたまえ。グレンジャーが行ってるだろう。グレンジャー先生御来臨とでも広告すればいいんだ。やかましい騒ぎの好きな連中のためにね」

おれはウィルキンズにおやすみと言って、隣りの映画館へ入って行った——エロール・フリンが、いやそれともタイロン・パワーだったか（タイツ姿のあの二人はどこが違うのか、おれにはわからぬ）、綱にぶらさがってバルコニーから宙乗りをし、裸馬にまたがってテクニカラーの暁をまっしぐらに疾駆した。彼は一人の娘を救い出し、敵を殺し、不死身の人のように生きた。それは男性的活劇と呼ばれる映画だったが、テーベの宮殿から眼球に血をしたたらせながら現われるエディプスの姿の方が、現代の生活への訓練を与える点で優れているにちがいない。人間は不死身ではない。幸運はファト・ディエムやタイニン街道ではパイルとともにあったが、幸運は永くつづくものではなく、あと二時間すれば何の魔法もはたらかなかったことがわかるのだ。一人のフランス兵が若い女の膝に手を置いておれの隣りに坐っていたが、幸福にしろ不幸にしろ、その兵隊のそれが単純なことをおれは羨んだ。映画が終らぬうちに外へ出て、輪タクを雇って〈古い水車《ヴュ・ムーラン》〉へ行った。

　この料理店は手榴弾を警戒して鉄格子をめぐらし、二人の武装警官が橋のたもとで警備についていた。贅沢なブルゴーニュ風の料理をやって来たお蔭で肥満してしまった主人が、自分で鉄格子のあいだからおれを入れてくれた。内部は夕凪の暑苦しさのなかで鶏とバターのとろける匂いがした。

「ムシュウ・グランジェールのお席へお見えでございますか？」主人がおれに訊いた。

「いや」

「お一人で？」はじめておれが将来のことを考え、訊問に答える場合のことを考えたのは、このときだった。「一人だ」と答えたが、それはおれがパイルの死んでいることを声に出して言ってしまったのに近い感じだった。

ここは一部屋しかなく、グレンジャーの一行が奥の大テーブルを占めていた。主人は鉄格子に一番近い小テーブルをおれに与えた。硝子が砕けるのを怖れて、ここには窓硝子はなかった。グレンジャーの客として招かれている人々のうち、数人は知った顔だったので、おれは腰をおろす前に彼らに頭をさげた。グレンジャー自身は顔をそむけた。もう何ヵ月も彼には会っていない――あのパイルが恋に落ちた晩以来、一度会ったきりだ。あの晩おれが口にした悪口がアルコールの霧を透して彼の頭にしみこんだせいだろうか、宣伝班将校の細君のデプレ夫人や新聞連絡部のデュパルク大尉がおれにうなずいたり手招きしたりするあいだ、グレンジャーは主人席で苦り切っていた。その席にはプノンペンから来たホテルの主人と思われる大男や、おれの会ったことのない一人のフランス娘が居たほか、酒場だけで見かけたことのある二つ三つの顔もあった。それは今までになく、静かなパーティらしかった。

おれはパイルに来る時間を与えたいと思って、パスティ酒を註文した――計画が狂わぬものでもなし、おれが晩飯を食べはじめないかぎりは、まだ希望をもつ時間があるような気がしたのだ。そのうちに、いったいおれは何を希望しているかと自問した。OSS、あるいはパイル一党が何と呼ばれる組織か知らぬが、その幸運をおれは祈っているのか？　プラスチック爆弾とテエ将軍の万歳をか？　それともおれは――人もあろうに、このおれが——何かの奇蹟を祈っているのか、単純な暗殺でなく、何かヘングが話し合いの方法を工夫してくれることをか？　タイニン街道で、おれたち二人が二人とも殺されてしまった方が、どんなに万事を容易にしたことだろう。おれはパスティのグラスを前に、二十分間を過してから、料理を註文した。もうまもなく九時半になる。もうパイルは来ないだろう。

自分の意志に反して、おれは聴き耳を立てていた——何に？　悲鳴か？　銃声か？　外に居る警官の何かの動きにか？　だがそのどれにしても、おそらくなにも聞こえないだろう、グレンジャーのパーティの気勢があがって来たからだ。ホテルの主人が愉快な蛮声を張りあげて歌うと、新しいシャンパンの栓が跳ね上るのにつれて、ほかの連中もそれに和した。だがグレンジャーだけは加わらなかった。彼はギラギラした血走った眼で、遠くにいるおれを睨んでいた。喧嘩でも売って来る気ではないかと、おれは思った、そうなったら、おれはとてもグレンジャーの敵ではない。

宴席ではセンティメンタルな唄を歌っていた。名ばかりのシャポン・デュク・シャルル（鶏料理）を前に、食欲がなくてぼんやりしていると、フォンのことが心に浮んだ、その朝、彼女が無事だったことを知ってから、はじめてのことだ。塔のなかで、ヴェトミンの来襲を待ちながら床に坐っていたとき、パイルの言ったことを思いだした、「彼女は花のように新鮮な感じだ」それに対しておれは軽薄にも答えた、「あわれな花さ」と。彼女はもうこれでニュー・イングランドを見る機会も、カナスタの秘密を学ぶ機会もあるまい。安定した生活というものを知る機会も、おそらくないだろう。彼女を広場の死体たちよりも低く価値づける何の権利がおれにあるか？　苦悩は数によって増大するものではない。一人の肉体は全世界の感じうる苦悩のすべてを包容することができる。おれはいかにもジャーナリストらしく量でものを判断し、おれ自身の主義を裏切った——おれはパイルと同様の〝アンガージェ〟になりさがった。そう思うと、またもやどんな決断も単純ではありそうもなく思われて来た。腕時計を見ると十時十五分前に近かった。あるいは、いまとなってみると、パイルはやっぱり仕事につかまったのかも知れぬ、彼が信じている〝あいつ〟が彼の味方になって何かやったので、いま彼は公使館の事務室で一通の電報を解読しようとヤキモキしてるのかも知れない、そしてまもなくカティナ街のおれのアパートの階段を踏み鳴らして上って来るのかも知れない。おれは思った、〝もしそうだったら、おれは何もかも彼に話すだろう〟と。

グレンジャーが、急に自分のテーブルから起ちあがって、おれのところへ来た。彼は途中の椅子にさえ気がつかなかったので、よろけて、おれのテーブルの縁に手を置いた、「ファウラー、出て来い」と彼は言った。おれは充分なだけ紙幣を置いて、彼について行った。彼と殴り合いをする気分にはなっていなかったが、その瞬間には、たとい彼がおれを意識を失うほど叩き伏せても、構わない気持になっていた。人間が罪悪感をやわらげる方法など、そう幾つもあるわけではないのだ。

た、グレンジャーは橋の胸壁に凭《もた》れ、二人の警官は遠くから彼を見まもっていた。彼は言った、「話したいことがあるんだ、ファウラー」

おれは打撃のとどく距離まで来て、待っていた。彼は動かなかった。アメリカにある、おれの大嫌いな象徴的な彫像のうちでも最も象徴的な――〝自由の女神像〟にも劣らぬほどデザインがわるく、無意味な像のような姿だ。動かずに彼は言った、「おれが酔っぱらってると思ってるな。ちがうぞ」

「どうしたんだ、グレンジャー?」

「おれはきみと話さなくちゃならん、ファウラー。今晩おれはあっちに居る蛙《フロッグ》どもと一緒になんぞ居たくない。おれはきみを好かんよ、ファウラー、しかしきみは英語を話す。一種の英語をな」どっしりと、胸壁に凭れて、薄明りに形もはっきりせず、未開発の大陸のように、彼はそこに立っていた。

「いったいどうしようというんだ、グレンジャー?」

「おれはイギリスのやつを好かん」グレンジャーが言った。「おれはなぜパイルがきみを我慢してるのか、わからん。たぶんそれは、あいつがボストンだからだろう。おれはピッツバーグで、ピッツバーグを誇りとしてるんだ」

「そりゃ当り前だ」

「またそれだ」彼はおれの発音をからかうつもりか、真似しようとしたがうまくゆかなかった。「大学教授みたいな話しっぷりだ。きみらはまったくえらいよ。何でも知ってると思ってるんだ」

「おやすみ、グレンジャー。おれは約束がある」

「行っちゃいかん、ファウラー。きみは人情がないのか？　おれは、あんな蛙《フロッグ》どもとは話ができんのだ」

「きみは酔ってるよ」

「シャンパンを二杯のんだきりだぞ。それに、おれの立場になっても、きみは酔っぱらわんと言うのか？　おれは北へ行かなきゃならん」

「それがどこがいけないんだね？」

「ああ、そうか、きみに話さなかったか？　おれは誰でも知ってるとばかり思っていた。今朝、女房から電報が来た」

「それで？」

「うちの男の子が小児麻痺にやられた。わるいんだ」

「そりゃ困ったな」

「困ることはない。きみの息子じゃない」

「飛行機で帰るわけにはゆかんのか？」

「帰れん。ハノイの近くでやってる下らん掃討作戦か何かの記事を送れというんだが、コ

ノリーが病気なんだ」（コノリーはグレンジャーの助手だった）

「気の毒だな、グレンジャー。おれに何かできることがあるといいんだが」

「今夜は伜の誕生日なんだ。こっちの時間で十時半に、あいつは八歳になる。だから、こんなこととわかる前に、おれはシャンパンの出るパーティを催すことにしたんだ。この話をおれは誰かに話さずにはいられなかったんだよ、ファウラー、蛙《フロッグ》どもには言えんからなあ」

「近頃では小児麻痺にも、いろんなことができるようになったよ」

「足が不自由になったって、おれは構わんよ、ファウラー。生きてさえいてくれれば。おれは困る、おれが足が不自由になったら困るが、あいつは頭がいいんだ。あの悪党どもが唄をうたってるあいだ、おれが何をしていたか、きみは知ってるか？　祈ってたんだ、おれは。もし神が、誰かの生命《いのち》が欲しいと言うんなら、おれのを取ってくれたらいいと思った」

「じゃ、きみは神を信じるのか？」

「信じられたら信じたいよ」グレンジャーは答えた。頭でも痛いのか、大きな手で顔をひと撫でしたがそれは涙を拭こうとしたことをごまかす仕草だった。

「おれがきみだったら、酔っぱらうだろう」とおれは言った。

「いま、そうはいかん、おれは素面《しらふ》で居なくてはならん。あとになって、伜が死んだ晩に、ぐでんぐでんに酔っぱらっていたと思うのは厭だからな。女房は酒など飲んではおれんじゃないか」

「きみは社へ話して……？」

「コノリーはじつは病気じゃない。女を追っかけて、シンガポールへ行っとるんだ。やつをかばってやらなきゃならん。本社にわかったらお払い箱ものだからな」形のなかった身体を、彼はシャッキリさせた。「ひきとめてすまなかったな、ファウラー。誰かに話さずにはおれなかったのでね。そろそろなかへ入って、乾杯をはじめる時間だ。つかまえた相手がきみだったのは妙だよ、きみはおれの性根を嫌ってるんだ」

「おれがきみの代りに記事を書こう。コノリーがやったように見せかければいい」

「きみじゃ調子がうまく合わんよ」

「おれはきみが嫌いじゃないよ、グレンジャー。いろんなことについて、おれは盲目だった……」

「なあに、きみとおれとじゃ、犬と猿さ。だが同情してくれてありがとう」

おれはそんなにパイルと違ってるだろうか？　おれは訝った。おれもまた、苦悩を目のあたりにする前に、人生の紛糾に足をつっこまなくてはならないのか？　グレンジャーは家のなかへ入り、彼を迎える声が高まるのが聞こえて来た。おれは一台の輪タクを見つけ、家へ帰った。そこには誰も居なかった、おれはそこにじっと深夜まで待った。それから希望を抱かずに表へ出て、そこにフォンを見出した。

第三章

「ヴィゴーさんにお会いになった？」フォンが訊いた。

「うん。十五分ばかり前に帰った。映画はよかったかい？」彼女はもう寝室に盆をとりだし、いまランプに火をつけているところだ。

「とても悲しい映画」彼女は言った、「でも色が綺麗でしたわ。ヴィゴーさんは何の用でしたの？」

「おれに訊きたいことがあったんだ」

「何で？」

「まあ、いろんなことさ。もうこれきり、おれの邪魔をしには来ないだろう」

「あたしはやっぱり映画はハッピー・エンドが一番好き」フォンが言った。「もうお吸いになってもいいの？」

「いいよ」おれはベッドに横になり、フォンは針を動かしはじめた。彼女は言った、「女が首を斬られたのよ」

「ずいぶん変なことをするんだな」

「あれはフランス革命の出来事なの」

「ああ、そうか、史劇だな」

「だけども、とても悲しかったわ」

「おれは歴史のなかの人間については、あまり可哀そうになれないね」

「それから女の恋人がね――自分の屋根裏部屋へ帰って来てね――とても悲しくなって、一つの唄を書くの――わかって？　つまり詩人なの、そしてじきに、女の首を斬った人たちが、その恋人の書いた唄を歌ってるの。それが《ラ・マルセイエーズ》だったの」

「そいつはあんまり歴史らしくないね」とおれが言った。

「恋人は歌っている群集の端のほうに立っていて、とてもつらそうな顔してるのよ、微笑《わら》うと、余計につらそうなことがわかるの。彼女のことを想ってるのがわかるの。あたし、さんざん泣きましたし、姉もそうでしたわ」

「姉さんがかい？　おれには信じられないね」

「姉はとても感じやすいのよ。あの怖いグレンジャーって人も来ていましたの。酔っぱらって、しまいまで笑っていたわ。でもちっとも可笑しいところはなかったのよ。悲しい映画よ」

「おれはあの男を責めないね」と、おれは言った。「あの男は嬉しいことがあったのだよ。

息子が、危険を脱したんだ。今日、コンティネンタルで聞いたよ。おれもハッピー・エンドが好きだな」

二服の鴉片を吸った後、おれは革の枕を頸にあてがって、仰臥し、手をフォンの膝に置いた。

「お前は幸福かい？」

「ええ、もちろんよ」ぞんざいな返事だ。もっと思いやりのある返事を、要求する資格はおれにはない。

「こうしてると、一年前と同じだね」おれはいつわって言った。

「そうね」

「もう長いことスカーフを買わなかったな。明日はどうして買い物に行かないんだい？」

「祭日だからよ」

「ああ、そうだ、わかってる。おれは忘れていた」

「あなた、まだ電報をごらんにならないのね」フォンが言った。

「そうだ、それも忘れていた。今夜は仕事のことを考えたくなかった。それに今からじゃ電報打つには晩すぎる。もっと映画の話を聞かせないか」

「ええ、彼女の恋人は、牢屋から彼女を救いだそうとしましたの。男の子の服と、牢番がかぶるような男の帽子を、こっそり差し入れしました。ところがちょうど彼女が門を出ようとするときに、長い髪の毛が垂れてしまうので、みんなは〝貴族の女だ、貴族の女だ〟って叫びました。あたし、あすこはストーリーが間違ってると思うわ。あすこで彼女を逃がしてやればいいんですわ。それから、男の作った唄で、二人がたくさんお金をもうけて、船でアメリカへでも逃げればいいのよ――それともイギリスか」と彼女は頭がいいつもりで付け加えた。

「やっぱり電報を読んだ方がいいな」おれは言った、「明日、北へ行かなくてもいいように、神様に祈りたいな。おれはお前と静かに暮らしたいよ」

彼女はクリームの瓶のあいだから、封筒を出して来ておれに渡した。おれは開いて読んだ――〈モウ一度オ手紙ノ件ヨク考エテミマシタ　ゴ希望ドオリ無分別ナコトヲシカケテイマス　遺棄ヲ理由ニ離婚手続キヲハジメルヨウ弁護士ニ話シマシタ　デハゴキゲンヨウへれん〉

「お出かけになるの？」

「いや。行かなくてもいいんだ。読んでごらん。お前のハッピー・エンドだよ」

彼女はベッドから跳び下りた。「すばらしいわ。姉のところへ知らせなくては。どんなに喜ぶでしょう。あたし、こう言うわ、『あたしをだれだと思って？　二人目のファウラー夫人よ』って」

おれの正面の書棚に、『西欧の役割』が、キャビネ型の肖像写真のように立っている――

──黒い犬を連れたクルーカットの若者の肖像。もうだれにも害を加えることはなくなった男。おれはフォンに言った、「お前、あの男が居なくて淋しいかい？」

「誰？」

「パイルさ」不思議に、いまになっても、彼女に向ってさえ、彼のオールデンという名を使うことができなかった。

「ね、行ってもよろしくって？　姉がどんなに夢中になるでしょう」

「お前は一度、眠っていてあの男の名を呼んだよ」

「夢のなかのことは、あたし、ちっとも憶えていないわ」

「パイルが生きていたら、お前はいろいろ楽しいことができたろう。あの男は若かったから」

「あなただって年寄りじゃないわ」

「摩天楼、エンパイア・ステイト・ビルディング」

彼女はちょっと躊躇《ためら》いながら言った、「あたしはチェッダー峡谷が見たいわ」

「あれはグランド・キャニヨンとは違うよ」おれは彼女をベッドへ引き寄せた。「すまないな、フォン」

「何がすまないんですの？　これはすばらしい電報ですわ。姉が……」

「よし、行って姉さんに話しておいで。その前におれにキスして」興奮した唇がおれの顔の上をかけめぐって、そして彼女は出て行った。

コンティネンタルでおれの隣りに腰をおろし、向う側のソーダ・ファウンテンを眺めやっていた初対面の日のパイルを、おれは思い浮べた。あの男が死んでから、おれにはすべてが順調に行ったが、しかしおれは、もし〝あいつ〟が存在するものなら、すまない、と心から言えるのにと、どんなにそれをせつなく思ったことだろう。

（一九五二年三月〜一九五五年六月）

訳者あとがき

Graham Greene: THE QUIET AMERICAN; 1955, William Heinemann Ltd, London.

この作品は現在までの作者の最も新しい〝ノヴェル〟であって、一九五一年の The End of the Affair から満四年を経て一九五五年の歳末に発表されたものである。わたしの邦訳は翌五六年六月に早川書房から単行本として出たが、それに先立ち同年三月、週刊朝日の依頼で原作の約八分の一の量のダイジェスト訳を公けにしたので、ストーリーとしてはグリーンの作中、最も多くの読者に知られる機会をもった。このたび改版の機会がえられたので、全部にわたって改訂をほどこしたが、その際、グリーンの芸術を深く愛し、かつ日本語の造詣の深い言語学者でもあるヴィレム・グロータース神父が特に訳者のために校閲の労をとって下さった。そのため訳者ひとりの力では到底なしえない程度に旧訳の誤訳、脱漏を是正することができたことをここに特記して同師への深い感謝の念を捧げる。なお別に上田勤教授の本書抜萃本の"Notes"、及び友人浅野耕成氏の懇切な教示からも益を受けるところが多かった。併せてここにお礼を申し上げる。

＊

『おとなしいアメリカ人』は、欧米でも日本でも従来のグリーン氏の小説に比して、めずらしく広範囲な社会的反響を呼んだ。『ブライトン・ロック』（一九三八年）から『居間』（戯曲、一九五三年）まで、十五年以上にわたって、（その間に『恐怖省』や『第三の男』のような政治的舞台に取材した〃エンターテインメント〃作品はあったにしても）きびしいカトリシズムの主題を展開し、個人の魂の救いの問題を追求して来た作家が、突如としてインドシナ戦争というなまなましい国際的題材をとりあげたことに、まず読書界はおどろいた。そればかりか、題名の示すところの一人の若い未経験なアメリカ人の悲劇を通じて、作者が稀にみる強い調子で〃冷たい戦争〃のもとでのアメリカの世界政策を批難している（と少なくとも、そう受けとられた）のを知って、世間のおどろきは倍加された。当のアメリカはもちろん、ダレス政策に多少の危惧と不快とを感じていたイギリスやヨーロッパでも、さらに基地問題で世論のかまびすしかった日本でも、この〃グリーンのアメリカの批判〃がジャーナリズムに賑やかな話題を提供した。

シリアスな作家のシリアスな作品にとって、これはかならずしも幸福な反響ではなかった。事実、こうした物見だかい評判のなかでも、心ある批判家はこの小説が芸術品として稀にみる名作であることを見落さなかった。

〝イギリスの現存作家中の最高の一人による近年最高の作品〟（《ニュー・ステイツマン・アンド・ネイション》）

〝グリーンの最高傑作……壮大なクライマックスへと高まる小説の構成には巨匠の手腕が明瞭に示されている〟（《ニュー・リーダー》）

〝過去二十年間にあらわれたいかなる作品よりも傑作《マスタピース》の名にふさわしい〟（《ロンドン・デイリ・エクスプレス》）

日本でも、かなり後ではあったが、中野重治氏が、同じインドシナ戦争を扱ったタルドの『黒河』と並べて、詳しい批評を公けにされた。この批評で、中野氏はタルドの方により多くの好感を示しつつも、グリーンが大きな複雑な戦争を客観的なロマンに仕立てた手腕を高く評価している。このように、芸術作品としても近年に稀な賞讃をかちえながら、他方ではむしろ小説の枠をはずしたような好悪の対象として、この小説が読者を刺戟し、マスコミにとりあげられたこと、この事情のなかに、むしろ『おとなしいアメリカ人』という作品の強い特色が示されている。ほかでもなく、グリーンがこの小説によってとらえ得たアクチュアリティ、これである。

＊

一九五五〜六年、われわれは〝冷戦〟の最も危険な、頂点にさしかかっていた。英米仏ソ四カ国巨頭会談がジュネーヴで開かれたのは五五年の夏で、世界じゅうの新聞が雪どけの希望について書きたてた観測のあまさを嘲笑うように、五六年の春には中近東の緊張と東欧ソ連衛星国の不満とがスエズとブダペストとで爆発した。『おとなしいアメリカ人』は、まさにこういう雰囲気のなかで発表され、読まれたのである。

後進国民族主義の興起と、中ソ共産主義のそれに対する支援と、西欧植民地主義のそれに対する絶望的抵抗と、最後に反共的立場からこの抗争に介入したアメリカと——小説の舞台になったのは一九五一～二年のヴェトナムであるが、その舞台でグリーンが描いたものはこの四つのあいせめぐ勢力の組み合わせであり、これは五五年の巨頭会談が何ひとつ解決できなかったし、スエズとハンガリーを発火点として世界の諸国民をふるえあがらせもした、地球大の現代の葛藤であり、作中に登場する人物たちはみなそれぞれの立場を典型的に代表して、現実の世界苦をそれぞれの立場から悩み、その争闘からドラマが構成されている。——そしてこの苦悩、この葛藤は、現在、一九六〇年の早春にも、スプートニクの出現や新巨頭会談、全面軍縮の希望などの新事態はあるにせよ、アルジェリア問題や日米新条約をみるだけでも、依然として〝現実〟である。しかしまた、いつの日か冷戦がやみ、この物語が一篇の歴史小説として読まれるときが来ても、戦争と革命、危機と不安の時代に生きた人類のすがたは、このドラマに刻印されて残るだろう。

読者のすべてが眼をみはったのは、このドラマの中心的な幾つかの争闘と、それをとりまく細部とが、あまりにもなまなましく現実の、読者自身の環境を切実に照射するエネルギーにみちていたことだった。いわば、この小説の内容、主題が、それを生みだした母胎である世界の政治的、思想的苦悩の核心へと、逆に突き刺さっていった、そのきびしさ、尖鋭さ——それがアクチュアリティである。と同時に、このような効果は、イヴリン・ウォーや中野重治氏のようなすぐれた芸術家をも感嘆させるほど〝精妙に、独創的に、強力に（masterly, original, and vigorous）〟（ウォーの言葉）作者が、この現実を一篇のロマンに結晶しなかったら、生れなかったかも知れない。少なくともこの小説にはアクチュアリティとともにリアリティがある。一時に流行しつつ、しかも万代に不易な傑作の相貌を、この作は具えている。わたしは初版のあとがきに次のように書いた。

「インドシナ戦争は、氏がこの新作で使った素材であって、過去数ヵ月間この小説に没入して来た訳者からみると、〝使った〟としか言いようのないほど、作者の薬籠中で料理され、こなしきられている。……作者はこの現実と闘い、これをねじ伏せて、処女作以来の一貫した精神的主題の一つのヴァリエイションをつくりあげた――という印象を訳者は受けている。戦争と革命の巨大な世界苦は、生の根源的な苦悩の一表現としてとらえられた。むろんそれは、この小説のなかで戦争と政治のテーマが小さく扱われているということではなく、むしろ逆に、一篇の戦争小説でもあれば政治小説でもあるかのごとく見えるほどに、作者がその作家的宿命として担っている根源的主題が、戦争をも政治をも串刺しにして貫徹しているのである」

いまわが国の文壇では〝政治小説〟を待望する声が起っており、それがためにはわが国の作家に従来欠けていた〝想像力〟の逞しい駆使が緊要だと批評家は叫んでいる。インドシナ戦争のような巨大な政治的、現実的《アクチュアル》な主題を〝小説〟化するために作者グリーンが駆使した作家的な力と技術とのすべてを大づかみに想像力と呼ぶとすれば、この書のような作品——特にそのアクチュアリティの上で卓抜した作品がまだわが国には見られないという意味で、中村光夫氏の〝再び政治小説を〟という提言は正しいと思う。

*

ここに想像力《イマジネイション》というのは、むろん現実からの離脱あるいは飛翔の能力——空想《ファンタジイ》——のことではない。〝虚構《フイクション》〟を通じて現実的経験の世界よりもさらに奥ふかい芸術的〝真実《リアリティ》〟に達する作家の根元的な能力が想像力なのであって、このようなリアリティに触れた読者がその芸術的体験から逆に現実世界へはねかえされて味わうところの強烈な現実感——それが美的体験としてのアクチュアリティにほかならない。『おとなしいアメリカ人』が、すぐれた政治小説である所以はまさにここにあるので、それの社会的反響が単に英国作家のアメリカ批難というような、それ自体〝政治的〟な関心から生じたとしても、作品自身はこのような低次元の関心から独立に存在している。そういう高次のアクチュアリティを、わたしは「現実と闘い、これをねじふせて……」と書いたのだが、この怖るべき力業を成功させたのは——一つはもちろん作者のタレントであり、しばしばstory-tellerという言葉で表現される技法であるが、このグリーンの技法についてのわたしの考え方は拙訳『情事の終り』（新潮文庫版）のあとがきを参照していただくことにして、ここではある意味で技法以上に重要なもう一つの要素について述べて置きたい。

それは作家が、その作品の素材へ肉迫し、それと交り、それを理解する力である。想像力とは単に素材を再構成し、あるいは空想を加え、細部を配置するだけのものではなくて、素材をモチーフとして捉え、選択する前にそれに没入し、生命ある思想をそこに発見する能力の名でもなければならない。作者が運命のように受動的に体験した事実を素材にえらぶ場合にも、本書のように創作的意図がさきにあって素材を探求する場合にも、この事情に変りはない。違うのは後者の場合にいっそう豊かな想像力と、素材をわがものにするための特別な努力とが要る点だけである。想像力についていては、われわれは小説そのもの、その味わい、その力強さからうかがい知ることができるが、後者についてては作者がヴェトナムとその世態人情とを知るためにはらった努力がどんなものだったか、二、三の断片的な資料から想像するほかはない。

＊

わたしは星野洋治氏の好意で、グリーン氏のヴェトナム滞在の結果発表された日記や新聞通信の一部を読むことができた。一九五七年十二月号の《文学界》に翻訳掲載した手記『ヴェトナムの英国人』はその一部である。それらの資料から推定すると、氏のヴェトナム訪問は一九五〇年を最初に五五年までに、実に前後四回にわたっている。その期間は詳かでないが、第一回が五〇～五一年、第二回が五一～五二年、第三回が五三～五四年、第四回が五五年で、その滞在が大概二年ごしになっているのは南ヴェトナム（コーチシナ）方面の雨季が五月から十月に及んでいるためではあるまいか。いずれにしても、氏は四回にわたるこの滞在で、つねにサイゴンに本拠をかまえ、フランス人の建設したこの東洋の美しい町の風物に親しみながら、たびたび北ヴェトナム——ハノイを中心とする前線へも出張し、《ライフ》誌や《サンデイ・タイムズ》紙に現地通信を送った。はじめてアヘンを吸ったのは、〝五一年の十月、アロン湾へ行く途中、ハイフォンに立寄ったとき〟だと或る日記に記されている。

それはとにかく、興味ふかいのは、右のヴェトナム訪問の日付と、小説本文の末尾に記されている〝一九五二年三月〜一九五五年六月〟という制作年代との関係である。この小説では、説話者たるイギリス人記者ファウラーが〝おとなしいアメリカ人〟オールデン・パイルにはじめて出会った一九五一年九月から翌五二年二月のパイルの死、その二週間後までで物語は終る。ファウラーがパイルと争ったアンナン娘フォンとはじめて会ったのは、パイルとの初対面の日がちょうど二年目の記念日だとあるから、一九四九年九月で、それらの回想を除けば、事件は右の六カ月間に起ったわけである。したがって、作者はちょうど書き出しのパイル変死の夜から一ヵ月後にあたる現実の日付に、この小説を起稿し、その後二回にわたって現地を訪れた後、はじめて全篇の推敲を終り、筆を擱いたことが知られるのである。むろん小説中の時間について、作者は序言でことわっている通り、現実の歴史事実の継起に忠実ではない。が、事件の背景は戦争であり、この戦争のように膠着状態の長かった戦争でも、緩慢ながら戦局はつねに動き、やがては大きく変っている。ド・ラットル将軍の帰国（二〇八頁参照）と、パリでの客死という歴史的事件は戦争の全局に生じた大きな転機の一つであり、それが五一年の十一月から年末へかけてのことであって、作者は彼が実際に滞留していた半年間を、事件の時間としてえらぶことによって、物語の骨格にも、細部の肉づけにも、ゆたかな現実《アクチュアリティ》感を生む手段をえたことが、これによって知られる。

インドシナ戦争が、フランス側の挑発によって勃発したのは一九四六年である。これよりさき、一八八七年以来、フランスは現在のヴェトナム、ラオス、カンボジアを含むインドシナ連邦を組織して以来、一九四〇年の日本軍の進駐まで、約六十年間その支配をつづけて来た。ホーチミン現大統領がインドシナ共産党首として歴史上に名を出したのは一九三〇年のことで、それ以前にも、民族主義的独立運動は行なわれていたが、四一年の春には中国雲南省竜州で反日・反仏を標榜する共同戦線党（ヴェトナム独立同盟）が、ホー氏を主席として結成された。四五年、日本が降服すると間髪をいれずホー氏を議長とする民族解放委員会がつくられ、日本が擁立したバオ・ダイ帝は退位、九月には早くもハノイにヴェトナム民主共和国臨時政府樹立宣言が発せられた。本文中にも見られる〝ヴェトミン〟という国称はここから始まる。翌四六年三月には総選挙が行なわれ、ホーチミン氏が大統領に選ばれた。多くの植民地解放戦争と様相が異うのは、宗主権を握っていたフランスが対日戦争で失った政権を恢復するよりも早く、ヴェトナム民族の政府が成立していたことで、フランスはその後にようやく英軍の援をかりて南部のコーチシナに傀儡政府を建てえたにすぎない。昨五九年の臨時国会で日本のヴェトナム賠償問題が紛糾したのも、ここに因由がある。フランスはインドシナを手放す意思はなく、しかも全ヴェトナムの民衆は日本の占領時代以来ずっと独立を目前の事実として見て来た。ホー政府とフランスとの外交的折衝は四六年はじめからその年いっぱい続き、十二月になってはじめてヴェトミン対フランスの全面的戦争に入った。仏軍はハノイをはじめ北ヴェトナムの要衝を占領し、ヴェトミン軍は中共のひそみに倣って北部山間に根拠地を置き、全国にゲリラ戦を展開した。

フランスは四九年バオ・ダイ帝を復位させ、フランス・ヴェトナム連合軍としてヴェトミン軍との戦いを続けたが、同じ頃、国府軍を追撃して南下した中共軍と連絡がついたことは解放軍を大いに力づけ、五〇年に入ると北部ではホー軍が仏軍の拠点に正面攻撃を加えるまでに優勢になった。本書二七七頁で仏軍の将校トルウアン大尉が〝どうにかフランスの命脈をたもたせた〟というド・ラットル将軍の悪戦苦闘の〝二年間〟とは、五〇、五一の両年間をさすのである。五〇年十一月には中国国境に近いラオカイを仏軍が撤退したのをはじめ、次々と拠点を奪われてゆき、五一年にはヴェトミン軍はトンキン・デルタに進出し、ハノイをおびやかした。第一部第四章のファト・ディエムの戦闘はこの情勢を写しているし、五二年二月のホア・ビン陥落（二八六頁）はド・ラットル将軍の帰国後、戦局がさらに末期化した第一歩であって、その後は五四年春の有名なディエン・ビエン・フウ陥落まで悲惨な戦闘が続くのである。

五四年三月に、グリーンが《サンデイ・タイムズ》に現地から寄稿した通信には、二年ぶりに見たサイゴン市のすがたは殆ど変っていない、違うのはアメリカ人がひどくふえていることぐらいだ、と書かれている。東南アジア防衛問題で英米仏三国の軍事会議が行なわれたのは五二年の初めであり、この年からアメリカの軍事援助は三億ドル、翌年は四―五億ドルと激増している。これは本書でヴィゴー警部がパイルの変死を、共産側の最初のアメリカに対する抵抗だ、と上司に報告した（四五頁）のと照応する。グリーンは右の通信でアメリカの経済使節団の一員に、

「フランスは戦争をやめるのではないか?」と質問し、「いや、やめない、フランスはわれわれに××百万ドルを返済しなきゃならんから」という答えをえたことを記している。また本書中にしばしば出て来る各種の雑軍が、戦争末期には〝第三勢力〟として南ヴェトナムでの治安の大半の役割を占めていることをも報告し、さらに五五年、ジュネーヴの休戦後にヴェトナムを訪れた最後の旅から帰ったとき、同じく《サンデイ・タイムズ》に寄せた報告では、フランスとアメリカが就任を懇請したゴ・ジン・ジェム南ヴェトナム首相(現大統領)も、利権を餌にこれら雑軍の協力を求めざるをえない苦境にあることを諷している。それはヨーク・ハーディング＝パイルの画策がアメリカの方針の線にそうものであり、彼の死後も(現実には)その線が押し進められたこと、ファウラーの危惧が当っていたことを語るものである。

＊

中村光夫氏がその〝政治小説〟待望論で想像力の問題とともに強調しているのは、いわゆる〝小説の功利性〟の問題である。小説が単に美的な満足を与えるだけでなく、人生と相互って、何らかの価値ある目的に奉仕する小説を待望する見地である。このことはわたしが前に言った〝素材を理解する〟努力と関連する。『おとなしいアメリカ人』をプロパガンダのための文学とみるのは見当違いであるけれども、グリーンの思想、グリーンの世界観はおのずからインドシナ戦争と冷戦の現実に対する一つの意見をこの小説から読みとらせるであろう。〝目的意識〟の文学とは違うにせよ、中村氏の謂うところの〝功利性〟を、この作品の場合に否定することはできない。

してみれば、多くのアメリカ人読者が本書に感じた〝反米〟的印象は正しいことになるだろうか。〝グリーンはなぜアメリカを憎むか？〟アメリカの二、三の雑誌は、こういう設問を自ら提起して、氏が五二年にアメリカへのヴィザをえられなかったことや、映画批評を書いていた時代にアメリカの某会社から名誉毀損で訴えられた事件やを改めて思い出していた。訳者は氏がアメリカを憎むか否かを知らないし、ここはそうした感情的な事柄で意見を述ぶべき場所でもない。アメリカを憎むことと、アメリカの対ヴェトナム政策を批評することとは同じでない。後者は明らかにこの小説から読みとることができる。なぜなら、作中人物たるファウラーの言葉や行動に作者の分身を見るのは私小説に毒された日本の読者の陥りやすい錯誤だが、彼の意見のうちにも作者の意見は屈折して反映しているであろうし、何よりも、作家がその意見をあらわにするのは部分よりも全体の構成であり、一アメリカ人の善意の無分別がヴェトナム民衆に禍をもたらしたという骨組みを抜きにしてはこの小説を考えることはできないからである。この点について訳者は加藤周一氏の「反米というものではない。そうではなくて、アメリカのなかで生きている原理を外へもちだすときには、外の人間の身になってもらいたい。抽象的な原理への信念だけがあり、現場の事情を何も知らない人間が、やたらに他の国をかき回すのは危険だという」「西欧の知識人の間では」めずらしくない常識のあらわれだ、とする意見（一九五六・七月十二日、毎日新聞）に賛成する。

だが、このアメリカのアジア政策批判という理解から、わたしの見出しえた限りでは、力点がそこにかかりすぎた結果として、一つにはヴェトナム人（東洋人）に対する同情が不充分であり、他方では植民地主義者（西欧）への憎しみがない――というネガティヴな批評が、特に日本では見られた。

『インドシナへ帰りて』と題する前掲の一九五四年のエッセイを読んで、わたしが心をうたれた箇所が二つあった。一つは、サイゴンで、ある軍医から〝傷病兵の十人のうち九人はヴェトナム人だ〟という話を聞き、これが自分のサイゴンで知りえた一番大きな情報だと言っている箇所。他の一つはハノイで、路上に横たわっているヴェトナム兵の負傷者を、客待ちしている同じヴェトナム人の車夫が見向きもしない情景である。要するにフランスやアメリカの関係しているこの戦争が、ヴェトナム人自身の独立を邪魔するための泥沼戦争だ、という認識である。これは小説中の濠のなかの子供の死体（第一部第四章）や白人が入りこんだために射ち倒された監視塔の若いヴェトナム兵の運命（第二部第二章）が示すものと同じ認識ではあるまいか。

次に植民地主義者への憎しみ（あるいは憐れみ？）は、わたしは副人物ファウラーその人の描写に完璧にあらわれていると思う。前にも書いたが、作中の〝おれ〟が決して作者と同一視されてならないのは、『情事の終り』のモーリス・ベンドリクスの場合と同断である。ファウラーのフォンへのエゴイスティックな愛欲を、卑劣な二枚舌を、どうして作者が是認するだろうか。ただ、ベンドリクスもファウラーも、読者の（特に非信者の読者の）同情を失わない人間として描かれているのは――〝功利性〟とは〝勧善懲悪〟のみをさすものではないことを示すだけだと、わたしには思われる。この点で特にわたしはドナルド・キーン氏の批評に敬服した。

「（ファウラーの）シニシズムには下むきつつあるヨーロッパの長い経験に基いた知恵が現われているが、アメリカ人の理想主義は幼稚なそして有害なものであるとしても、不安げにアメリカ人をながめるこの知恵もまたいかに不毛であるかがわかる。しまいにイギリス人は一度は自分を救ってくれたアメリカ人を裏切るが〝すまない〟といえなくなった悲しみはこの知恵の物足りなさを物語っている。……グリーン氏はむしろ現代のすべての人間の演ずる悲劇の一場面を描こうとした。人間の条件の一つであろう」（一九五六年・七月十二日、毎日新聞）

＊

最後にコミュニズムの問題が残る。わたしは前版のあとがきで〝ファウラーの口を通じて語られるコミュニズムへの意外な同情〟という言葉を使ったことを、取消そうとは思わないが、いまは不満を感じる。ディエン・ビエン・フウの戦いについて、ヴェトナム人は、北でも南でもみな心のうちではヴェトミンの勝利を歓迎したと、グリーンは書いている（五五年五月）。また休戦後はじめてホーチミンに面会したときの印象記にも、〝簡素と率直、しかも圧倒的な指導力〟の持主であり、〝命令を与え、服従とともに愛をも期待する人物〟として素直にこの英雄に推服している。「ルシファのように純粋な人物」と題されたこの文章で、次の箇所が重要だと思う。

「コミュニズムには政治の他にも何かがある。／私はいま南の大統領のことを前よりも同情的に考える。サイゴンでは〝政治〟以外に何もないが、彼（ゴ・ジン・ジェム）には少なくとも愛国心がある。カトリシズムにコミュニズムと共通するものがあるように、彼にはホーチミンと共通するものがあるのだが、枢機卿や警察自動車や〝世界戦略〟を云々する外国人たちに隔てられて、一人で田圃を歩くこともできず、愛されつつ服従される苦しい道を学ぶこともできないで、人民から孤立している――」（《サンデイ・タイムズ》）

グリーン氏はカトリック信者であるゴ大統領が清廉剛直な人であることを認めながら、その政治が腐敗せざるをえないことを見極めている。彼を慕って十七度線以北から多数のキリスト教徒が避難した、これは教会が彼に幸いした例だが、その難民が耕す土地を与えられず悲惨な有様に放置されたため、またアメリカのカトリック司祭たちが多く入りこんだため、教会も大統領もともに不人気になったと指摘している。カトリックたるグリーン氏自身が、コミュニズムとホーチミンとについて右のように語るとき、氏が示唆することはほぼ明らかだろう。この現実を前にして何よりも必要なものは独立と平和だということではないだろうか。

さらに、宗教とこの戦争との関係についてみのがせないことは、この小説では充分にあらわれていないが、氏がヴェトナム人カトリック教徒たちの共産軍への勇敢な抵抗を強く讃美していることだ。ファト・ディエムに隣接するビュイ・チュという村落は、一九五三年八月から十二月までにヴェトミン軍の奇襲を撃退すること九度に及んだ。村落は全村カトリックであり、白人は一人もおらず、〝歩行できる者は一人残らず義勇軍となって〟戦い、遂にはヴェトミン軍側からコミュニストの将校が帰順してくるにいたった。指揮者は若い仏教徒の少佐で、教会の司祭もアンナン人である。「〝教会〟は政治家たちに一つの範を垂れているかのようだ――ヨーロッパはなくともキリスト教は存続できる。なぜ民衆を信頼しないのか？」（一九五四年一月八日の日記、前出『ヴェトナムの英国人』参照）

かれらは自己の人格の脅威のためにコミュニズムとたたかった。ここに独立があった。それは改宗者のキリスト教でなく父祖伝来のキリスト教のみがよくなしえたことだ。――そして同じ年の三月に、この経験を報告して「いまでも、瞬間的には――たといどれほど錯覚的であろうとも――私にはわずかながら希望を経験することができるのだ」また「勝負がほとんど負けときまった今、それだからこそ最後の切札で勝負してはならぬというはずはない。その切札とは完全独立だ」（《サンデイ・タイムズ》）

無神論者ファウラーの経験とは別に、ここに少なくともこの戦争に没入したもう一人のイギリス人の精神の劇をうかがわせるに足る何ものかがある。そう思って、長文をいとわず本書以外の資料の一部を紹介した。

一九六〇年一月

一九九〇年以降のグリーンをめぐる動向

小説研究者
若島 正

さまざまな謎や憶測に包まれたグレアム・グリーンの生涯は、伝記作家にとって絶好の対象を提供する。このことを察知していたのか、グリーンはすでに七〇年代という早い時期からノーマン・シェリーという研究者に公式の伝記を書くお墨付きを与えていた。シェリーはジョゼフ・コンラッドの伝記を書いたことで知られ、事実を丹念に積み重ねる手堅い手法は、グリーン自身も評価していたようだ。貴重な資料を閲覧する権利を与えられて、シェリーはまず三巻本となるはずの第一巻『グレアム・グリーンの生涯 一九〇四 - 一九三九年』を一九八九年に出版し、翌年にはエドガー賞（批評・伝記部門）に輝いた。

ところが、その雲行きが怪しくなってきたのは、一九九一年にグリーンが八七歳でこの世を去ってからのことである。綿密すぎるほどの時間をかけたシェリーの仕事ぶりや、遺族とのトラブルのせいで、完成すれば決定版となるはずの伝記の刊行は遅れに遅れ、一九三九年から一九五五年までをカヴァーする第二巻の出版は一九九四年になり、さらに最終の第三巻は本稿執筆の時点でまだ出ていない（ただし、すでに完成はしているようで、この二〇〇四年の一〇月に刊行が予告されている）。その横合いから割って入るように、グリーンをめぐる書物がいくつも刊行された。

最も物議をかもしたのは、マイクル・シェルデンが一九九四年に出した『グレアム・グリーン伝　内なる人間』（早川書房刊）である。シェルデンが描くグリーン像は悪意と哄笑に満ちたもので、とりわけグリーンに同性愛の傾向を読み取るところが話題になった。シェルデンの議論に従えば、たとえば『第三の男』のハリー・ライムとロロ・マーティンズの関係にもそのような色合いがあることになる。

それよりも注目に値するのは、W・J・ウェストの『グレアム・グリーンを探して』（一九九七）で、ウェストは新たな資料の発掘により、グリーンと英国情報局とのつながりなどについて興味深い事実を提示した。特に、ミステリ読者にとっておもしろいのは、現在日本ではすっかり忘れられた感のある、『ミス・ブランディッシの蘭』のジェイムズ・ハドリー・チェイスとの交友関係を明らかにした点である。グリーンは編集者として、まだデビューしたての頃のチェイスに助言を惜しまなかった。そしてこの交友関係は長く続いたのである。ウェストの読み方によれば、『第三の男』のロロ・マーティンズはパルプ小説（とりわけウェスタン）の作家で、チェイスをモデルにしている。その一つの証拠として、語り手のキャロウェイのことをマーティンズはしょっちゅうキャラハンと呼び間違えるが、このキャラハンとは実はチェイスの作品に出てくるミス・キャラハンという登場人物をこっそり指し示しているのだという。そして、ハリー・ライムとロロ・マーティンズの関係は、グリーンとチェイスの関係になぞらえることも可能だという。わたしには、このウェストの読み方のほうがシェルデンの読み方よりもはるかにおもしろいのだが、読者はどう思われるだろうか。

グリーンの謎を追いかける、こうした書物の他にも、グリーンのさまざまな女性関係を暴露または告白した本が数点出た。グリーンの素顔はこうだった、という本が出れば、いやそれは歪曲で本当のグリーンはこうだった、という本が次に出る、といった流れなのである。ただ、それらは残念ながらウェストの本ほどにはおもしろくはなく、さらに言えば、グリーンの小説を読む体験と比べれば圧倒的につまらないので、本稿では横目で見るだけにとどめる。死人に口なしとか。グリーン本人が、このグリーンをめぐる書物の活況を見れば、いったいどんなことを言っただろう。

書物の分野だけではなく、生前のグリーンが深く関わった、映画の世界でもグリーンのブームがふたたび起こりつつある。

グリーンは三〇年代には、数多くの映画評を書き、英国でも指折りの映画批評家であった。もっともそれは、グリーン本人に言わせれば、小説が売れなかった三〇年代に作家がなんとか食いつないでいくための方策だったそうだが、少なくとも彼の映画評を読む限り、彼が映画館の暗闇の中に喜びを見出していたことは間違いない。

そのうちに、グリーンは原作者として、あるいは脚本家として、映画製作に大きく関わることになる。ただし、原作の映画化に関しては、グリーンの評価は（キャロル・リードが撮った《第三の男》や《落ちた偶像》という、ごく少数の例外を除いて）手厳しい。当時、ハリウッドの映画会社と契約を結ぶとき、「原作者の権利」は与えられていなかった。つまり、原作はそのタイトルも含めて、製作者側の都合で自由に改変される運命にあったのである。映画についてグリーンが語るとき、しばしば苦々しい口調がまざるのは、そのようなグリーン自身の体験に根ざしている。

グリーンの小説群はほとんどといっていいほど映画化されていたが、最近リメークによるグリーン復活の動きが目につくようになった。そのきっかけとなったのは、代表作の一つ『情事の終り』（一九五一）が、小説家でもあるニール・ジョーダンによって一九九九年に再映画化されたという事件である（邦題《ことの終わり》、最初の映画化は一九五四年で、監督エドワード・ドミトリク、主演デボラ・カー）。これは、E・M・フォスターやジェイン・オースティンなど英国小説の映画化で当たりを取ったいわば文芸映画路線が、グリーンにふたたび目をつけたというだけのことではないだろう。そこには、すでに述べたような、グリーンをめぐる議論の活発化が背景になっていたに違いない。

本書『おとなしいアメリカ人』（一九五五）は、このような流れの中で、二〇〇二年にフィリップ・ノイス監督の手により再映画化された（邦題《愛の落日》）。アメリカのヴェトナム介入を告発する原作を、後のヴェトナム戦争にまでつなげる形で解釈し直したこの映画は、アメリカが同時多発テロからイラクへの軍事介入に進む時期と重なったために公開が遅れ、主役を演じるマイケル・ケインらの尽力によってようやく陽の目を見たというい わくつきの作品になった。

いわくつきと言えば、一九五八年の最初の映画化（監督ジョゼフ・L・マンキウィッツ、主演オーディー・マーフィー、邦題《静かなアメリカ人》）は、グリーンが口をきわめて罵っている映画である。グリーンの目には、アメリカ人監督の手によって原作の反米的主張が大きく歪められたと映ったらしく、「この小説と作者を意図的に攻撃しているような映画」であり、「支離滅裂」だったという。

グリーンが『おとなしいアメリカ人』を執筆する動機となったのは、《ライフ》誌の依頼でルポルタージュを書くという目的のために、一九五一年に初めてサイゴンを訪れてからのヴェトナム体験である（ただし、前述のウェストの説によれば、ヴェトナム訪問は英国情報局の手引きによるものであったという）。当時ヴェトナムは、ホー・チ・ミン率いる民族解放軍と、旧宗主国であるフランスの軍隊が、激しい内戦を展開していた。後にホー・チ・ミンとの会見を行うことになるグリーンが、どちらの側に同情的であったかは明らかだが、彼の視線は、共産主義勢力の拡大が他国にも波及することを恐れて、ひそかに第三勢力への支援を行っているように見えるアメリカへと向けられた。数冊の旅行記を書き、たえず行動への欲望に駆りたてられていたグリーンの作品群の中でも、この『おとなしいアメリカ人』は、こうしてルポルタージュの色彩を強く持つ、最も政治的な小説となったのである。

グリーンは一九八〇年に発表した自伝『逃走の方法』(早川書房刊)の中で、『おとなしいアメリカ人』がアメリカでどのような反響を呼んだかを述べている。アメリカの代表的な雑誌《ニューヨーカー》に載った当時の書評では、小説の一つの山場である、サイゴンの目抜き通りのカティナ街で起こった爆弾テロについて、これをアメリカの仕業であると非難している作者グリーンを、「友人を裏切った」として指弾した。これに対して、グリーンは自伝でこう書く。「しかし事実はどうなのか? 《ライフ》誌から派遣されていた写真班は、事件が起こった瞬間に絶好の場所にいて、両足が吹き飛ばされてもまだ身体だけ突っ立っている人力車の車夫のおぞましい写真を撮ったではないか」

アメリカが介入していた証拠としてグリーンが指摘する、一九五二年一月二一日に実際に起こったこの爆弾テロ事件については、《ライフ》誌に掲載されたこの写真が、実はグリーンが言うような状況で撮られたものではなかったことが判明している。ウェストの記述によれば、地元の写真家が撮ったもので、それを《ライフ》誌が買い取ったのだという。

しかし、だからといって、グリーンを事実誤認で責めるのは誤りだろう。むしろわたしたちが驚くのは、現実の背後を鋭く見通す、ほとんど予言的な力さえ持った、彼の小説的想像力である。

こうして、グリーンの小説は半世紀近くも経過した現在でも、わたしたちを取り巻く現実世界とつながり、影響を及ぼしてくる。シェリーによる伝記の最終巻が出版されるのも間近となった今、グリーン再評価の動きはますます活発になるに違いない。

二〇〇四年七月

本書は一九七九年九月に早川書房より刊行された『グレアム・グリーン全集』第十四巻所収の『おとなしいアメリカ人』を文庫化したものです。

ハヤカワ epi 文庫は，すぐれた文芸の発信源(epicentre)です。

訳者略歴　1907年生，1930年東京商大卒
1979 年没，英米文学翻訳家
訳書『ハバナの男』
　『燃えつきた人間』
　『喜劇役者』グリーン
　（以上早川書房刊）他多数

〈グレアム・グリーン・セレクション〉

おとなしいアメリカ人《じん》

〈epi 28〉

二〇〇四年八月十五日　発行
二〇一八年七月十五日　二刷

（定価はカバーに表示してあります）

著者　グレアム・グリーン
訳者　田《た》中《なか》西《せい》二《じ》郎《ろう》
発行者　早川　浩
発行所　株式会社　早川書房

郵便番号一〇一-〇〇四六
東京都千代田区神田多町二ノ二
電話　〇三-三二五二-三一一一（大代表）
振替　〇〇一六〇-三-四七七九九
http://www.hayakawa-online.co.jp

乱丁・落丁本は小社制作部宛お送り下さい。
送料小社負担にてお取りかえいたします。

印刷・中央精版印刷株式会社　製本・株式会社明光社
Printed and bound in Japan
ISBN978-4-15-120028-1 C0197

本書は活字が大きく読みやすい〈トールサイズ〉です。